Didier Cornaille

LE PRIEURÉ

Roman

Terres de France

PRESSES DE LA CITÉ

ISBN 978-2-258-10189-0

Presses de la Cité | un département **place des éditeurs**

place des éditeurs

1

Les premiers visiteurs étaient arrivés alors que Francis, encore seul, balayait soigneusement le modeste parvis de la chapelle. La journée promettait d'être belle. La fine lumière d'un beau matin de printemps, fraîche de rosée, préludait sans l'ombre d'un doute à ce qui allait être la consécration de tant d'efforts.

« Entrez, leur avait-il dit. Le guide n'est pas encore là, mais je peux vous donner quelques explications. »

C'était beaucoup de modestie de sa part, mais les visiteurs ne savaient pas à qui ils avaient affaire. On avait confié à un étudiant en archéologie la mission d'expliquer les fresques qu'il avait découvertes sous un vilain crépi de chaux, la charpente du XIIe siècle débarrassée par ses soins de l'inélégant bardage dont on l'avait affublée au XVIIe, et les chapiteaux sur lesquels elle reposait et dont plus personne ne soupçonnait l'existence sous les différents ajouts de toutes les époques. Lorsqu'il arriva, le jeune guide trouva Francis débordé par une marée de visiteurs que ne contenaient même pas encore les cordons rouges qu'on avait pourtant prévus à cet effet.

Ils firent acte d'autorité, interrompirent quelques instants la visite, le temps d'installer de quoi canaliser la foule qui, dès dix heures du matin, débordait loin sur la route, jusqu'à la grille de la maison neuve. Un succès ! Cette journée que Francis avait eu tant de mal à organiser allait être un grand succès. En remettant sa charge au jeune guide, il se recula de quelques pas et, le sourire aux lèvres, se régala un moment du spectacle qu'il n'osait pas encore espérer, à quelques jours de là. Puis il fit résolument demi-tour et s'éloigna. Il avait autre chose à faire.

Les chevaux se souciaient peu de l'inauguration de la chapelle. Quoi qu'il advînt, il leur devait des soins. Au coin de la maison, avant de s'engager dans la grande cour qui la séparait de l'écurie, il se retourna brièvement pour apprécier la densité sans cesse croissante de la foule qui convergeait vers la chapelle. Près de la porte, il aperçut Antoine Souvert, le maire, et quelques-uns de ses amis qui lui avaient promis la veille de venir lui prêter main-forte. Là-haut, au-delà du talus encombré de gravats et de déchets qui soutenait la cour de la ferme, la vieille maison paraissait endormie. Personne ne se montrait. Il pouvait s'en aller sans crainte. Tout irait bien.

La matinée passa sans que faiblisse l'affluence. A l'ombre des grands châtaigniers qui bordaient la route, on avait dressé une longue table nappée de papier sur laquelle on avait aligné une quantité impressionnante de verres. Les visiteurs qui sortaient de la chapelle étaient invités à venir déguster un petit aligoté tout en croquant des biscuits. Stature impressionnante, complet gris et crinière grisonnante soigneusement peignée, le maire allait d'un groupe à l'autre, distribuant sans compter les paroles aimables.

— Antoine, tu n'aurais pas vu Francis ?

C'était pourtant vrai. Le maître de céans qu'il avait entrevu filant vers son écurie n'était pas réapparu.

— Pas vu, répondit-il à la volée sans trop savoir qui lui avait posé la question. C'est que les chevaux, ça demande du temps ! Fernand, va donc nous le chercher. Dis-lui qu'on aimerait bien le voir par ici.

Pris par ses amabilités, le maire n'y pensait déjà plus. Il fallut qu'un grand frisson coure sur l'assistance et que s'éteignent les sourires de convenance pour qu'il réalise qu'il se passait quelque chose. Soudain, il n'était plus au centre des regards. Ils avaient filé derrière lui, à travers lui, comme s'il n'existait plus. Il se retourna.

Fernand, le cantonnier, déjà de retour, l'air plus chien battu que jamais, triturant sa casquette des deux mains, se tenait derrière lui. Ce fut alors seulement que l'atteignirent les mots que venait de prononcer le bonhomme.

— Francis, il est mort !

— Qu'est-ce que tu nous racontes là ? gronda Antoine Souvert.

— C'est pourtant vrai, m'sieur le maire. Juste quand j'arrivais...

Il parut hésiter, se reprit :

— Le Francis, monsieur Magnancourt si vous préférez, eh ben, il est raide mort sur le pavé de son écurie...

La fête s'est arrêtée là. On a rangé les cordons rouges, rebouché les bouteilles d'aligoté et fermé la chapelle. Le médecin de garde, appelé en urgence, a constaté le décès de Francis Magnancourt, décès vraisemblablement provoqué par un coup violent porté à la nuque au moyen d'une bûche retrouvée à proximité du corps. On l'a transporté dans la maison et allongé sur son lit avant de se retirer pour respecter l'affolement et la peine d'Elodie. Seules quelques femmes sont restées pour ne pas l'abandonner et pour s'occuper de la petite Julie, huit ans, leur fille.

Quand le maire est ressorti de la maison neuve, devant la grande table sur laquelle ne restaient que quelques lambeaux déchirés et tachés de la nappe en papier blanc, le ton montait déjà.

— Qui veux-tu que ce soit ? criait-on. Des furieux, je te dis. Aller jusqu'à tuer… Faut vraiment qu'ils n'aient plus toute leur raison…

— On ne va tout de même pas laisser faire…

— Et lui, là-haut, le Justin. Sûr qu'il ne se montrera pas. Savoir…

— Et le Samuel ! Il est où, le Samuel ? On ne l'a seulement pas vu de tout le matin. Un ours pareil… Serait bien capable d'un tel coup… Surtout qu'il y avait ses entrées, dans cette écurie…

Elodie marchait dans la nuit. Elle avait troqué la robe noire de l'enterrement contre un jean et un pull léger. Malgré l'obscurité, elle allait sans hésiter. Ces chemins-là, elle les avait tant courus, à la suite de Samuel, quand ils étaient enfants, qu'elle en connaissait la moindre courbe, le plus petit dénivelé et tous les carrefours. Les années avaient eu beau passer, elle s'y retrouvait comme si elle ne les avait quittés que de la veille.

Elle s'était promis cette expédition dès qu'il avait été évident que Samuel avait disparu, et Emerillon, le cheval de Francis, avec lui. Elle avait tout de suite repensé à cette petite grotte, loin en forêt, dont il avait fait son repaire quand ils étaient gamins. Son intuition était devenue certitude lorsque, le lendemain matin du jour horrible où Francis avait été retrouvé mort dans l'écurie, Emerillon était réapparu, broutant paisiblement l'herbe d'un pré voisin du sien. Pour beaucoup, la petite fugue qu'il venait de s'offrir n'était qu'une coïncidence. Aucun rapport avec la disparition de Samuel. Elodie s'était bien gardée de les détromper. Elle avait compris.

Sans un mot, elle avait fait front. A l'enquête pataude et conclue d'avance des gendarmes, s'était superposée une quantité effarante de problèmes et de soucis dont elle n'attendait évidemment pas qu'ils lui tombent dessus avec une telle brutalité. Il avait fallu prévoir les obsèques, les organiser. Non seulement elle était seule pour tout gérer, y compris sa peine qu'elle devait souvent faire passer au second plan alors qu'elle aurait tant aimé s'y abandonner, mais il y avait encore tout le temps, la prévenance et la tendresse qu'elle devait à Julie.

Quand elle avait pu enfin se préoccuper de sa fille, après ces heures de stupeur et d'effarement qui avaient suivi la découverte du corps de Francis, elle l'avait trouvée recroquevillée au fond de son lit, tremblant de tous ses membres et enfermée dans un silence obstiné. Elodie avait jugé plus sage de ne pas insister. Il fallait attendre que commencent à s'estomper les effets du choc terrible que l'enfant venait de subir.

« Prends ton temps, lui avait-elle dit. Quand tu voudras, tu me diras. Pour toi, tu sais que ta maman est toujours là. »

La gamine avait acquiescé d'un pauvre petit signe de la tête, mais elle n'avait pas prononcé un mot. Fort heureusement, madame Souvert, l'épouse du maire, s'était proposée pour la garder durant le temps de l'enterrement. Elodie ne voulait pas imposer cette épreuve supplémentaire à sa fille. Quand tout avait été fini, elles avaient pu enfin passer un après-midi au calme, ensemble. Cela leur avait fait du bien, à l'une comme à l'autre. Elles avaient même beaucoup parlé, de tout, mais surtout pas de ce qui venait de se passer. La moindre allusion au drame faisait jaillir les larmes de l'enfant auxquelles Elodie ne parvenait pas à empêcher que s'ajoutent les siennes. Alors elles avaient feuilleté des livres, commenté des dessins et des photos. Elles s'étaient raconté des histoires, du temps où elle était aussi une enfant pour l'une, de son école ou de ses cours de danse pour l'autre.

Sous prétexte d'une soirée un peu fraîche, elles avaient allumé un bon feu dans la cheminée. Puis elles avaient fait la dînette sur le guéridon, en face de la sarabande des flammes, pour ne pas s'installer à la table ordinaire du dîner où la place vide de Francis aurait une fois de plus fait naître les larmes de l'une et de l'autre.

Fort heureusement, Julie s'était vite effondrée. Elle tombait de fatigue. Elodie était venue la border et lui déposer un dernier baiser sur le front. La gamine dormait déjà.

Alors la jeune femme était allée se changer. Elle s'était glissée hors de la maison par la porte du jardin d'où elle avait gagné les prés. Contournant la ferme, elle avait rattrapé le chemin des bois à la lisière de ces derniers et elle marchait maintenant sous leur couvert et dans leur ombre, laissant son esprit vagabonder au fil des souvenirs que ne pouvait manquer d'éveiller cette escapade sur les chemins de son enfance.

2

Elodie n'avait pas l'âge de Julie lorsque ses parents l'avaient confiée aux soins de ses grands-parents. Georges et Jeanne Levy avaient réinvesti, pour leur retraite, cette grande bâtisse au style un peu prétentieux qu'un ancêtre avait fait construire dans la vallée, non loin de la rivière, aux alentours des années 1860. On l'avait toujours nommée « la maison neuve » par opposition à celle des cousins Rabaut, « la vieille maison », massive construction accrochée au coteau dont on disait qu'elle avait été, au temps révolu de sa splendeur, la résidence du prieur d'un moutier ayant prospéré là durant des siècles.

Jusque-là, Elodie n'était venue rendre visite à ses grands-parents qu'à de rares occasions. Son père et sa mère étaient bien trop occupés par la gestion de la chaîne de magasins qu'ils avaient développée à partir de la seule boutique héritée, au lendemain de la Grande Guerre, par ses grands-parents. Une affaire qui marchait bien, d'un rapport considérable pourvu qu'on y apportât tous les soins qu'elle exigeait.

Anne-Laure, la mère d'Elodie, y secondait activement son mari, au point qu'elle eut vite conscience de délaisser quelque peu sa fille. Il fallait choisir. C'était l'enrichissement ou la vie de famille. A moins que l'on consentît au sacrifice de se décharger quelque temps de l'enfant sur les grands-parents. Ceux-ci ne demandaient pas mieux. Pour se donner bonne conscience, on se persuada que le bon air de la campagne et l'ambiance bon enfant de l'école locale lui seraient bénéfiques, et l'affaire fut conclue.

Bien qu'on ne lui eût pas demandé son avis, Elodie ne gardait pas un mauvais souvenir de ce brutal dépaysement. Quitter ses parents qu'elle ne voyait guère ne lui fut pas d'un poids trop lourd. L'accueil que lui réservèrent ses grands-parents, trop heureux de briser ainsi la monotonie de leur retraite morvandelle, lui fut d'une telle compensation qu'elle en oublia vite ses habitudes perdues.

Et puis il y eut la campagne, la ferme voisine des Rabaut et surtout Samuel. Il n'avait que quelques mois de plus qu'elle et se trouvait bien seul. Pour lui, l'arrivée d'Elodie fut comme un lumineux lever de soleil. Avec ses mots d'enfant, il ne se gêna pas pour le lui dire. Son histoire à lui se résumait à bien peu de chose. Des premières années de sa vie à Paris, il ne retenait guère que l'insouciance d'une mère plus occupée de ses plaisirs que d'un enfant non désiré.

Un jour de disette plus grande encore qu'à l'accoutumée, elle s'était résolue à venir chercher refuge auprès de ses parents qu'elle n'avait pas revus depuis qu'elle avait choisi de s'enfuir vers la ville. Le vieux Justin Rabaut, quand il avait appris que cet enfant n'avait pas de père, avait bien failli flanquer sa fille à la porte. Il avait fallu l'insistance de Marcelle, son épouse, et surtout la bonne bouille souriante de Samuel pour qu'il finisse par accepter de leur faire une place dans sa maison et d'affronter le scandale...

Pour Samuel, les temps heureux commençaient. La ferme, les animaux, la nature et surtout la forêt qui débutait à mi-pente du coteau, au-dessus de la vieille maison, furent de véritables révélations. Il y fut tout de suite à l'aise comme s'il y était né. La grand-mère s'inquiétait bien des fugues qu'il faisait, jusqu'à la nuit tombée, au plus profond des bois, mais sa mère, soulagée de ne plus l'avoir dans les jambes, se montrait tellement tolérante que Samuel s'enhardit jusqu'à devenir un véritable petit coureur des bois.

Ce fut au retour tardif d'une de ces expéditions qu'il apprit de la bouche de sa grand-mère que sa mère était partie.

« Elle reviendra, ne t'en fais pas », lui disait Marcelle pour le rassurer.

Bien inutilement. Le gamin avait compris. Il ne la reverrait pas et cela ne le chagrinait pas plus. Il avait trouvé tant d'autres raisons de bonheurs qu'il lui importait peu d'oublier ceux qu'elle ne lui avait pas donnés.

Son seul regret était de ne pas pouvoir faire partager ses découvertes à un autre enfant de son âge. Et voilà qu'un hasard quasi miraculeux lui livrait cette petite Elodie aussi curieuse que lui des mille secrets de la vie dans la nature. Ces deux-là eurent tôt fait de devenir inséparables. On ne voyait plus l'un sans l'autre, mais surtout on ne cherchait plus l'un sans s'inquiéter de l'autre.

« Laissez, disait Justin. Ils ne font pas de mal. Et que voulez-vous qu'il leur arrive ? Il est prudent, le gamin. Il a bien compris ce que c'est que les bois. Ils y sont heureux. Laissez-les donc ! »

Ce bonheur-là, il avait duré plusieurs années. Jusqu'à l'école où Elodie obtenait sans aucun mal de très bons résultats que Samuel, malgré un naturel moins appliqué, s'empressait de vouloir imiter. Puis vint inexorablement la fin de l'année de CM2. Le collège, à la ville, les effrayait bien un peu. Comment accepter sans nostalgie la moindre rupture avec leurs chères escapades dans les prés et dans les bois ?

L'affaire avait tourné à la catastrophe pour Samuel lorsque les parents d'Elodie étaient réapparus. Pour eux, il avait été tolérable parce que ça les arrangeait que leur fille se contente, jusqu'à la fin du cycle primaire, de l'enseignement délivré par une petite école de village. En revanche, il était hors de question, lorsque allaient commencer les choses sérieuses, qu'elle n'intègre pas les cours d'un collège privé fort réputé de la banlieue ouest de Paris.

Il fallut qu'ils se séparent. S'il y eut une douleur dans leur vie d'enfant, ce fut bien ce moment où les chemins de leurs vies divergèrent. Mais il n'est pas une peine, aussi grande et cruelle soit-elle, surtout à leur âge, que le temps n'efface pas. Tel fut le cas pour Elodie. Ses études furent brillantes. Rien ne lui fut refusé qui puisse la distraire, la cultiver et, plus tard, lui faire mener une existence mondaine à laquelle elle prit beaucoup de plaisir.

Tout en allant, dans l'obscurité des sous-bois, elle se faisait le reproche de ne pas s'être suffisamment inquiétée de son ami Samuel. Mais qu'y aurait-elle changé ? Lui s'était retrouvé du jour au lendemain totalement seul et désemparé. En septembre de cette année-là, il avait intégré le collège de la ville voisine. Au petit matin, il montait à pied jusqu'au pays où un autocar de ramassage scolaire l'attendait. Il ne rentrait que tard dans la soirée et c'était à peine s'il avait le temps d'aller retrouver ses marques dans la ferme. Quant aux expéditions dans les bois, il ne fallait plus y penser.

Il en perdit le goût. Seul, sans Elodie, ses chemins, les mille découvertes qu'ils y faisaient, lui paraissaient sans saveur. Peu à peu, il parut s'en désintéresser, comme il renonça au moindre effort à l'école. Ses résultats devinrent catastrophiques, mais il s'en souciait peu. En même temps qu'Elodie, il avait perdu toute raison d'espérer. Il abandonna et se laissa vivre.

Le jour même de son seizième anniversaire, il refusa tout net de reprendre le chemin de ce collège qu'il exécrait. Personne ne vint lui en demander raison. Pour la forme, il y eut bien quelques grognements de Justin, mais cela, au fond, l'arrangeait bien. Sans que le vieux voulût en convenir, la tenue de cette ferme commençait à lui peser. L'âge venait. Depuis longtemps, il s'était fait à l'idée qu'il serait le dernier des Rabaut au Prieuré et qu'il lui reviendrait de laisser la ferme s'éteindre petit à petit, au fur et à mesure que baisseraient ses forces. Ce n'était pas que cette perspective le réjouît, mais comment faire autrement ? Et voilà qu'un possible successeur lui tombait du ciel... Comment refuser quand on se sent redevable de l'héritage d'une telle lignée à tous ceux qui sont là-bas, au cimetière, dans le caveau des Rabaut ?

Personne n'en parla, personne n'eut l'idée d'organiser cette succession. Samuel, simplement, inscrivit une fois pour toutes sa silhouette un peu dégingandée, son poil hirsute et ses mises débraillées dans le quotidien des travaux à effectuer. Pas question bien sûr qu'il ait son mot à dire. Justin, sur ce point, fut intraitable. Il suffisait qu'il exécute et pallie de ses jeunes forces celles quelque peu déclinantes du vieux.

Il parut s'en satisfaire. Depuis le temps qu'il avait abdiqué toute autre ambition que de retrouver sa chère nature et d'y vivre dans le souvenir nostalgique d'Elodie... S'être échappé du collège et de ses contraintes, vivre quotidiennement au contact des animaux et de la nature lui suffisaient.

En passant, les années firent de lui une sorte d'homme des bois de plus en plus hirsute, brouillé une fois pour toutes avec l'eau et le savon de la douche qui, d'ailleurs, n'existait pas dans la vieille maison. Hormis sa grand-mère et Justin qu'il finissait par ne plus voir, il n'avait de commerce qu'avec les animaux. Et ceux-là, pour lui manifester leur sympathie, n'avaient cure des hardes crasseuses dont il se vêtait.

Georges Levy mourut. Jeanne, son épouse, ne tarda pas à fermer la maison neuve trop grande, trop lourde à gérer pour une vieille femme seule. Sa fille vint la chercher, seule, sans Elodie. La solitude enserra encore un peu plus le Prieuré sans que Samuel y trouvât à redire. Le risque qu'on vînt à lui reprocher l'état d'abandon dans lequel il vivait se raréfiait à un point tel qu'il finit par l'oublier et par calquer ses façons d'être sur celles des vaches, de son chien ou des renards qu'il suivait à la trace jusqu'au plus épais des halliers.

Plusieurs années passèrent encore avant qu'un beau matin de printemps, à leur plus grande surprise, ils voient débarquer à la maison neuve de pleins camions de matériels et de matériaux. Depuis la cour de la ferme qui la surplombait, Samuel surveilla ce déploiement de force avec beaucoup d'inquiétude. Quelle intrusion cela présageait-il ? Qui pouvait bien s'arroger le droit de venir, par sa seule présence, lui imposer de restreindre sa liberté d'être et d'agir comme il l'entendait ?

Pas un seul instant il n'imagina qu'Elodie puisse projeter de revenir vers la maison de son enfance. Ce fut pourtant ce qu'il advint. Ce fut pour lui un vrai traumatisme. Il ne se rendit à l'évidence qu'en voyant Julie venir à lui. Depuis un coin d'ombre où il se croyait invisible, il épiait ce couple descendu d'une belle voiture qui investissait la maison neuve à peine sortie de ses travaux de réfection. Pendant que ses parents ouvraient grandes portes et fenêtres, la gamine découvrait son nouveau terrain de jeux. Elle l'eut vite repéré et, en toute candeur, elle vint lui demander ce qu'il faisait là.

Elle était l'exact portrait de l'Elodie de leurs jeunes années. Estomaqué, il avait été incapable de lui répondre. Devant l'image de la plus belle et d'ailleurs la seule amitié qu'il eût jamais vécue, il avait tout à coup pris la mesure de ce qu'il était devenu. Il avait fui. Il était allé se réfugier au plus profond des étables et s'était abruti de travail toute la journée.

Francis, Elodie et Julie avaient vite pris l'habitude de partager leur temps entre Paris et la maison neuve. Elodie, malgré sa fatigue et la sombre ronde des soucis et des peines dans laquelle tournait sans fin son esprit, eut un large sourire sur la nuit. Les efforts de Samuel pour s'amender et se rendre à nouveau présentable avaient été attendrissants. Il cherchait à lui plaire, c'était évident, mais il n'y avait aucune ambiguïté dans son comportement ; rien d'autre que son immense bonheur de retrouver l'amie de son enfance.

Avant même que Francis commence à s'intéresser à la petite chapelle qui se dressait à égale distance des deux maisons, Samuel s'était pris pour lui d'une solide sympathie excluant toute concurrence dont Elodie aurait pu être l'enjeu. Peut-être y avait-il eu, pour ce garçon dont l'univers se limitait à l'étroite vallée du Prieuré, l'attirance que pouvait exercer un homme tel que Francis, sensiblement du même âge que lui, capable de manœuvrer une tronçonneuse comme de terrasser les fondations d'un bâtiment, mais aussi de lui expliquer comment, depuis le bureau qu'il s'était installé dans une pièce de la maison neuve, il était à même de gérer les affaires de son cabinet d'architectes sans autres moyens qu'un ordinateur portable.

Samuel en avait été tellement impressionné qu'il avait rassemblé ses maigres économies et s'était lui-même payé un ordinateur. Ça, tout le monde ne le savait pas. Il n'avait pas osé en faire l'aveu à Francis. C'était de ces confidences qu'il réservait à Elodie, comme au temps où ils n'avaient pas de secrets.

Mais surtout, il y avait eu les chevaux. Avec l'aide de Samuel, Francis avait aménagé une belle écurie dans l'ancienne étable qu'une grande cour séparait de la maison neuve. C'était là qu'Emerillon, son cheval, la jument d'Elodie et le poney de Julie avaient débarqué un beau jour. Samuel n'avait jamais vu de chevaux que de loin, dans quelques prés, sur la route de la ville. Au premier regard échangé avec Emerillon, un anglo-arabe de six ans aussi élégant que puissant, il avait compris que sa passion pour les animaux venait de trouver son point d'orgue. L'animal, d'ailleurs, le lui avait bien rendu. Il s'était tout de suite établi, entre eux, une sorte d'entente que Francis s'était bien gardé de contrarier. Il n'avait pas eu à en faire la demande. Ce fut Samuel lui-même qui se proposa pour assurer l'entretien des animaux pendant les absences des Magnancourt.

Le vieux Justin, à vrai dire, considérait d'un œil critique l'intérêt porté par son petit-fils à ces animaux de riches. « Des chevaux, disait-il, ce n'est pas de chez nous. Les seuls qu'on ait jamais vus par ici, c'étaient ceux des maîtres et ceux des gendarmes... » Du haut de la vieille maison, il ne pouvait que se montrer pour le moins réservé, sinon hostile, à tout ce qui se passait chez ses voisins. La rivalité entre les familles existant depuis un siècle et demi, ce n'était pas parce que ces petits jeunes-là se donnaient des airs d'affranchis qu'il allait en revenir.

Les choses en seraient restées là si Francis ne s'était pas mêlé d'aller fouiner dans la chapelle. Savait-il seulement, quand il avait commencé à en gratter les murs, qu'elle ne lui appartenait pas plus qu'aux Rabaut ? A vrai dire, il se préoccupa fort peu de ce genre de détail et attacha bien plus d'importance à ce qu'il ne tarda pas à découvrir. Sous ses dehors de pauvre petit bâtiment à l'abandon, la chapelle recélait des trésors sous forme de fresques fort bien conservées, de chapiteaux et de charpente du XIIe siècle. Il se passionna. En homme de métier, il eut tout de suite le réflexe de faire connaître ses découvertes et d'y intéresser des spécialistes.

La petite chapelle y gagna rapidement une notoriété telle que le défilé des visiteurs se fit incessant. Justin ne pouvait évidemment pas tolérer qu'on en usât ainsi de ce qu'il considérait être autant le bien des Rabaut que des Magnancourt. Tous ces étrangers n'avaient rien à faire là et il se mit à le clamer haut et fort. Mais ce qui n'était qu'une manifestation de principe eut tôt fait de se muer en véritable fureur lorsqu'il apprit de la bouche même du maire les projets de la commune autour de ce que son premier magistrat nommait avec un rien de préciosité « un patrimoine de la plus haute valeur culturelle ».

Ne parlait-on pas « d'aménager les abords de la chapelle » ? Francis et Elodie avaient déjà donné leur accord pour que la partie de leur propriété concernée soit transformée en parvis dallé, fleuri et équipé de bancs en pierre. De l'autre côté de la route, était prévu un vaste parking pour les voitures des visiteurs. Restait, selon le maire qui avait fait le déplacement jusqu'à la vieille maison pour l'occasion, à obtenir le même accord de Justin pour ce qui concernait les quelques ares de sa propriété inclus dans le beau projet. Il était d'autant plus important d'en parler, précisa Antoine Souvert, que l'état des lieux allait nécessiter de sérieux travaux. « A la charge de la commune », précisa-t-il.

Il n'en restait pas moins qu'à quelques années de là, quand il avait voulu agrandir la cour de sa ferme, Justin avait accumulé là sans grand soin une quantité considérable de matériaux hétéroclites qui dévalaient le talus ainsi constitué presque jusqu'au mur de la chapelle. La ronce s'y était mise, commode cache-misère pour les détritus de toutes sortes dont on avait continué ainsi de se débarrasser.

Justin, réfrénant son indignation, avait laissé le maire aller au bout de ses explications. Puis il s'était lâché. Il était entré dans une colère noire, avait juré ses grands dieux que jamais, lui vivant, on ne toucherait à cette chapelle-là. Puis, quand le maire, pour ne pas s'en laisser conter par ce vieux radoteur, avait osé évoquer une possible expropriation, il l'avait jeté dehors sans même lui proposer l'inévitable verre.

Samuel avait assisté à la scène sans un mot. Chez les Rabaut, il n'avait pas droit à la parole. Antoine

Souvert en avait conclu un peu vite qu'il était aussi obstinément buté que son grand-père. Et lorsqu'on s'était aperçu, après la mort de Francis, qu'il était introuvable, on avait estimé qu'il était inutile de chercher plus loin. C'était lui, bien sûr, qui avait fait le coup.

Elodie n'y croyait évidemment pas. Mais il y avait la réalité de cette disparition. Il fallait, pour qu'il ait fui ainsi, qu'il y eût une autre raison. C'était ce qu'elle voulait comprendre en même temps qu'elle ne pouvait pas imaginer un seul instant abandonner Samuel dans cette triste situation.

Elle marcha plus d'une heure avant d'atteindre le chaos de roches accrochées au flanc d'une étroite vallée à mi-pente de laquelle Samuel, jadis, s'était aménagé un antre, dans une minuscule grotte. Une vague odeur de fumée traînait dans l'air. Elle avait donc vu juste.

— Samuel, c'est moi, Elodie. Tu es là ? Réponds-moi.

A quelques mètres de la grotte, elle s'était arrêtée, le cœur battant. Elle avait appelé d'une voix étouffée par l'angoisse. Rien, d'abord, ne se produisit.

— Samuel, je sais que tu es là. Je t'en supplie, réponds-moi.

Il fallut qu'elle insistât à plusieurs reprises. Elle chuchotait, mais il lui semblait que chacun de ses mots pulvérisait le silence nocturne. Plusieurs longues minutes s'écoulèrent encore avant qu'une voix sourde émane de la nuit.

— Seule ?

— Oui, bien sûr que je suis seule. Tu es où ?

En naissant de l'obscurité là où elle ne l'attendait pas, une silhouette la fit sursauter.

— Samuel, enfin ! Je suis heureuse de te voir.

— Qu'est-ce que tu viens faire ?

— Je viens t'aider... si je le peux. Pourquoi t'es-tu sauvé ?

— Si tu viens pour m'accuser, ce n'est pas la peine.

— Mais non, Samuel. Tu sais bien que je ne suis pas là pour ça. Si je te croyais coupable, tu crois que je me serais éloignée comme ça de Julie... et de ma peine d'avoir mis mon mari en terre ce matin ?

Il fit quelques pas dans la pente et s'assit sur une roche qui affleurait là.

— Ce n'est pas moi qui ai tué Francis.

— Je le sais, Samuel. J'en suis convaincue, mais en te sauvant tu t'es désigné comme coupable. Ils en sont tous convaincus.

— Ç'aurait été la même chose si je ne m'étais pas sauvé.

— Pourquoi tu dis ça ? Explique-moi. Qu'est-ce qui s'est passé ?

— J'ai désarmé celui qui l'a tué. Je lui ai arraché des mains cette bûche avec laquelle il l'a assommé en traître, par-derrière. Mais c'était trop tard...

— Tu l'as vu. Tu sais qui c'est.

Dans l'ombre, elle sentit son regard qui pesait sur elle.

— Sûr que je l'ai vu. Sûr que je sais qui c'est. Mais... Je ne peux pas le dire...

— Pourquoi ? Ça t'innocenterait. Et tu nous dois ça, à Francis comme à moi, comme à Julie.

Dans la lueur blanche de la lune qui se levait, elle commençait à discerner ses traits. Elle le vit secouer la tête lentement de droite à gauche.

— Ce n'est pas si simple. Ça ne servirait à rien. Il l'a dit. « Si tu parles, je te charge, qu'il a dit. Tes empreintes, elles sont sur la bûche avec les miennes. Je dirai que je t'ai désarmé. De toi ou de moi, à ton avis, lequel ils croiront ? » Voilà ce qu'il a dit. J'ai bien compris, va. Encore... J'aurais été le premier à dire ce qui s'était passé... Peut-être on m'aurait cru. Mais j'ai entendu venir. Je n'avais plus ma tête. Je me suis caché. Quand tu commences à te cacher, c'est fichu. Tu ne peux plus t'arrêter. J'ai entendu le cri qu'il a poussé. Et tout de suite, je l'ai entendu courir. Je me serais montré, je l'aurais rappelé, peut-être... Mais là, c'était trop tard. Tout le monde allait savoir. On allait me dire : « Pourquoi tu t'es caché ? Quand on se cache, c'est qu'on a quelque chose à se reprocher. » Je n'avais plus le choix. Je me suis sauvé. Emerillon, il est bien rentré ? Vous l'avez récupéré ?

Comme s'il s'agissait de cela. Elle le rassura, mais elle comprit vite qu'il ne servirait à rien d'insister. Il était pris dans sa logique du faible, du petit qui sait sa parole de si peu de poids face à celle du puissant.

— Mais tu ne peux pas rester ici. Tu ne peux pas t'éterniser dans cette grotte.

— Je vais m'en aller.

— Où ?

Il haussa les épaules.

— Bon, décida-t-elle soudain, demain soir, on se retrouve au carrefour de l'Orme. Je te prends dans ma voiture et je te monte à Paris, chez moi. Le parc de la maison est assez grand pour que tu t'y occupes sans que personne ne te voie. Tu resteras là-haut le temps qu'il faudra. Les choses vont bien se tasser. Il y a une enquête. Peut-être qu'ils trouveront.

— Tu penses ! Leur enquête, elle est déjà bouclée. C'est moi qui ai fait le coup, et puis basta...

Il ne voulut pas en démordre, mais il devait se sentir en trop grande insécurité, dans sa grotte. Il finit par accepter la solution provisoire que lui proposait Elodie.

3

Le conflit n'avait pas attendu ce drame pour éclater. Depuis des mois, depuis que la presse locale avait commencé à faire ses gros titres des découvertes de Francis Magnancourt dans la petite chapelle du Prieuré, les passions s'affûtaient. A l'intérêt sans arrière-pensée de ceux pour qui la qualité de ces trouvailles prévalait sur de sombres affaires d'héritage dont ils n'avaient que faire, répondit vite le parti pris des tenants de l'inaliénabilité de tout ce qui touche au passé.

Si seulement Francis avait eu une tombe à fleurir, à la Toussaint, au cimetière du village... Mais non, même pas. Il n'était jamais qu'un étranger, juste le mari d'une descendante de cette branche des Rabaut qui, jadis, en faisant fortune, s'était trop éloignée du pays pour pouvoir encore prétendre en faire partie. Détenir l'acte de propriété d'une maison et de quelques hectares de terre était une chose ; en prendre prétexte pour intervenir dans les affaires du village en était une autre. On put mesurer, au tintamarre qu'elles firent, combien étaient encore nombreuses les voix qui n'entendaient pas qu'il en soit autrement.

Ce fut à peine si le vieux Justin Rabaut eut à battre le rappel de ses amis. Quand fut connu le projet d'aménagement des abords de la chapelle concocté par la municipalité, la levée de boucliers fut immédiate. Une pétition circula qui ratissa large. On joua de toutes ses relations pour que s'allonge la liste des signataires. « De quel droit, demandait-elle en exergue, ose-t-on entreprendre de tels travaux sans l'accord des légitimes propriétaires ? A quel titre ose-t-on bafouer ainsi notre passé ? » Et les signatures étaient invitées à s'aligner sous ces affirmations péremptoires : « Oui à la conservation de la chapelle du Prieuré ; non à sa modernisation outrageuse. »

Tout était dit. En quelques jours, le ton monta à un tel point qu'il devint impossible de ne pas être d'un bord ou de l'autre. La neutralité fut bannie. Si on s'avisait de ne pas être contre, on était pour et comme tel exclu de la communauté des autoproclamés défenseurs de l'« authenticité » locale.

On vit s'ériger des barrières. De vieux accords de bon voisinage se virent dénoncés. Quelques noms d'oiseaux volèrent, d'un jardin à l'autre ou à la porte du café, mais, plus couramment, pour ne pas risquer d'en venir à d'autres extrémités, on préféra appliquer à ceux de l'autre bord la loi terrible du silence. Plus de « bonjour », moins encore de considérations aimables sur le temps qu'il fait, qu'il a fait ou qu'il fera. Un regard méprisant et l'on passait son chemin.

L'atmosphère eut tôt fait de devenir irrespirable. C'était absurde, totalement irrationnel, mais la polémique s'en était mêlée et attisait sournoisement les braises de la discorde. Si seulement il n'avait pas été de notoriété publique que le maire nourrissait des ambitions politiques... Les cantonales approchaient. L'affaire fut pain bénit pour ceux de ses ennemis qui cherchaient par tous les moyens à lui mettre des bâtons dans les roues. Il fut parmi eux une poignée de fins connaisseurs des rouages de la rumeur publique pour faire monter la sauce d'un débat qu'en d'autres temps on eût tranché de quelques apéros partagés au coin du bar de l'unique café local.

Eriger Justin en victime, faire valoir le bon droit qu'il y avait à épouser sa cause leur furent un jeu d'enfant. Un mot en entraînant un autre, comme la flammèche gagne de proche en proche dans les brindilles avant de devenir brasier, il n'en fallut pas plus pour que les passions se déchaînent et la raison s'éteigne. L'incendie fut vite hors de contrôle.

L'annonce de l'inauguration officielle et tapageuse de la chapelle fut ressentie comme une provocation par tous ceux qui se regroupaient dans le camp des « anti ». Mais la présence annoncée de quelques officiels et surtout des caméras de la télévision les fit reculer. Non sans un minimum de bon sens, ils sentirent le piège. A troubler la fête, comme ils en avaient eu d'abord l'intention, ils risquaient d'apparaître comme de vulgaires trublions. Le public n'aime pas qu'on s'en prenne à ce qu'il entend adorer. L'intérêt pour les découvertes de Francis avait été trop grand. Personne, hors de Saviniolet, ne comprendrait que des empêcheurs d'admirer en rond viennent en brouiller l'image.

Ils préférèrent s'abstenir, se réservant pour d'autres occasions à usage plus local. Le drame qui fit tourner court la fête projeta tout à coup leur combat dans une autre dimension. Que Samuel ait disparu eut valeur d'aveu pour tous ou presque, qu'ils soient du bord des « anti » ou de celui des « pro ». On n'en discuta même pas. La réflexion sur la présomption d'innocence fut laissée à d'autres. L'indignation souleva le camp, jusque-là très réservé, de ceux qui ne voyaient pas, dans toute cette affaire, de quoi fouetter un chat.

Qu'au nom de la tradition et de chamailleries de famille vieilles comme le monde on en vienne à de telles extrémités les fit se dresser comme un seul homme contre le parti des opposants à la mise en valeur de la chapelle.

D'abord embarrassés, ceux-ci eurent tôt fait de relever la tête. Ce qui s'était passé était évidemment regrettable, mais, selon eux, la faute en incombait à tous ces irresponsables qui avaient cru pouvoir faire fi du passé d'un hameau et d'une famille. Pour un peu, oubliant qu'il y avait eu mort d'homme, ils auraient fait de Samuel le martyr de leur juste cause...

Pour ce rustre taiseux, ce chien couchant sans autre motivation que de satisfaire aux moindres exigences de Justin, quelle différence entre une étable à aller curer et le geste de débarrasser son grand-père d'un ennemi ? « Quand je vous le dis... Une bête, rien de plus. On le plaindrait s'il n'avait pas tué... »

Antoine Souvert enrageait. Il s'était fait piéger. Il aurait dû être plus prudent. Mais pouvait-il prévoir ? Des décisions qui ne plaisaient pas à tout le monde, il en avait fait passer d'autres. Fort de son charisme, de l'autorité acquise au fil de trois mandats de maire, et d'un conseil municipal à sa dévotion, il était passé maître dans l'art de mettre ses administrés devant le fait accompli.

Pourquoi, cette fois, cela n'avait-il pas marché ? Au sein même de son équipe, il sentait monter la grogne. Jamais, jusque-là, il ne s'était trouvé confronté à une telle situation. Cet ancien cadre de l'industrie revenu au pays à l'heure de la retraite n'était pourtant pas homme à céder pour si peu. Bien au contraire, plutôt que de tergiverser, son tempérament de fonceur lui indiquait qu'il devait aller de l'avant. D'ailleurs, il ne se reconnaissait pas d'autre choix. Laisser s'éterniser cette situation d'incertitude où chacun gardait l'espoir de voir triompher son point de vue était le meilleur moyen d'attiser les passions. Chaque jour qui passait les rendait plus incontrôlables. Un tel drame ne se serait pas produit, pensait-il, si, par ses ordres, il avait rendu plus tôt les choses incontournables.

Pour rien au monde il n'aurait admis en public cette part de responsabilité dont il se reconnaissait la charge. C'était dans le calme et la solitude de son bureau qu'il analysait ainsi les choses. Mais c'était là aussi, dans la confrontation avec lui-même, qu'il prenait ses décisions. Et bien malin qui aurait pu le faire revenir de ce qu'il arrêtait ainsi.

— Attends voir, grogna-t-il. Je m'en vais te les mettre d'accord, moi.

Par chance, le maçon, pour une fois, n'avait pas semé son portable sur l'un ou l'autre de ses chantiers.

— Salut, Simonin. C'est Souvert. Ça va comme tu veux ? Bon, je ne te dérange pas plus longtemps. C'était juste pour te dire : les travaux du Prieuré, tu attaques demain à la première heure.

— Euh…

— Quoi, euh ? Tu m'as bien dit que tu étais prêt, que tu n'attendais que mon feu vert ? Eh bien, je te le donne. Voilà tout.

— Sûr que je suis prêt. Un tracto, un camion, pas un problème. Mais tu crois que…

— Je crois quoi ? Que ce n'est pas le moment ? Eh bien, moi, je te dis l'inverse. Il faut frapper un grand coup. Si on laisse traîner, ça n'ira qu'en empirant. C'est de la suggestion collective, cette affaire-là. Ils se montent le bourrichon mutuellement. Plus on les laisse se chamailler, plus ils s'échauffent. Si on n'agit pas, et vite, c'est pour le coup que ça finira mal.

— Au point où on en est...

— C'est justement. On a trop attendu. Demain on attaque. Et je serai sur le chantier.

— Je serai heureux de t'y rencontrer !

L'aube s'était levée sur un matin gris et triste. Il crachouillait. Une pluie très fine, décidée à s'obstiner toute la journée. Sur les prés, de part et d'autre de la rivière, et sur les jeunes feuillages des arbres, aux flancs des coteaux, elle formait comme un vernis légèrement argenté qui soulignait l'exubérance avec laquelle la végétation clamait bien haut sa victoire récente sur les derniers assauts de l'hiver.

Antoine Souvert n'en était pas moins de fort méchante humeur. Peu sensible aux charmes de la nature, il ne retenait que la grisaille et cette humidité poisseuse qu'il lui fallait subir alors que la secrétaire de mairie devait être en train d'empiler sur le coin de son bureau tous les dossiers à voir impérativement dans la journée.

Le tractopelle et le camion-benne étaient arrivés presque en même temps que lui. Simonin les suivait de peu. Il avait l'œil soucieux.

— T'es bien sûr ? fut son seul bonjour.

Le maire ne releva pas.

— Viens voir qu'on soit bien d'accord.

Ils laissèrent les ouvriers préparer leur matériel et s'avancèrent jusqu'à la chapelle. Ils ne l'atteignirent pas.

— Vingt dieux d'ours ! entendirent-ils brailler. Z'allez pas plus loin. Un pas de plus et je vous allume !

La silhouette de Justin venait de se dresser en haut du talus, au bord de sa cour. Le vieux tenait le calibre seize à sa hanche comme s'il se fût agi d'un fusil-mitrailleur.

— Justin... voulut plaider le maire.

— Tu sais ce qu'il te dit, Justin ?

Il se retourna et appela. Ainsi planté au-dessus d'eux, dans ce vallon étroit, sa voix, amplifiée par la colère, prenait des intonations de tonnerre.

— Marcelle, l'entendirent-ils clamer. Tu fais comme je t'ai dit.

— Justin... tenta d'insister le maire en s'avançant de deux pas.

Le canon du seize se releva brutalement et une détonation sèche fit sursauter tous les échos de la vallée.

— Te voilà prévenu, Souvert. La prochaine fois, j'aime autant te le dire, c'est pas en l'air que je tirerai.

— A quoi ça sert, Justin ? ne s'en obstina pas moins ce dernier. Tu sais que le conseil municipal a voté. Autant qu'on fasse ça pour votre bénéfice à tous les deux, à l'Elodie, maintenant que Francis n'est plus là, et à toi. C'est votre bien qu'on va valoriser. Sinon, tu sais ce que je t'ai dit. Il faudra qu'on en passe par une expropriation. Ce serait tout de même dommage.

Planté en haut de son tas de détritus, au seul mot d'expropriation Justin Rabaut s'était tassé sur lui-même comme s'il venait de recevoir un coup.

— Cause toujours, Souvert. C'est moi qui te le dis. Tes engins, ils n'y sont pas encore, sur mon terrain.

— Alors ? On fait quoi ?

— Marche, tu n'auras pas longtemps à attendre.

— Ecoute !

Simonin avait pris le maire par la manche et le tirait discrètement.

— Quoi encore ? s'impatienta Souvert.

Des portières claquèrent dans son dos. Il se retourna. Une voiture venait de s'arrêter derrière celle de Simonin. Quatre hommes en descendaient. Chacun portait son fusil de chasse à bout de bras. Et ce n'était pas tout. Deux autres voitures arrivaient. De l'autre côté de la rivière, une troisième quittait la départementale et s'engageait sur la petite route du Prieuré.

— Ce n'est pas vrai... maugréa Antoine Souvert.

C'était bien la première fois de sa vie qu'il ressentait cette sensation d'impuissance et de découragement.

— Viens, dit-il à Simonin. Ne restons pas là. Ça ne sert à rien.

Ils se replièrent vers le camion auprès duquel les ouvriers de Simonin attendaient les instructions. Le maire les connaissait tous par leurs prénoms, ces ouvriers qui ne demandaient qu'à faire le travail pour lequel ils étaient payés, et ces hommes armés qui les croisaient sans un mot, en les bravant du regard.

— T'as compris, ce coup-ci, Souvert ? triompha Justin depuis son tas de déchets. T'as compris où je me la mets, ta menace d'expropriation ?

— Ils avaient prévu le coup, grommela Simonin. Tu as entendu ce qu'il a crié à la Marcelle ? Sûr qu'elle n'attendait que ça pour décrocher le téléphone et battre le rappel.

Souvert cherchait désespérément l'échappatoire qui lui éviterait de perdre la face. Il se contenta d'approuver du chef. Ils n'avaient pas prêté attention au chauffeur du camion installé à son volant, le téléphone portable à l'oreille. Ce fut le claquement sec de la portière lorsqu'il la ferma énergiquement en sautant de sa cabine qui les fit se retourner.

— J'en ai fait autant ! proclama l'homme sur un ton rageur.

— T'en as fait autant ? T'as fait quoi ?

— J'ai prévenu les autres, ceux, comme moi, qui en ont ras le bol de tous ces connards. On ne va tout de même pas se laisser faire. Le Francis assassiné, et maintenant les fusils... Et puis quoi encore ? C'est la loi de la jungle ou quoi ? On n'aura pas longtemps à attendre. Ça va rappliquer.

— T'aurais pu prévenir !

Simonin retint à temps sa colère. A quoi bon ? Il se tourna vers le maire. A la crispation des maxillaires, il comprit que Souvert contenait avec peine la même exaspération.

— On fait quoi ? osa-t-il.

— Trop tard... grogna Souvert.

D'autres voitures venaient déjà ajouter à l'encombrement de la petite route. Des portières claquaient, des hommes s'avançaient porteurs de fusils de chasse ou de manches de pelle. Souvert bondit au milieu de la route.

— Doucement, les gars. Vous êtes là... C'est bien. Faudra faire avec. Mais surtout pas de drame. Ça suffit comme ça. Tenez, vous voyez ce tracto ? Vous le prenez comme limite. En aucun cas vous ne devez le dépasser. C'est bien entendu ? Jamais plus loin. Surtout pas le contact. Laissez-moi faire. Je vais parlementer.

Il échangea un bref regard avec Simonin qui avait compris. Le maçon acquiesça d'un mouvement du menton et vint se planter au milieu de la route, à la droite du tractopelle.

— Pas plus loin, les gars, dit-il.

Il y eut bien quelques grognements, quelques protestations. Mais d'autres se joignirent à Simonin et calmèrent la troupe.

— C'est bon, dit Souvert.

Et, d'un pas décidé, il s'avança vers la chapelle où Justin était venu rejoindre ses défenseurs.

Dans le silence électrique qui s'établit, le chantonnement de la rivière contre les piles du pont parut les narguer. Il y eut, de part et d'autre, deux ou trois claquements secs de culasses qu'on verrouille. Souvert avançait dans le vide. Il n'avait pas la moindre idée de ce qu'il allait faire ou dire. Il y allait parce qu'il n'y avait pas d'autre solution, mais il avait la désagréable sensation qu'un gouffre l'attendait au bout de ces quelques pas.

En marchant, il porta les yeux vers la maison neuve dont il longeait la grille. Elodie Magnancourt et sa fille se tenaient debout derrière une vitre, au premier étage, serrées l'une contre l'autre. Le soleil levant semblait concentrer sa lumière sur elles comme sur une scène de théâtre l'éclairagiste souligne le jeu du premier rôle. Tout en elles, leurs regards comme la crispation de leurs corps unis, exprimait l'angoisse.

« Pour elles... se dit Souvert. Pour elles, il faut arrêter les frais. »

Il s'immobilisa à quelques pas de la ligne absurde des hommes qui, arme à la main, prétendaient défendre les mauvaises herbes et les détritus qui cernaient la chapelle. Un long moment, à dessein, il laissa monter la tension en les dévisageant l'un après l'autre. Puis son regard se porta derrière eux, sur ces murs gris d'âge, sur la discrète élégance du modeste édifice que des hommes d'un autre temps avaient pris la peine de bâtir pour que d'autres hommes viennent y trouver la paix de l'âme. Tout cela était tellement dérisoire. Il se retourna brièvement. Elodie et sa fille étaient toujours à la fenêtre de la maison neuve. Il leur fit un sourire qu'elles ne virent probablement pas. Puis il fit face à la poignée d'« anti » qui s'agitaient, déconcertés par son long mutisme.

— Ça va, les gars, dit-il. On en restera là. Les travaux sont remis à plus tard.

Déjà des cris de victoire s'élevaient, des fusils étaient brandis. Dans son dos, il entendit s'élever les protestations des « pro ».

— Attendez ! cria-t-il. Ce n'est pas tout. Vos hurlements, laissez-moi vous dire qu'ils sont un peu déplacés. Vous oubliez où vous êtes. Il y a là une femme et une enfant qui pleurent un mari et un père. C'est pour elles, pour l'indécence qu'il y a à leur imposer la vue de vos comportements que je préfère qu'on mette les pouces. Vous n'avez pas à être fiers du spectacle que vous leur avez donné.

Il avait encore tant de choses à leur dire... Ce n'était évidemment pas le moment. Seul comptait le calme qu'il fallait vite, très vite, rendre à Elodie et à Julie. Il tourna les talons et, en repassant devant la grille de la maison neuve, leva à nouveau les yeux vers la fenêtre du premier étage. Elodie y était seule. Elle lui adressa un bref sourire, puis disparut derrière le voilage dont il lui parut qu'il n'en finissait pas de retomber sur le silence et la peine de la jeune femme.

4

Chaque matin, en se rendant à la scierie où il travaillait, Serge avait un regard pour le minuscule hameau du Prieuré. Il aimait la vue de ces quelques toits en désordre et mangés de verdure qu'on apercevait depuis la route départementale.

Malgré la sympathie mêlée d'un peu de pitié qu'il avait toujours portée à Samuel, il avait rarement eu l'occasion d'en faire le détour. Comme beaucoup, il se contentait d'y voir le domaine quasi exclusif des Rabaut, une sorte d'enclave dans le pays où l'on vivait à un rythme et selon des règles venus de temps révolus au milieu de vestiges plus anciens encore.

L'arrivée des Magnancourt, même si elle avait aiguisé les curiosités, n'y aurait pas changé grand-chose si, à quelques mois de là, ce n'était pas Francis lui-même qui lui avait demandé de passer. Serge avait la réputation d'être un fin connaisseur des problèmes sylvicoles. A sa plus grande surprise, il avait entendu cet homme qu'il ne connaissait que pour l'avoir croisé une ou deux fois dans les rues du bourg lui exposer dans les détails, documents à l'appui, le vaste projet qu'il avait à cœur de réaliser sur les terres de l'héritage de son épouse.

Il s'agissait de rien de moins qu'une sorte de pépinière d'entreprises dédiées au bois et à tout ce qui peut se créer à partir de cette noble matière. Il parlait avec flamme de ce qu'il appelait déjà son « centre de création des métiers du bois ».

« Je suis sidéré, disait-il. Il y a ici, dans toute la région, un gisement énorme de bois de qualité. Et on n'en fait rien. Ça part prendre sa valeur ailleurs. Compte un peu le nombre de camions chargés de bois qui passent chaque jour sur la départementale. C'est effarant ! Et tout ça, ça va Dieu seul sait où, vers des gens plus malins que nous qui savent le transformer. »

Serge s'était récrié. Il y avait tout de même la scierie où il travaillait. Elle se trouvait à quelques kilomètres en aval du Prieuré. Quand le vent portait, on entendait la plainte régulière de ses machines.

« Oui, bon, je veux bien, avait concédé Francis. Mais elle fait quoi, ta scierie ? Des planches de coffrage, du bois à palettes... Excuse-moi, mais la valeur ajoutée est tout de même limitée. »

Ce n'était pas pour lui faire plaisir, mais Serge avait bien dû en convenir. Il avait rêvé, en d'autres temps, d'obtenir de son patron qu'il s'oriente vers plus de qualité. Mais l'autre s'était contenté de hausser les épaules...

« Il y a tant de choses à faire avec le bois ! s'emportait Francis. Moi, ce que je veux, c'est que les idées fusent. Objets utilitaires ou de décoration, voire artistiques, matériaux d'ameublement, de construction, d'isolation... Tout est à faire. Rien que dans mon domaine, l'architecture, je t'assure qu'on les cherche, les idées du bois dans le bâtiment. »

Il était tellement enthousiaste que Serge s'était laissé convaincre. Francis avait tout à apprendre en matière de sylviculture. Il fit de Serge son conseiller en la matière. Les deux hommes avaient vite sympathisé.

« Quand on en sera à passer aux actes, tu viendras travailler avec moi », avait proposé Francis.

Serge était resté prudent, mais, le temps passant et le projet prenant forme, il avait commencé à y croire et à espérer. D'ailleurs, tout convergeait pour que la perspective de venir travailler au Prieuré lui soit agréable.

Il y avait tout d'abord Samuel. Ils étaient sensiblement du même âge et Serge s'était toujours senti attiré par cet étrange garçon. Il le connaissait assez bien pour mesurer toutes les raisons qu'il avait d'être mal dans sa peau et terriblement renfermé sur lui-même. Il s'était même souvent reproché de ne rien savoir lui apporter d'autre qu'un vague sentiment de pitié dont il cherchait à se défendre.

Il n'avait pas été sans remarquer les changements intervenus dans les apparences et dans le comportement de son ami depuis que les Magnancourt avaient pris leurs habitudes à la maison neuve. Sans l'exprimer, il leur en était reconnaissant et c'était un élément de plus qui le portait à se laisser convaincre par Francis.

Celui-ci lui avait longuement parlé, et avec la même ardeur que pour son projet de « centre de création des métiers du bois », des travaux qu'il conduisait dans la chapelle et des découvertes qu'il y avait faites. Il reliait tout cela à l'histoire du Prieuré et de la famille Rabaut dont Serge, stupéfait, avait réalisé que Francis la connaissait bien mieux que quiconque à Saviniolet.

Nul bien sûr ne doutait qu'avait existé là, jadis, un petit moutier, une modeste communauté monastique rassemblée autour de son prieur. Comment autrement expliquer le nom qui était resté au lieu-dit ? Mais pour le reste...

A force de recherches, Francis avait établi que des moines bénédictins étaient bien venus s'installer au XIIe siècle au coteau de cette vallée. Au plus profond des monts du Morvan, ils avaient trouvé là un lieu isolé et solitaire tel qu'ils les aimaient. Ils avaient soigneusement essarté ses terres avant de les livrer à leur industrie agricole. Sans que l'établissement prenne une importance excessive, au travers des guerres, des pillages et des épidémies, il avait tout de même réussi à traverser les siècles sans trop de dommages. Comme beaucoup de ses semblables, c'était la Révolution qui avait mis fin à son aventure.

Soucieuse de financer la guerre qu'il lui fallait mener à l'Europe entière, la jeune République, après en avoir chassé les derniers moines, avait mis en vente le moutier au titre des biens nationaux. Un laboureur du nom de Rabaut, dont on ne sut jamais d'où il tenait les écus qui lui avaient permis une telle acquisition, en était devenu le nouveau maître. La famille, depuis, s'était identifiée au lieu qu'on continuait d'appeler le Prieuré bien que les Rabaut l'aient occupé et fort bien géré, de génération en génération, depuis plus de deux siècles.

A vrai dire, du moutier originel ne subsistait guère que la vieille maison qui dominait le lieu, depuis le coteau auquel on l'avait accrochée. Quelques vieux du pays l'appelaient encore « la maison du prieur ». Au-delà de son aspect massif, des élégantes lucarnes qui ornaient son toit et de quelques moulures encore visibles autour de certaines ouvertures, qui trahissaient, aux yeux des connaisseurs, les meneaux depuis longtemps abattus, il ne restait plus grand-chose de l'ancienne splendeur de l'édifice.

Au fond de la cour de la ferme, à demi dissimulée par un grand bâtiment moderne aux tôles déjà maculées de rouille, une étrange construction toute en hauteur gardait obstinément le nom de réfectoire des moines. Curieuse appellation pour ce qui n'était à l'évidence que le reste d'un ensemble probablement bien plus vaste, mais dont on ne conservait aucun souvenir. A y regarder de plus près, entre les matériaux hétéroclites qui y étaient entreposés, on devinait quelques piliers élégants et même deux ou trois chapiteaux aux feuilles d'acanthe brisées.

Avant même que Francis Magnancourt vînt à s'y intéresser, de l'avis général, le vestige le plus remarquable était la modeste chapelle qui se dressait en contrebas de la cour de la ferme. Il tenait du miracle que son clocheton délicatement ouvragé, le plein cintre de la voûte coiffant sa porte étroite et ses élégantes proportions aient traversé les siècles sans autre outrage.

A moins qu'elle dût cette mansuétude du temps et des hommes, au-delà des affrontements et des terribles luttes de famille qui avaient émaillé cette longue histoire, à une sorte de consensus jamais démenti qui lui avait accordé la sympathie et l'attachement de tous. On l'aimait, cette petite chapelle, voilà tout. Pour tout l'or du monde, on n'y aurait pas touché. Pas plus d'ailleurs qu'on n'aurait investi quelque argent dans son entretien.

On l'aimait tant, cette petite chapelle, qu'elle s'était trouvée bien malencontreusement tenue à l'écart d'une laborieuse négociation qui, au XIXe siècle, avait bien failli sonner le glas du règne des Rabaut sur le Prieuré. Faisant fi de la coutume qui prévalait encore sur le droit, le frère puîné du jeune maître de la ferme fit scandale en exigeant que s'appliquât à leur héritage les règles encore bien neuves du code Napoléon. L'idée même qu'il fallût partager le bien était encore de nature, dans beaucoup de campagnes, à faire brandir les fourches de la révolte.

Ce Rabaut cadet n'en tint pas moins bon. Doué d'un rare sens des affaires, il avait su prendre le vent quand, dans les années 1840, les commis des sucrières et des grandes exploitations du Bassin parisien avaient commencé à affluer vers le pays. Ils étaient à la recherche de moyens de charrois dont manquaient leurs nouvelles industries consistant à ravitailler les énormes populations que les grandes villes commençaient d'agglomérer.

Les galvachers traditionnels firent la fine bouche. Le rude climat du Morvan et ses terres trop pauvres leur refusant le maigre gain dont ils auraient pu survivre, ceux-là ne s'étaient jamais totalement sédentarisés. Six mois de l'année, de mai à novembre, à la tête de leurs attelées de bœufs, ils reprenaient le grand nomadisme de jadis. Quittant leurs collines sauvages, ils allaient s'employer dans les grandes forêts les plus lointaines où ils n'avaient pas leurs pareils à ce qu'on disait, pour débarder le bois. Ils crurent déchoir à consentir d'aller coupler leurs bœufs aux charrues des plaines agricoles ou aux chars de leurs moissons.

Ce Rabaut-là vit le marché. Un temps, il pensa partir lui-même, à la tête d'une attelée, vers la Brie ou la Champagne. Mais cela lui parut d'un trop petit rapport pour son ambition. Il préféra laisser le soin de migrer à d'autres. Bien mieux valait se spécialiser. Il alla trouver quelques-uns de ces commis qui tentaient de recruter dans les auberges du pays et leur proposa de travailler pour eux. Pourvu que le contrat soit assez rémunérateur, il s'engagea à leur assurer chaque année la fourniture d'un certain nombre de bouviers équipés de bœufs de qualité qu'il se mit en peine d'élever. Dès qu'il en eut une quantité suffisante, il embaucha quelques braves gars du pays et les mit sur les routes à destination de ces grandes fermes de la région parisienne où on avait tant besoin de leurs compétences.

L'affaire eut tôt fait de prospérer. C'est alors que notre homme, qui travaillait jusque-là en collaboration plus ou moins paisible avec son frère aîné, réclama sa part des terres du Prieuré. La chose fit grand bruit. Le tribunal fut saisi. Mais la loi était ce qu'elle était. Il eut gain de cause et on dut envisager un partage équitable des terres jadis acquises par l'ancêtre Rabaut. On tergiversa encore longtemps, mais il fallut bien qu'en fin de compte on aboutisse à un accord qui ne satisfaisait évidemment personne et scellait une fois pour toutes la brouille entre les deux branches de la famille.

Seule la chapelle échappa au partage. On y tenait tant, d'un côté comme de l'autre, qu'aucun des deux partis ne voulut se résoudre à s'en dessaisir. On vit le moment où l'affaire allait faire capoter des années de pointilleuses négociations. Il fallait une solution. Qui la trouva ? Nul ne le sut jamais. Au moment de signer, personne ne vit, ou ne voulut voir, que le trait qui délimitait les prés du bord du ruisseau dont ne démordait pas le cadet, et la cour de la ferme de l'aîné, prit simplement la chapelle par le milieu, dans le sens de la longueur. Et l'on s'abstint de faire remarquer qu'elle ne figurait sur aucune des deux longues énumérations des biens revenant à l'un ou à l'autre.

Avant même qu'on en eût fini avec ces longues arguties de plaideurs, le cadet qui avait si bien réussi voulut que nul n'en ignorât. Il fit entreprendre la construction d'une grande maison neuve aux toits pentus agrémentés d'une tourelle. Pour bien affirmer sa modernité, il veilla au nombre des fenêtres, à leur largeur et à leurs encadrements de brique. Côté rue, on agrémenta le salon d'un opulent bow-window qui fit l'étonnement de tout le pays. Au-delà d'un jardin d'agrément et d'une vaste cour, il fit bâtir une grande étable selon les règles les plus en vogue à l'époque. Il pouvait y entretenir quarante paires de bœufs à la fois et n'en était pas peu fier.

La gloire de la maison neuve ne dura pourtant guère plus que le temps d'une génération. Fortune faite, cette branche cadette des Rabaut n'eut aucun mal à se détourner du commerce des galvachers qui s'essoufflait, pour investir dans d'autres activités tout aussi lucratives. Celles-ci ne se trouvaient évidemment pas à Saviniolet. Sans rien perdre de la fierté de ses origines, on devint donc parisien, lyonnais ou dijonnais, et on eut tôt fait d'oublier la belle maison des premiers temps. Nonobstant la brouille des deux branches de la famille, on loua les terres aux Rabaut de la vieille maison. On ferma la maison neuve et on commit un artisan local au minimum d'entretien nécessaire.

Même le nom des Rabaut cadets s'y perdit lorsque les deux seuls petits-fils du fondateur eurent la malchance de trouver la mort dans les tranchées de la

Grande Guerre. Ne restait qu'une fille, Jeanne, qu'on maria dans les années 1920 à Georges Levy, héritier d'une famille de commerçants parisiens. Il fallut que ces deux-là, après une longue carrière occupée à faire fructifier le bien familial, décident d'en remettre les clés à leur fille et de venir vivre leurs vieux jours dans la maison neuve pour que celle-ci émerge de son long sommeil.

Pendant ce temps, les Rabaut aînés, ceux de la vieille maison, avec une régularité d'horloge, procréaient des garçons dont l'aîné, immuablement, assurait la continuité de la vieille race. Bien sûr, maintenant, il fallait payer un loyer pour la moitié des terres. Mais on s'estimait heureux d'en avoir ainsi récupéré l'usage. Plus douloureux était, à chaque génération, le rachat des parts de ceux qui partaient par celui des enfants qui reprenait la ferme.

L'idéal eût été de ne concevoir à coup sûr qu'un seul rejeton mâle. Si tel était le cas, on arrêtait là les frais et on mettait en œuvre tous les moyens, transmis de mère en fille comme de précieux héritages, pour qu'aucune autre naissance ne vienne compliquer les choses. Si, par malheur, une fille survenait avant l'héritier mâle tant espéré, il fallait bien remettre ça avec l'espoir que, cette fois, la nature ferait bien les choses !

Elle eut le bon goût de servir assez régulièrement les attentes des Rabaut de la vieille maison pour que Justin ne soit, en fin de compte, qu'un maillon d'une chaîne ininterrompue depuis plus de deux siècles. Titre de gloire qu'il dut malheureusement tempérer durant longtemps du constat qu'il serait irrémédiablement le dernier. D'une part, Marcelle ne lui avait donné qu'une fille, et, d'autre part, il fallait bien admettre que sa ferme n'était plus qu'une survivance d'un autre âge. Elle serait mangée comme les autres par quelque exploitation immense et sans âme qui engloutirait dans son indifférence l'histoire aussi banale que prodigieuse des Rabaut du Prieuré.

Il fallait pourtant rendre cette justice à Justin qu'il avait tout fait pour ne pas se laisser distancer par l'évolution des méthodes et des techniques. Lui qui ne redoutait que l'intrusion des « étrangers » dans son univers avait consenti, non sans mal, à recevoir le technicien envoyé par la chambre d'agriculture et à écouter ses avis et conseils. C'était à ce prix qu'il pouvait espérer se voir accorder par le Crédit agricole les prêts sans lesquels point de tracteur ni de bâtiments d'élevage. Puisqu'il fallait en passer par là...

Que deviendrait tout cela après lui ? C'était à vrai dire le cadet de ses soucis. « J'irai jusqu'au bout, disait-il. Après... La ronce s'y mettra, voilà tout. Je ne serai plus là pour la voir... »

Jusqu'au jour où Samuel était apparu... Un Rabaut, par-dessus le marché, puisque aucun père ne lui avait donné de nom... Justin avait commencé par jurer ses grands dieux que jamais il n'accepterait qu'il lui succède. « Trop tard... » disait-il, sans qu'on sache trop s'il faisait allusion à son âge ou à l'époque qui condamnait irrémédiablement sa ferme. Sans qu'il voulût en convenir, il y avait aussi, dans ses réserves à l'idée de voir Samuel marcher dans ses pas, la conscience trouble des origines de son petit-fils... Savait-on d'où il venait ?

Quand le gamin, au jour de ses seize ans, avait décrété qu'il ne mettrait plus les pieds à l'école et qu'il ne quitterait plus la ferme, le vieux, pris de court, n'avait pas eu d'autre choix que de s'incliner. Depuis, il avait eu tout le temps de s'en mordre les doigts, d'abord en voyant Samuel se laisser glisser vers l'état de rustre épais et crasseux, puis, surtout, lorsque les Magnancourt étaient apparus, en assistant, impuissant, à une évolution inverse qui ne pouvait que lui faire dresser les cheveux sur la tête !

Francis Magnancourt, pour lui, n'était qu'un étranger et donc quelqu'un à tenir à bonne distance. De surcroît, par alliance, il était du clan de cette branche des Rabaut à laquelle son héritage l'opposait par principe. Il importait peu de savoir à quand remontaient les origines de cette brouille. Il lui suffisait de savoir qu'elle existait, de façon irrémédiable, pour voir d'un très mauvais œil son petit-fils s'en affranchir et entretenir d'excellents rapports avec ceux de la maison neuve.

« Ça ne se fait pas, lui répétait-il. On ne se fréquente pas. Il n'y a pas à en revenir. »

Que Samuel ne tînt pas compte de ses remarques préoccupait grandement le vieux, mais il n'était pas au bout de ses déconvenues. Lorsqu'il le vit se passionner pour les chevaux des Magnancourt, ces animaux du diable, ces acolytes des nobles et des gendarmes, qui, selon lui, ne broutaient même pas bien l'herbe des prés, Justin estima que la coupe était pleine. Il prétendit faire acte d'autorité et interdire... Il se heurta à un mur. Samuel n'eut besoin que de quelques mots et d'une posture pour signifier à son grand-père que le pouvoir de décision avait changé de mains.

« Comment tu feras pour m'empêcher d'y aller et de m'occuper des chevaux ? » avait-il demandé.

Justin avait compris. L'expression du regard dont son petit-fils le dominait et la signification des poings serrés posés sur les hanches étaient explicites. Il ne faisait plus la loi chez lui. Il fallait bien qu'il s'y résolve. Il obtint tout de même que les apparences soient sauvées. Tout cela devait rester cantonné à leur seul usage. Nul ne devait pouvoir mettre en doute la solidité de la main de fer avec laquelle le vieux Justin semblait continuer de régner sur le Prieuré. Pourvu qu'il puisse persister à n'en faire qu'à sa tête au-delà de cette concession d'apparence, Samuel consentit sans mal à persévérer dans le rôle de taiseux réfugié dans l'ombre de son grand-père, qu'il jouait si bien dès lors qu'un tiers intervenait dans leurs rapports.

Que lui importait que tous ceux qui ne mettaient jamais les pieds au Prieuré déduisent de ses silences qu'il ne pensait pas autrement que Justin ? Seuls les faits l'intéressaient. Elodie était son amie, Julie ne le quittait pas quand il allait s'occuper des chevaux. Il n'avait pas de plus grand bonheur que de glisser de grandes et longues caresses sous la crinière d'Emerillon et de plus grandes satisfactions que de seconder Francis dans tout ce qu'il entreprenait.

Ce qu'en disaient les autres était le moindre de ses soucis.

5

— Ça ne va pas, maman ?

Julie s'était précipitée vers sa mère et se serrait contre elle.

— Maman... Ne pleure pas. Sinon, moi aussi, je vais pleurer.

Elodie se raidit. Surtout, il ne fallait pas. Malgré l'immense lassitude qui l'écrasait, elle fit l'effort de relever la tête, qu'elle se tenait entre les mains, et de se redresser. Au travers des larmes qui lui brouillaient la vue, elle parvint à adresser un pauvre sourire à sa fille.

— Ce n'est rien, Julie. Ce n'est rien. Ça va passer.

— Si, maman. Tu sais, moi, ça va mieux. Je peux parler. Je peux...

Le carillon de la porte l'interrompit. Elle resta un instant bouche bée, comme si les mots ne demandaient qu'à sortir, mais elle vit bien que l'attention de sa mère s'était détournée. Qui cela pouvait-il bien être ?

— Tu veux que j'aille voir ?

— Oui, c'est ça. Va voir.

Pendant que la gamine filait, Elodie se précipita vers le cabinet de toilette. Avec le coin de la serviette, elle se passa rapidement un peu d'eau sur les yeux. Surtout, ne pas montrer ses larmes.

— C'est Serge, maman. Il vient dire bonjour.

Elodie se sentit soulagée. Le gentil Serge. Au moins, pour une fois, elle ne risquait pas d'avoir à affronter une mauvaise nouvelle.

— Entrez, Serge. Asseyez-vous. C'est sympa de passer. Alors, quoi de neuf ? Quelles nouvelles ?

— Oh, moi, rien. Je voulais juste savoir comment vous alliez. Si vous vous en sortez. Les chevaux, tout le reste...

Elle eut de la main un geste fataliste.

— Bof, vous savez... Au moins, ça m'occupe. Et puis, ça me change les idées.

Malgré elle, un voile soucieux assombrit son regard. Elle se passa la main devant les yeux, cherchant désespérément à refouler le flot d'émotions qui la bouleversait. Il respecta son silence, puis posa doucement la main sur la table, juste devant elle.

— Elodie, je vois bien que ça ne va pas. Vous savez combien j'estimais Francis. Si je peux vous aider... Il faut dire. C'est pour ça que je suis venu.

Les yeux brillants de larmes, elle hocha doucement la tête. Julie s'était à nouveau blottie contre sa mère. Elle levait sur elle un regard affolé et les sanglots qui montaient faisaient déjà trembler ses lèvres.

— Que voulez-vous ? reprit Elodie. On ne s'en sortira pas.

Elle parut lutter quelques instants contre les mots qui se pressaient en elle, puis elle céda. Parler peut faire tellement de bien.

— Je viens d'avoir un coup de téléphone du maire. On a trouvé les empreintes digitales de Samuel sur la bûche qui a tué Francis...

— C'est quoi, maman, les empreintes digitales ?

Elle eut un léger clignement des paupières. Pourquoi les choses se compliquaient-elles à plaisir ? Elle n'aurait pas dû parler devant Julie, mais c'était fait. Maintenant, il allait falloir gérer. Elle se pencha vers sa fille et lui caressa les cheveux.

— Je t'expliquerai, mon cœur. Promis, je t'expliquerai. Mais là, laisse-moi parler avec Serge.

La gamine fit la grimace et s'écarta de sa mère. Son regard alla lentement de l'un à l'autre, puis elle se résigna.

— Bon, dit-elle, je vous laisse. Serge, tu viendras me dire au revoir ?

Il promit. Ils la regardèrent s'éloigner. Elle leur fit encore un petit signe de la main en franchissant le seuil. Ils se retrouvèrent seuls, face à face, embarrassés de ce qui venait de se dire.

— Des empreintes sur une bûche... reprit enfin Serge. Vous parlez d'une preuve. Entre le bûcheron qui l'a abattue, le gars qui l'a mise en tas, celui qui les a transportées et Samuel qui a aidé à décharger, il doit y en avoir, des empreintes, sur cette bûche. Il vous a dit, le maire, si on en a trouvé d'autres ?

— Oui, bien sûr, on en a trouvé d'autres. Mais Samuel s'est sauvé...

Tout était dit. A quoi bon chercher plus loin ? Il faisait un tellement beau coupable !

Serge secoua rageusement la tête.

— Ça ne colle pas, dit-il. Il n'y a rien à faire, ça ne colle pas. Pourquoi il aurait fait ça ?

Elodie baissa les yeux et haussa les épaules.

— Je sais bien que ça ne colle pas. Mais, en dehors de vous et de moi, qui voudra le croire ? Et pendant ce temps-là, le vrai coupable court toujours et personne ne se préoccupe de le chercher.

A son tour, il baissa les yeux et parut se perdre dans la contemplation de ses doigts croisés sur la table. Ils se heurtaient l'un et l'autre au même mur d'absurdité. A la conviction qui les habitait, ils ne pouvaient raccrocher aucun fait, aussi ténu fût-il, qui puisse l'étayer d'un minimum de réalisme. Toutes les apparences contredisaient ce qu'ils croyaient.

— Il faut chercher, dit-il enfin. Peut-être quelque chose, un détail, un indice nous a échappé...

Elle eut une moue sceptique.

— Quoi ? Où chercher ? Et puis, avec cette bagarre absurde autour de la chapelle, il n'y en aura pas un pour ne pas dramatiser, pour prendre le temps de réfléchir. Pensez donc, c'est si simple ; ça les arrange tellement, qu'ils soient d'un bord ou de l'autre.

Elle avait raison. Serge ne pouvait qu'en convenir, mais il ne pouvait pas plus se résigner.

— Je chercherai, dit-il en repoussant sa chaise. On ne peut pas renoncer comme ça. Je repasserai si vous voulez. Il ne faut surtout pas hésiter à me demander si vous avez besoin.

Elle se leva à son tour.

— C'est gentil, Serge. Rien que de savoir que quelqu'un pense comme moi, vous ne pouvez pas savoir à quel point ça m'aide. Mais je ne vous ai même pas proposé quelque chose à boire...

— Une autre fois. Je ne veux pas vous déranger trop longtemps. Mais pensez-y. Ça ne colle pas. Ça ne peut pas être Samuel...

Il ouvrait sa voiture lorsqu'il leva les yeux vers la ferme Rabaut. « Si j'y allais ? » Il se retourna. Elodie, qui l'avait reconduit jusqu'au perron, venait de refermer sa porte. Il hésita. Que pensaient-ils, les vieux, là-haut, dans leur vieille maison ? Accepteraient-ils seulement de le recevoir ? Ils savaient pourtant. Comment pouvaient-ils croire à la culpabilité de Samuel ? Peut-être... Il referma sa portière et monta à pied jusqu'à chez eux.

Il fallait atteindre le sommet du raidillon, qui permettait d'accéder au niveau de la cour, pour prendre la mesure de l'étrange décor qu'elle plantait au flanc du coteau. Longtemps, Justin avait pesté contre la déclivité naturelle de sa cour. Les bœufs et leurs charrois traditionnels s'en accommodaient bien jadis. Les engins modernes y manœuvraient avec beaucoup moins d'aisance. Profitant de quelques travaux de terrassement entrepris sur la commune, il avait fait savoir qu'il accueillerait sans déplaisir quelques camions de déblais. Les entrepreneurs en étaient tellement encombrés qu'ils saisirent l'aubaine bien au-delà de ses espérances. Il en était résulté une sorte de grand terre-plein contenu, à l'aval, par un affreux talus composé des matériaux les plus divers.

Tout cela était laid et surtout dépassait très largement les besoins du vieux. Rapidement, les allées et venues du tracteur avaient délimité la zone utile. Le reste s'était en fin de compte révélé très commode pour recevoir les outils désaffectés, les carcasses de voitures et autres rebuts dont on ne savait que faire. La ronce et la mauvaise herbe s'y étaient mises. On aurait dit un champ de bataille sur lequel ces machines rouillées plus ou moins dépecées dressaient vers le ciel leurs squelettes pathétiques.

Serge, qui ne se souvenait pas d'être venu frapper à la porte de la vieille maison, ne put s'empêcher de hausser un sourcil effaré sur cette espèce de vaste purulence plantée comme un chancre au milieu du décor agreste qui l'entourait. « Ah, bien sûr, maugréa-t-il en s'avançant vers la porte des Rabaut, à voir ça, on comprend mieux pourquoi ils ne veulent pas entendre parler d'aménagement des abords de la chapelle... »

— Entre donc !

C'était à peine s'il avait eu le temps de frapper. « Belle lurette que je suis repéré, se dit-il. Ils savent d'où je viens. »

Justin était assis au haut bout de la table, Marcelle s'agitait à ses fourneaux.

— Viens donc t'asseoir. Depuis le temps... Ça fait plaisir de te voir. Qu'est-ce qui t'amène ?

Au fond, c'était à peine s'ils se connaissaient. Il arrivait bien que Justin ait à venir traîner à la scierie. Serge s'était occupé de lui à deux ou trois reprises. Il leur arrivait de se croiser dans le pays, mais leurs rapports n'étaient jamais allés plus loin. Serge hésita. Il s'était lancé dans l'aventure sans trop y songer. Qu'attendait-il d'eux ? Par où commencer ? Il sentait peser sur lui le regard méfiant du vieux. Il se jeta à l'eau.

— C'est à propos de Samuel. Je l'aime bien, Samuel. On était à l'école ensemble. Je le connais encore assez bien et j'ai de l'amitié pour lui.

— Et alors ? fit Justin comme s'il refusait déjà de se laisser attendrir.

Serge leva les yeux sur lui. Leurs regards s'accrochèrent. Au défi qu'il lut dans celui du vieux, il comprit qu'il s'était précipité dans la gueule du loup. Aller du même pas d'une des deux portes du Prieuré à l'autre était de la folie. Par ce seul geste, il s'était rangé dans le camp des ennemis de la vieille maison. Il n'avait plus qu'à se retirer ou à tenter le tout pour le tout. Il s'y résolut sans même l'avoir trop réfléchi.

— Voilà, dit-il, moi, la culpabilité de Samuel, je n'y crois pas. Pourquoi aurait-il fait ça ? Ça ne colle pas. Bien sûr, il s'est sauvé. Mais qu'est-ce que ça prouve ? Il avait certainement ses raisons. Trop facile de décréter que c'est lui qui a fait le coup sans avoir cherché ailleurs.

Marcelle s'était détournée de ses casseroles. Sans bruit, s'essuyant machinalement les mains à un grand torchon blanc à liseré rouge, elle vint se dresser devant eux, au bord de la table. Justin leva les yeux sur elle. Elle ne quittait pas Serge du regard.

— On pense comme toi, concéda le vieux. Mais ça change quoi ? A qui tu feras entendre ça ?

Serge n'en attendait pas tant. Enfin, le dialogue était engagé. Il se prit à espérer.

— Pour l'heure, à personne, reprit-il. Je n'ai pour moi que ce que je crois. C'est pour ça que je viens vous voir.

Ils échangèrent un regard étonné.

— Et qu'est-ce que tu attends de nous ?

— Je ne sais pas. Je n'en ai pas la moindre idée, mais je crois que c'est en en parlant avec ceux qui pensent que tout n'est pas clair, dans cette affaire-là, qu'on finira peut-être par comprendre, par trouver le petit élément, la petite chose qui nous mettra sur la voie.

Justin fit la moue.

— Tu penses ! Ce qui est dit est dit. Ils ont tous décidé que c'était Samuel ; ils n'en reviendront pas.

— C'est pas lui, chevrota Marcelle au bord des larmes. C'est pas possible que ce soit lui. Je le connais, mon Samuel. Il ne ferait pas de mal à une mouche. Et puis, pourquoi le Francis ? Même si ça ne nous plaisait pas de trop, on le savait bien qu'ils étaient au mieux, Francis et lui. Alors...

Ils laissèrent durer un silence gêné.

— Mets-nous donc un coup à boire.

Ça donnait le temps aux mots de venir. Il fallut que s'éternisât le cérémonial des verres et de la bouteille penchée au-dessus de chacun d'eux, qu'ils soient emplis à ras bord sans qu'une goutte de vin ne vînt s'écraser sur la toile cirée. On trinqua, on but. Quelques mots insignifiants s'échangèrent. Ne surtout pas brusquer les choses, leur refuser l'importance qu'elles entendaient prendre. Puis la question enfin qui brûlait les lèvres depuis si longtemps.

— Et qu'est-ce que tu allais chercher, en bas, à la maison neuve ? C'est pas que tu aurais des idées de la consoler, la veuve ?

Serge préféra ne pas relever la vulgarité, mais puisqu'on y revenait si fort, il avait lui aussi un coup à porter.

— On a le résultat des empreintes, dit-il.

— Alors ?

Ils s'étaient raidis tous les deux et posaient sur lui un regard angoissé.

— On y a trouvé celles de Samuel...

Ce fut comme si on leur avait porté un coup. Justin baissa les yeux sur son verre qu'il tenait à deux mains ; Marcelle se laissa tomber sur le banc et se mit à pleurnicher.

— Avec ça, comment tu veux y croire, toi, à ce qui pourrait leur faire changer d'avis ?

Justin hochait lentement la tête de droite à gauche. Il semblait complètement anéanti.

— Mais des empreintes, il y en avait d'autres, reprit Serge.

— Qui ?

— Va savoir… Ça, on ne nous le dit pas. Et qu'est-ce que ça prouve, ses empreintes sur un bout de bois ?

Il reprit l'énumération qu'il avait faite à Elodie de tous ceux qui avaient pu avoir à manipuler cette bûche.

— Seulement, eux, ils ne se sont pas sauvés… Et puis…

Justin releva la tête.

— Et puis, quoi ?

— Et puis, ceux-là, ce ne sont pas les petits-fils de Justin Rabaut.

— Ça veut dire quoi, ça ?

— Ça veut dire que pour tout le monde ou presque, Samuel, il pense comme vous, il agit comme vous. Ils ont tous dans l'idée qu'il était contre l'aménagement de la chapelle, alors…

— Alors qu'il est pour !

C'était par un vrai cri que Marcelle l'avait interrompu.

— Bien sûr qu'il est pour. Il y passait son temps, dans cette maudite chapelle. Il suffisait que le Francis s'y pointe pour qu'il aille le rejoindre. Tout le travail qu'ils y ont fait ! Sûr que c'est le Samuel qui en a abattu le plus gros…

Justin ronchonnait. Il ne lui plaisait pas qu'on évoquât ainsi tout le temps passé contre son gré par Samuel auprès de Francis. Et puis, ça changeait quoi ? Ça ôtait quoi à cette injustice qu'on leur faisait ? Il la connaissait cette réputation qu'on lui avait faite d'avoir abruti son petit-fils de son autorité tatillonne. Il n'avait rien dit jusque-là parce que, au fond, cette image de maître incontesté du Prieuré lui convenait. Et voilà qu'elle se retournait contre lui. Qui, maintenant, admettrait que la vérité était tout autre ? Samuel n'en faisait qu'à sa tête et il y avait belle lurette qu'il avait fait comprendre à son grand-père que, d'eux deux, ce n'était plus l'aîné qui décidait.

Qui pour comprendre leur désarroi ? Ce brave Serge qui triturait son verre vide devant eux, l'air gêné et malheureux, cette Elodie de la maison neuve qui était bien placée pour savoir, et puis qui d'autre ? Serge ? Qui le croirait ? Elodie ? Le scandale que ce serait si elle venait à prendre la défense de celui dont plus personne ne doutait qu'il était l'assassin de son mari !

Et eux, là-dedans ? Que leur restait-il, à ces deux vieux, que leurs larmes pour pleurer ? Ils se retrouvaient pris entre la cause immuable des Rabaut de la vieille maison dont ils ne démordraient pas, et ce petit-fils accusé d'un crime qu'il ne pouvait pas avoir commis. Comment faire entendre cette évidence sans se dédire, sans reconnaître qu'on n'était pas tout à fait le maître, que Samuel n'était pas de leur bord ?

— Qu'est-ce qu'on va faire ? Qu'est-ce qu'on va devenir ? se lamentait Marcelle toujours effondrée sur le banc. Samuel, avoir tué cet homme... Comment peut-on croire ? Je le revois encore... Des fois, il m'en lisait des passages. Tous les soirs, il se mettait là, au bout de la table. Il ouvrait son ordinateur et il se mettait à écrire. Des lettres, qu'il disait. Des lettres à un ami. Il n'a jamais voulu nous dire qui. C'est que c'était beau, ce qu'il écrivait. Il racontait tout ; ce qu'il faisait à la ferme, à la chapelle, aux chevaux, tout. Même Elodie... Il parlait d'elle, du temps où ils étaient enfants, mais aussi de maintenant. Il l'adorait, Elodie. Mais pas ce que tu peux croire. Il savait que bien trop de choses les séparaient. Il l'admirait, voilà tout. Comme il admirait Francis. C'était son point de vue. Pas le nôtre naturellement, surtout pas celui de Justin. Mais il me le disait tout de même, comme ça, sans faire d'histoires. Et moi, j'aimais bien quand il me parlait, les soirs où ça le prenait.

Elle hocha la tête une ou deux fois, renifla bruyamment et retomba dans son mutisme. Serge l'avait laissée aller au bout de son discours, mais, déjà penché vers elle, il attendait le moment de lâcher la question qui le démangeait.

— Ces lettres, il en faisait quoi ? Il les envoyait ? A qui ?

Elle haussa les épaules.

— Ce qu'on en sait ! Jamais je l'ai vu donner une enveloppe au facteur. Quand il avait fini, il refermait son ordinateur et allait le ranger. C'est tout ce que j'en sais.

— Attendez, insista Serge. C'est drôlement important ce que vous me dites là. Si on les avait, ces lettres, s'il y parlait comme vous me le dites, ce serait un formidable moyen de prouver que ça ne peut pas être lui qui a fait le coup. Peut-être... Il pouvait les envoyer par Internet. Si on savait à qui... Si ça tombe, elles y sont encore, dans son ordinateur, ces lettres-là. Vous l'avez, l'ordinateur ?

— Dans sa chambre, oui. Pas de raison qu'il ait bougé. Mais, de ses lettres, je ne sais pas ce qu'il en a fait.

Il osa :

— Je pourrais le voir ?

Il leur aurait demandé de décrocher la lune qu'il n'aurait pas réussi à faire naître autant de stupéfaction sur leurs visages. Ils se consultèrent longuement du regard.

— C'est que... c'est son ordinateur. Nous, on ne touche pas à ses affaires.

— Mais attendez, c'est que ça peut le sauver, cette affaire-là. Il faut les sortir, ces lettres. Il faut les voir. Ce sont peut-être des preuves de son innocence.

Ils ne voyaient évidemment pas comment cette petite boîte, sur laquelle il pianotait à longueur de soirée, pouvait contenir de quoi le disculper. Ils ne se quittaient pas des yeux. Justin, jusque-là silencieux, sourcils froncés, œil sombre, eut un bref geste de dénégation.

— Ce sont ses affaires. On n'y touche pas. Et puis, ça servirait à quoi ? Des bouts de papier, des mots sur une machine ? Qui y croirait ? Surtout venant de nous... On est quoi, nous, pour nous mêler de mots ? Je ne dis pas si ça venait de quelqu'un de puissant, de quelqu'un qu'on écoute. Mais nous, les Rabaut de la vieille maison, qui nous écoutera ?

Ils n'en démordirent pas. Dans leur obstination à ne pas vouloir convenir de l'importance de ces lettres, il y avait toute la conviction morne des petites gens d'avoir à camper sur leurs maigres acquis et de ne surtout pas se mêler de débattre avec plus puissants qu'eux. « A quoi bon... » répétaient-ils inlassablement.

Serge dut repartir la rage au cœur. Au moins savait-il que ces lettres existaient. Il lui fallait encore lutter, probablement longtemps, avec acharnement, avec l'espoir que surgisse un autre fait, que se révèle un autre détail qui pourrait peut-être, un jour, décider les deux vieux à aller chercher l'ordinateur dans la chambre de Samuel.

6

Il fallut se résoudre à rentrer à Ville-d'Avray. Elodie redoutait ce moment où il lui faudrait retrouver la grande maison un peu froide, au milieu de son parc, où elle était née, où Julie était née, où elle avait tant de souvenirs, mais où il lui semblait que l'absence de Francis lui serait plus insupportable encore.

Et puis, il y avait là-haut la présence de Samuel. Elle ne savait pas très bien si elle espérait ou si elle redoutait de se trouver à nouveau devant lui. Avait-elle bien fait en cédant à l'impulsion du moment et en le cachant chez elle ? Mais que faire d'autre ? Elle savait que cela ne pouvait pas durer. Il allait falloir trouver une autre solution. Il allait falloir gérer. Dans l'état de fatigue et d'abattement qui était le sien, c'était ce qu'elle redoutait le plus.

En prolongeant son séjour au Prieuré, elle s'était donné bonne conscience en prétendant mettre de l'ordre dans les papiers de Francis. Il fallait répondre aux demandes du notaire, de la banque, de son associé du cabinet d'architectes. Elle ne connaissait de ses affaires que ce qu'il avait bien voulu lui en dire. Il y avait surtout cette histoire de « centre de création artisanale du bois » dont il lui avait vaguement parlé, mais dont elle n'imaginait pas qu'elle fût avancée à ce point. Trop occupée par ses propres activités au sein du directoire de la société gérant les magasins hérités de ses parents, elle ne s'était jamais assez intéressée à celles de Francis. Elle s'en faisait bien inutilement le reproche.

Son avocat lui avait proposé de s'en charger. Il lui aurait suffi de mettre tous ces dossiers dans sa voiture et d'aller les lui confier pour ne plus avoir à s'en soucier. Pour Francis, mais aussi pour s'occuper l'esprit, pour cesser de tourner en rond, elle avait prétendu s'y mettre elle-même. Elle se retrouvait plus épuisée encore avec, de surcroît, le sentiment de n'avoir guère avancé.

Au fond, elle avait laissé les événements décider pour elle. Les prétextes qu'elle s'était trouvés pour ne pas quitter le Prieuré ne tenaient plus. Les vacances scolaires s'achevaient. Julie devait retourner à l'école. Quand elle lui annonça qu'elles reprenaient le chemin de Ville-d'Avray dès le lendemain, Elodie fut stupéfaite de voir naître dans les yeux de sa fille un sourire tel qu'elle ne lui en avait plus vu depuis longtemps.

La gamine avait semblé sortir progressivement du traumatisme dans lequel l'avait plongée la mort de son père. Au mutisme complet, proche de l'autisme, qui avait suivi le drame, avait peu à peu succédé une étrange gravité, ponctuée de propos sérieux et mesurés qui continuaient de dénoter la persistance du trouble profond dont elle souffrait. Mais Elodie en avait-elle bien pris conscience ? En d'autres temps, elle n'aurait peut-être pas prêté attention à ce sourire éclatant. Par contraste, il fut pour elle une révélation douloureuse. Sa fille n'était plus la même. Sa fille était malheureuse au point de ne plus avoir le comportement normal d'une enfant de huit ans, et elle, sa mère, n'avait pas pris la mesure de son désarroi. Elle en fut bouleversée, mais parvint à ne pas le laisser paraître. Surtout ne pas céder à l'émotion. Surtout pas de larmes. Elles étaient si destructrices.

— Tu es contente de retrouver l'école ? se contenta-t-elle de demander.

Julie leva sur sa mère un regard dans lequel le large sourire s'effaçait déjà. Elle parut hésiter, comme si les mots à prononcer lui semblaient trop lourds. Puis elle se détourna.

— Oui, bien sûr, dit-elle en feignant l'indifférence. J'aime bien l'école, tu le sais.

C'était vrai. Elodie ne releva pas. La gamine repartit vers ses jeux. Elodie retourna à ses papiers, mais avec l'impression d'être passée à côté de quelque chose d'important. « J'aurais dû insister, se blâmait-elle. Elle voulait me parler. Maintenant, c'est trop tard... »

Cette ambiguïté, cette sensation d'un dialogue faussé entre Julie et sa mère, pesa comme une ombre sur leur retour à Ville-d'Avray. La jeune femme en aurait pleuré. Elle se sentait en faute, et cela ne faisait que rendre ce retour sans Francis encore plus désespérant.

Julie ne parut pas autrement surprise d'être accueillie par Samuel. Elles descendaient de voiture lorsqu'elles l'avaient vu apparaître au coin de la maison, un peu crotté, les mains pleines de terre. Jamais le vaste jardin de la propriété n'avait été aussi bien entretenu !

« Tu es là, toi ? » s'était contentée de s'étonner la gamine.

Elle n'avait pas caché son plaisir de le retrouver. Il s'était chargé de leurs bagages pendant qu'elles réinvestissaient la maison. Puis il était reparti vers ses travaux jardiniers et l'enfant avait filé à sa suite.

Ce ne fut qu'après le dîner, lorsque Julie fut couchée, qu'Elodie put se trouver seule avec lui.

— Tout s'est bien passé ? s'inquiéta-t-elle.

— Bien sûr.

— Tu n'es pas sorti, tu ne t'es pas montré ?

— Non, puisque tu ne le veux pas. Mais pour ce que je risque...

— On n'en sait rien. Il suffit d'un hasard...

Il haussa les épaules en lui souriant.

— Tu n'as vu personne ? insista-t-elle.

— Si, tout de même. Il y a l'horticulteur qui est venu planter une haie. Il m'a dit que vous l'aviez commandée.

Elle l'avait totalement oublié. Tout de suite elle s'alarma :

— Qu'est-ce qu'il a dit en te trouvant là ?

— Qu'est-ce que tu veux qu'il dise ? Je me suis présenté comme un ami de passage qui entretenait le jardin en vous attendant, voilà tout. Il a même trouvé que je m'en sortais drôlement bien. Ça m'a fait plaisir.

— Il était seul ?

— Non, penses-tu ! Pour planter une malheureuse haie, ils étaient trois. Si j'ai bien compris, c'était le patron avec deux commis. Et encore, il a fallu que je les aide !

Elle en sourit machinalement, mais elle n'était pas tranquille. Que Samuel ait été vu chez elle la mettait mal à l'aise. Elle s'assombrit.

— Allons, voulut-il la rassurer, que veux-tu qu'il arrive ? Qu'est-ce qu'ils en ont à faire, ces hommes-là, de m'avoir trouvé là ? Ici, on n'est pas à Saviniolet où tout le monde connaît tout le monde et où on passe son temps à épier ce que fait l'autre. Ici, chacun mène sa vie comme il l'entend.

Elle dut en convenir, mais c'était malgré tout une préoccupation de plus. Elle n'était plus en état de relativiser l'importance de toutes celles qui l'assaillaient.

— Viens, dit-elle. Je n'en peux plus. On va s'asseoir un peu. Ça me fait du bien de parler.

Elle l'entraîna vers le salon et se laissa tomber dans un fauteuil. Il en attira un autre près d'elle.

— Les chevaux ? demanda-t-il pour tenter de faire diversion au malaise qu'il sentait monter.

— J'ai téléphoné à Serge. Il s'en occupera. Il est chic, tu sais, Serge. Il est venu me voir. On a parlé. Il t'aime bien, Serge. Il est persuadé que tu n'es pas le coupable. Il fait tout ce qu'il peut pour tenter de le démontrer.

— Il aura bien du mal...

— Arrête, tu veux. Si tu voulais parler...

— Trop tard. Je me suis sauvé. Plus personne ne me croira.

— Alors ?

— Alors... alors, je vais partir. Je vais aller là où personne ne me connaît. Et je vais refaire ma vie... si je peux.

Elle posait sur lui un regard consterné.

— Mon pauvre Samuel... Tu réalises ce que tu dis ? Tu te condamnes à fuir alors que tu n'es pas coupable. Tu t'imagines qu'il te suffira d'aller te perdre je ne sais où pour qu'on t'oublie ? Si tu fais ça, toute ta vie, tu seras en cavale.

Il n'en démordait pas. Buté, il fixait ses mains croisées devant lui. Et pourtant, elle avait un autre coup à lui asséner. Elle lui devait la vérité. Elle prit son souffle et se jeta à l'eau :

— Aussi... Je dois te dire...

Il releva les yeux sur elle, l'air étonné.

— Quoi encore ?

— C'est Serge qui me l'a appris... On a retrouvé tes empreintes digitales sur la bûche.

— Et alors ? Pas étonnant. Je la lui ai arrachée des mains. Mais elles n'étaient pas seules, mes empreintes...

— Oui, mais toi, tu t'es sauvé...

Le dos voûté, l'air plus têtu que jamais, les coudes aux genoux, il se perdait à nouveau dans la contemplation de ses mains. Elodie eut la sensation très nette d'un immense vide s'ouvrant sous elle. C'en était trop. En lui portant elle-même ce dernier coup, elle venait d'atteindre la limite de ce qu'elle pouvait supporter. Elle s'enfouit la tête dans les mains et fondit en larmes.

— Ça ne va pas ? demanda-t-il.

Elle ne bougea pas. Elle n'en avait plus envie. Il lui semblait que devant lui, devant Samuel, son ami de toujours, elle pouvait enfin s'abandonner à l'immense lassitude qui la broyait. Il avait mis la main sur son bras. Ils restèrent longtemps ainsi. Il respectait ses larmes et attendait simplement qu'elles s'épuisent.

— C'est dur, tu sais, bredouilla-t-elle enfin sans même se redresser.

— Je m'en doute. Et Julie ?

Elle haussa les épaules.

— Julie... C'est affolant. Elle n'est plus la même. Ce n'est plus une enfant. Elle est grave, elle est triste. C'est à peine si elle parle. Et puis... et puis, je ne sais pas, je crois qu'elle veut me dire quelque chose, mais qu'elle ne sait pas comment s'y prendre... Ou alors, c'est moi qui ne sais pas l'écouter. Peut-être... peut-être je ne lui prête pas assez d'attention. On ne sait plus se parler... C'est désespérant... J'en suis malade...

Elle avait relevé la tête. Brouillé de larmes, le regard qu'elle posait sur lui était un appel au secours. Il n'y résista pas. Sa main doucement, en hésitant, comme s'il commettait un sacrilège, s'éleva jusqu'à sa joue. Il osa la caresser. Elle s'y appuya, la prit dans sa propre main et la serra contre elle. Alors, il n'y tint plus. Il s'effondra à ses pieds et l'enserra de ses bras. Elle se laissa glisser jusqu'à lui et cacha sa tête dans son épaule.

7

Gaston Bedaret était un lève-tôt. Sa retraite, acquise de longue date, n'avait pas changé ses habitudes. Il ne tenait plus au lit au-delà de cinq heures du matin. Il n'aimait rien tant que d'aller et venir dans son jardin et sa cour, son chien sur les talons, sans but bien précis, à l'heure où le jour, encore indécis, grignote les ombres laissées par la nuit.

La maison de Gaston Bedaret était située tout en haut du bourg, au bout d'une ruelle qui, au-delà de sa porte, se muait en chemin creux. De là, par-dessus la haie qui fermait son jardin, la vue s'échappait sur l'enfilade de la vallée et les collines qui la bordaient. Le bourg, à ses pieds, n'était qu'une dégringolade de toits jusqu'à l'église dont la nef, plus haute, semblait faire barrage à leur glissade jusqu'à la rivière dont il entrevoyait quelques bouts, entre les aulnes qui la longeaient, loin en dessous de chez lui.

Parfois, quand la toute jeune lumière était par trop aguichante, et si ses rhumatismes ne le chagrinaient pas de trop, il ramassait le bâton qui l'attendait toujours au coin de la porte de l'appentis. Il allait pousser le portillon qui, au fond du jardin, ouvrait directement sur le chemin des bois. Il laissait passer le chien frétillant d'impatience et lui emboîtait le pas. Il était seul au monde. Hormis quelques oiseaux et parfois l'ombre furtive d'une sauvagine surprise par l'intrusion si matinale du chien, pas un signe de vie.

Le pays dormait encore, ignorant la qualité des instants qu'il perdait ainsi. Gaston Bedaret ne s'éloignait guère. Il avait ses itinéraires. Selon le temps qu'il faisait, selon l'heure qu'il était, il savait par où passer pour ne rien manquer du second volet de ses plaisirs matutinaux. Au goût subtil de la solitude absolue, il ajoutait l'orgueil dont il se délectait en faisant irruption dans le village au moment où celui-ci commençait à peine à émerger de son sommeil. Il se sentait léger, libre comme l'air et gonflé de la supériorité conférée par son état de lève-tôt sur tous ceux dont les « bonjour » mornes trahissaient la somnolence persistante.

« Un petit blanc sec ! » annonçait-il immanquablement en franchissant la porte du café fraîchement déverrouillée.

Souvent, il avait été repéré de loin et le petit blanc sec l'attendait déjà sur le bar.

« T'as le journal ? » demandait-il.

Sans commentaire, le patron ou sa serveuse sortait la feuille locale de sous le bar et la plaçait à côté du verre.

« Les nouvelles sont bonnes, ce matin ?

— Parce que tu crois que j'ai eu le temps... Je ne suis pas à la retraite, moi », grognait le patron.

C'était immuable. C'était la règle. Plus personne n'y prêtait attention. Gaston Bedaret se versait dans le gosier la moitié de son petit blanc sec, reposait le verre avec un gros soupir de satisfaction, et ouvrait le journal. S'ensuivaient ordinairement quelques commentaires qui tombaient dans le vide, mais qui procuraient à Gaston le sentiment d'une certaine importance.

Ce matin-là, pourtant, le cri qu'il poussa et le juron dont il le releva firent se tourner quelques têtes.

— Oh ! Gaston, c'est-y que ça ne va pas ?

— Bon Dieu, les gars, vous n'avez donc pas vu ? Ils l'ont pincé, le gars au Justin. Et comment qu'ils l'ont pincé. Si je vous le dis...

Pour le coup, il n'était plus question de restes de sommeil à solder. Toutes les têtes s'étaient levées, même celle de la serveuse qui restait plantée devant une table, appuyée d'une main au torchon dont elle l'essuyait.

— T'as qu'à dire ! ronchonna le patron.

Gaston n'aimait pas qu'on le dérange pendant qu'il lisait les nouvelles. Il avait écarté son verre sans même penser à le vider et étalé le journal sur le bar. La vigilance qu'il avait éveillée dans le café devait se contenter de contempler son dos voûté.

— Alors, Gaston ! Tu nous la diras, à la fin des fins, cette affaire-là ?

— Tu ne sais pas lire ? C'est là, dans le journal.

— Mais c'est toi qui l'as, le journal. T'as qu'à nous lire.

Ah, ils voulaient de la lecture ! L'importance que cela n'allait pas manquer de lui donner n'était pas pour déplaire à Gaston Bedaret. Il n'eut qu'un bref instant d'hésitation, puis il fit face à la salle, s'adossa confortablement au bar et brandit le journal.

— Parce que vous y tenez ? Eh ben, les vieux gars, c'est moi qui vous le dis, vous n'allez pas être déçus du voyage. D'une affaire ! Pour une surprise...

— Mais lis donc !

— Oh ! Tu permets ? D'abord, la première page. Un journal, ça se commence par le début. Surtout que là, elle la prend toute ou presque, la première page, cette nouvelle-là.

Gaston se débattait avec les feuillets du journal qu'il n'arrivait pas à remettre dans ses plis. Peut-être en rajoutait-il un peu, juste pour faire monter l'attention au ras de l'intolérable.

— Tu t'en sors, oui ?

Justement, il venait d'y parvenir.

— Vous vous tenez bien ? Je vous lis... Remarquez, c'est écrit en tellement gros, vous pourriez voir vous-mêmes. Mais bon, puisque vous voulez que je vous lise.

« *Affaire du Prieuré de Saviniolet. Le meurtrier présumé de Francis Magnancourt arrêté par la police à Ville-d'Avray (Hauts-de-Seine).* » *Notre article page 3.*

» Attendez, j'y vais.

Il n'y avait pas eu un cri, pas une exclamation ; rien qu'un murmure grave, ébahi.

— Attends voir, dit une voix sourde, Ville-d'Avray, c'est pas là qu'il habitait, le Magnancourt ?

— Voilà, reprenait Gaston Bedaret. Ecoutez bien. Le meilleur, c'est là :

« *Samuel Rabaut, déjà soupçonné du meurtre de Francis Magnancourt, a été arrêté hier matin dans la propriété de madame Elodie Magnancourt née Levy, la propre épouse de Francis Magnancourt.*

» *C'est sur l'indication d'un artisan venu réaliser des travaux dans le parc des Magnancourt qu'il savait absents, que la police s'est intéressée à cette belle propriété de Ville-d'Avray. Les enquêteurs ont alors constaté que, désactivée il y a quelques jours par madame Magnancourt, l'alarme électronique qui la relie au commissariat de police durant les fréquentes absences de cette famille n'avait pas été rétablie.*

» Or, les voisins étaient formels, la famille Magnancourt devait être absente durant toute la durée des vacances scolaires. Intrigués, plutôt que d'intervenir tout de suite, les enquêteurs ont préféré mettre la propriété sous surveillance. Ils ont pu constater qu'un homme habitait effectivement la maison, mais ne sortait jamais des limites du parc qui l'entoure.

» Madame Magnancourt étant rentrée la veille, ils sont intervenus tôt hier matin pour s'assurer de l'identité de cet hôte dont l'extrême discrétion les étonnait. Ils ont eu la surprise de trouver là Samuel Rabaut, le suspect numéro un de l'affaire du Prieuré. Disparu depuis le drame, on le croyait caché dans les bois de Saviniolet.

» Le constat dressé par les policiers semble donner à l'affaire une tournure passionnelle... Samuel Rabaut a été écroué. Elodie Magnancourt, suspectée de complicité, a été laissée en liberté sous contrôle judiciaire. »

Il y eut d'abord un silence lourd de stupeur et d'incrédulité. On s'observait. Qui allait éclater de rire ? Qui serait consterné ? Puis, d'un instant à l'autre, ce fut l'explosion des commentaires. « Le salopard, il cachait bien son jeu ! » « Et elle, la sainte-nitouche, avec ses airs de grande dame... » « Elle a eu bon dos, la chapelle, là-dedans. » « N'avait qu'à pas s'en mêler. » « Qu'est-ce que vous allez mêler la chapelle à cette affaire-là ? Ne mélangez pas les choses. » « Oh, toi, on le sait bien que tu es pour l'aménagement... » « Et alors ? Ça te gêne ? » « Sûr que ça me gêne ! »...

Le ton eut tôt fait de monter.

— Oh ! hurlait le patron, si vous voulez vous battre, vous sortez ! Pas de ça chez moi.

Personne ne l'écoutait et les insultes volaient de plus en plus bas. Gaston, appuyé contre le bar, finissait de siroter son petit blanc sec sans rien cacher du plaisir qu'il prenait au spectacle de l'algarade.

— T'aurais mieux fait de te taire, toi. Faut-il être con pour lire un truc pareil dans mon café. Va donc prévenir le maire. Fais vite qu'ils vont tout me casser !

A sa façon, Antoine Souvert était lui aussi un lève-tôt, mais son plaisir à lui n'avait rien d'agreste. Il aimait venir se plonger dans ses dossiers et dans les affaires de ses administrés à l'heure où aucun d'eux ne risquait de le déranger. Il y passait plusieurs heures, puis, quand l'affluence commençait à devenir trop grande, il trouvait un prétexte pour s'esbigner en douce et aller rejoindre la paix de ses lectures et de son jardin.

Quand on frappa à sa porte, il eut un mouvement d'humeur. Il fut tenté de ne pas répondre. Mais on insista avec tant d'énergie qu'il eut des scrupules.

— Entrez ! glapit-il.

Gaston Bedaret apparut, la casquette et le journal à la main, l'air à la fois gêné et très excité.

— Vite, m'sieur l'maire. Faut venir. Ça va se battre au café.

— Se battre au café ? Et qu'est-ce que tu veux que j'y fasse ? Qu'est-ce qui se passe encore ?

— C'est rapport à la chapelle...

— Encore !

— Mais pas seulement, m'sieur le maire. C'est le Samuel. Il a été arrêté. Vous n'êtes pas au courant ?

— Samuel, arrêté ?

Non, le maire n'en avait pas été informé. Il arracha presque des mains de Gaston le journal qu'il lui tendait.

— C'est là-dedans. En première page et en page 3.

Les yeux écarquillés d'Antoine Souvert furent son seul commentaire.

— Viens, dit-il. Si ce n'est pas un malheur...

Au café, on en était à des chaises renversées et aux menaces de corrections. Quelques gaillards étaient debout au milieu de la salle, poings serrés, s'affrontant du verbe et du regard. La serveuse avait disparu. Le patron, affolé, tentait de s'interposer, allant de l'un à l'autre, prêchant la raison, se faisant bousculer et rabrouer.

Antoine Souvert l'écarta sans ménagement et prit sa place.

— Ça suffit ! hurla-t-il.

Ce n'était pas tant sa fonction que son cheveu blanc, sa carrure et sa prestance naturelle qui lui donnaient l'autorité nécessaire pour qu'on l'écoutât, même au plus chaud des pires empoignades. Il y eut pourtant des velléités de révolte.

— De quoi tu te mêles ? Faudra bien qu'on en finisse, à la fin des fins, avec cette affaire-là. Ça commence à bien faire, tout de même.

— Je me mêle de ce qui me regarde. L'affaire de la chapelle, c'est une chose. Elle a été votée au conseil. Faudra bien qu'elle se fasse. Et pour le reste, pour ce qu'il y a là, dans le journal, ce n'est pas à vous de vous en mêler, surtout pas comme ça. C'est à la justice de voir. Et nous, on n'a qu'à se taire. Croyez-moi, j'y veillerai.

Il alla s'adosser au bar et reprit plus posément la lecture de l'article qu'il n'avait fait que parcourir. En quelques instants, le café fut vide. Ils étaient tous sortis en maugréant et s'étaient éloignés en se tournant le dos. Antoine Souvert avait fait celui qui n'entendait ni ne remarquait rien.

— Tu parles d'une affaire... commenta le patron.

Soulagé, après avoir relevé les quelques chaises, il était venu se réinstaller derrière son bar, dans le dos du maire.

— Je te remercie d'être intervenu si vite. Pour un peu, ils me cassaient tout.

Souvert prit le temps d'aller jusqu'au bout de l'article. Il tordit le nez en lisant les dernières phrases, puis il posa le journal sur le bar et fit face au patron.

— Parce que tu crois que c'est fini, toi ! Sûr que ça ne va pas arranger les choses, cette histoire-là. Mais bon Dieu, qu'est-ce qui leur a pris d'aller se fourrer dans un pareil pétrin ?

Le patron crut bon de ricaner.

— Ah non ! Tu ne vas pas t'y mettre toi aussi. Ah, je les vois, je les entends d'ici, les commentaires. Ça va voler bas. Et tu crois que ça va arranger les choses, toi ? Au point où on en est, c'est la moitié du pays contre l'autre. Et tu vas voir qu'il va y avoir ceux qui vont rigoler bêtement comme toi, et puis ceux qui vont les défendre, qui ne vont pas vouloir y croire, qui vont hurler à l'erreur judiciaire. On y est, mon vieux. On y est, tu peux me croire. Et qu'est-ce que tu veux faire contre ça ?

L'autre essaya d'alléguer ses affaires qui allaient en souffrir, le préjudice dans un contexte déjà si difficile... Souvert ne releva même pas. Il quitta le café et rejoignit la mairie. Et ses affaires à lui, est-ce que ça les arrangeait, tout ça ? Si on ne s'en sortait pas vite fait, il aurait bonne mine, avec une commune à feu et à sang, aux prochaines cantonales. C'était sa candidature qui était en jeu. Or, il savait bien que c'était l'occasion ou jamais. Avec cette réforme des collectivités dont on parlait, mais surtout avec l'âge qui venait, ces élections-là étaient sa dernière chance. Il lui fallait sauter dans le train tout de suite ou le rater définitivement. Avec un boulet pareil à la patte, sûr que ce serait à risques…

Il s'enferma dans son bureau et vint s'abandonner contre le dossier de son fauteuil de maire. Il fallait prendre une résolution rapidement et surtout s'y tenir. S'il ne s'était agi que de la chapelle, il ne se serait pas trop inquiété. C'était le genre d'affaire qu'il suffisait de laisser traîner pour que les passions retombent et qu'on finisse par laisser faire. Après tout, il y avait un vote du conseil municipal en bonne et due forme. Au pire, l'autorité préfectorale pourrait être requise en temps voulu.

Il avait fait une erreur en tentant de passer en force au lendemain de la mort de Francis. Seul, dans le calme de son bureau, il s'en faisait le reproche, même s'il n'aurait jamais voulu en convenir devant qui que ce soit. Mais ce drame et ses rebondissements, surtout le dernier, compliquaient tout. Une affaire comme celle-là, ça allait laisser des traces. Plus question d'attendre tranquillement que les ardeurs s'endorment. Il allait lui falloir se situer, prendre parti.

Il ramassa un coupe-papier qui traînait sur son buvard et se le glissa sous les doigts, un au-dessus, un en dessous. Puis il l'appuya sur sa pointe et, le tenant de l'index, le fit tourner de son pouce.

Au fond de lui, il n'avait jamais été totalement convaincu de la culpabilité de Samuel. L'autre jour, le petit Serge Vinalet lui en avait parlé. Il avait du bon sens, ce gars-là. Ses arguments méritaient au moins qu'on s'y arrête. Antoine Souvert était bien sûr resté prudent. Il s'était bien gardé de prendre position et il s'en félicitait maintenant. Car il voyait bien qu'il n'était plus temps de discuter. Trop d'éléments convergeaient pour qu'il puisse encore se payer le luxe de chercher une autre responsabilité que celle de Samuel.

Il laissa tomber le coupe-papier, posa les deux mains sur le bord de son bureau et s'enfonça dans les coussins de son fauteuil. S'il y avait un point sur lequel tout le monde ou presque s'accordait, c'était l'identité de celui qui avait fait le coup. Il fallait s'en tenir là. Samuel était sous les verrous. C'était là au moins une position ferme et définitive qu'il pouvait tenir.

Mais ça ne résolvait pas le reste. Se rallier à la thèse de la culpabilité de Samuel, c'était inévitablement se mettre Elodie à dos. Dans la situation où elle se trouvait, elle ne pouvait certes pas lui attirer beaucoup d'ennuis, mais, même accusée de complicité, elle n'en restait pas moins propriétaire de la maison neuve et des terres qui allaient avec. Il avait donc besoin de son appui pour espérer pouvoir un jour régler l'affaire de la chapelle.

Il soupira. Le serpent qui se mord la queue... On ne s'en sortirait pas. Encourager Serge à rechercher une autre piste ? Bien trop aléatoire. Il n'en avait pas le temps. Telles que les choses s'emmanchaient, il risquait un désaveu cuisant. Non, qu'il prenne les choses dans un sens ou dans l'autre, il revenait toujours à cette seule certitude : Samuel était coupable. C'était peut-être un peu hurler avec les loups, mais il n'avait pas d'alternative. Remettant les autres décisions qu'il faudrait bien prendre à ce que lui dicteraient les événements, il choisit de se tenir à celle-là et de ne plus en revenir.

« Il faudra que j'en touche un mot au petit Serge, se dit-il en se levant. Je ne voudrais pas qu'il se fasse des illusions. » Il sortit de son bureau et en ferma soigneusement la porte. « Et puis, sait-on jamais... Des fois qu'il aille trouver quelque chose... Il faut qu'il sache que je ne le laisserai pas aller trop loin. »

8

Gaston Bedaret était d'humeur morose. D'ailleurs, ses promenades matinales ne s'achevaient plus jamais dans le bourg et encore moins devant le petit blanc sec qu'il affectionnait tant.

Qu'y pouvait-il si tous, dans le pays, se regardaient en chiens de faïence ? A croire que d'avoir été le premier à découvrir dans le journal l'affaire du Samuel et de l'Elodie Magnancourt l'en rendait responsable. Qu'était-il allé se jeter dans la gueule du loup en leur faisant la lecture ? Il aurait mieux fait de se taire. Maintenant, il ne pouvait plus faire deux pas dans le pays sans s'imaginer que tous ceux qu'il croisait lui en faisaient le reproche.

Comme si ça ne suffisait pas de l'histoire de la chapelle. Tant qu'il n'y avait eu que cela, au fond, même si celle-là était particulièrement corsée, on ne sortait guère des bonnes vieilles chamailleries de village qui ont toujours existé, qui n'ont jamais empêché qu'on vive ensemble et qui n'étaient guère, en fin de compte, qu'une preuve rassurante qu'on existait encore. De combien d'empoignades de cette sorte était-on sortis sans autres conséquences que quelques tournées d'apéros dites de réconciliation ? On se séparait bons amis... jusqu'à la prochaine !

Les lignes de démarcation étaient bien sûr fluctuantes. Qui était d'un parti une fois pouvait être de l'autre au prochain débat. Nul ne s'en étonnait. On avait ses convictions pour soi, temporisées d'innombrables considérations de famille, de voisinages, de rancunes et de limites de propriétés à défendre... Il fallait savoir en tenir compte. Ce n'était pas donné à tout le monde. Qui n'avait pas une grande mémoire de l'histoire du pays avait bien peu de chances d'y comprendre quoi que ce soit.

Ce savoir bien particulier qu'aucune faculté ne pouvait dispenser avait d'ailleurs longtemps servi de rempart à l'invasion rampante des « étrangers. » Celui qui n'était pas natif du pays et n'y avait par conséquent aucune tombe à fleurir à la Toussaint, était, par définition, un « étranger ». Celui-là ne pouvait que s'arrêter aux apparences. Et celles-ci, à bien y songer, avaient si peu d'importance, une fois que leur étaient appliquées les infinies nuances du vécu local, que seuls les intéressés pouvaient encore s'y retrouver.

Sans qu'on y prenne garde, ils étaient pourtant devenus de plus en plus nombreux, ces « étrangers » ! A force de pousser les jeunes du pays à le quitter, les effectifs de ceux qui y avaient toujours vécu s'étaient amenuisés. Ils avaient aussi vieilli. Les maisons aux volets clos s'étaient multipliées. Les panneaux « A vendre » avaient fleuri. L'air du temps s'était mis de la partie en réhabilitant l'image de la campagne et de ses beaux petits villages où il fait si bon vivre.

On en était maintenant au point où des « étrangers » siégeaient au conseil municipal, animaient des tas d'associations et prétendaient s'immiscer dans les débats locaux en comptant pour quantités négligeables les histoires familiales, les vieilles inimitiés et les coutumes. Qu'avaient-ils à faire, tous ces venus d'on ne sait où, de ce qui avait pu déchirer la famille Rabaut, à un siècle et demi de là ? Une erreur ou une omission, sur le plan cadastral, au sujet de cette chapelle ? Ça se rectifie, une erreur, voilà tout. Rien d'autre ne comptait, pour ceux-là, que l'événement culturel que représentaient les découvertes que Francis Magnancourt y avait faites.

Ça énervait beaucoup de gens, ce « culturel » dont se gargarisaient les tenants de l'aménagement de la chapelle. Et l'attachement de Justin pour son histoire familiale, ce n'était pas de la culture aussi, ça ? C'était sa culture à lui, celle dans laquelle se reconnaissaient tous ceux pour qui le passé du pays était un tout dont ils entendaient qu'il soit inaliénable. Ces touristes que les tenants de l'aménagement espéraient en grand nombre, ils les récusaient, ils en faisaient des hordes d'envahisseurs, de voyeurs qui piétineraient sans vergogne ce qui restait de leur identité locale.

Positions irréconciliables ! Bien sûr, malgré le valeureux combat d'arrière-garde de Justin et de ses amis, l'aménagement des abords de la chapelle se serait fait, puisqu'il avait été voté par le conseil municipal. Mais il aurait laissé des plaies, de ces blessures qui ne guérissent jamais totalement et qui sont le levain des discordes à venir... Faute de pouvoir faire autrement, on s'en serait accommodés, comme on s'accommode d'une infirmité.

Mais que faire maintenant qu'un crime était venu dramatiser l'affaire ? Que faire maintenant que la situation s'embrouillait à plaisir du mobile passionnel ? Ils avaient bonne mine, tous ceux qui clamaient haut et fort jusque-là que Samuel avait tué pour plaire à son grand-père. A en croire le journal, le quasi-héros des uns, le pauvre demeuré des autres, complètement abruti par l'autorité abusive de Justin, se fichait comme de sa première chemise de la chapelle, de ce qu'elle contenait et de ce qu'on voulait en faire. Par amour ! Il aurait tué par amour. Les récupérateurs d'un bord comme de l'autre en étaient pour leurs frais et bien embarrassés pour se justifier.

Au fond, Gaston Bedaret s'en moquait. Il n'en avait rien à faire, lui, de toute cette histoire. Leur chapelle, ses fresques, sa charpente et ses chapiteaux, c'était le cadet de ses soucis. Le Prieuré, c'était loin, là-bas, dans la vallée, à l'opposé de sa maison et de son jardin perchés en haut du bourg. C'était à peine si, de chez lui, parce qu'il connaissait le paysage jusque dans ses moindres détails, il pouvait identifier les houppiers des grands châtaigniers qui bordaient la route. Alors...

Il n'en était pas moins malheureux comme la pierre de voir l'ambiance du pays se dégrader à ce point. Il ne se passait plus de journée sans qu'on apprenne une rupture entre de vieux amis, une algarade entre voisins ou qu'on fasse des gorges chaudes sur tels ou tels propos tenus au café qui avaient à l'évidence dépassé la pensée aveuglée par la passion de ceux qui les avaient proférés.

Gaston Bedaret ne voulait plus tomber dans ce genre de piège. Il s'abstenait, voilà tout, mais ne s'en trouvait pas moins injustement puni. Ce n'était pourtant pas sa faute si, contre toute attente, l'épouse d'un commerçant avait révélé à cette occasion des convictions religieuses proches de l'intégrisme. Qui aurait pu se douter que cette femme discrète et effacée, apparemment habitée du seul souci de bien tenir sa maison et de seconder son mari, pouvait tout à coup se muer en débatteur redoutable ? En quelques jours, à la surprise générale, elle avait rameuté tous ceux chez qui dormait le désir de ne surtout rien changer à ce qui, de près ou de loin, touchait à la vision qu'ils avaient de la religion. Reprenant sans le savoir les postures de leurs ancêtres des toutes premières années du XXe siècle, lors des lois de séparation de l'Eglise et de l'Etat, ils avaient brandi les fourches et les faux de la révolte contre « la gueuse » républicaine prétendant se mêler des biens dont ils oubliaient qu'ils n'étaient plus ceux de l'Eglise depuis belle lurette. La chapelle du Prieuré n'en avait d'ailleurs jamais été et c'était depuis bien plus longtemps encore qu'elle était désaffectée. Mais qu'à cela ne tienne. « L'authentique ! » clamaient-ils fort approximativement. « Il nous faut nous mobiliser pour sauver l'authenticité de la chapelle. »

S'inquiéter auprès de l'un ou de l'autre, comme Gaston Bedaret s'y était imprudemment essayé, de ce qu'ils entendaient par là était le meilleur moyen de se faire montrer du doigt et dénoncer sur-le-champ comme suppôt du diable rénovateur. Il ne s'y était pas fait reprendre. Il s'était contenté de faire, jour après jour, le constat amer de sa méconnaissance de ses concitoyens.

Il lui avait tout de même fallu un certain temps pour réaliser que l'affaire était bien plus subtile qu'il n'y paraissait. Tout cela révélait des aspects surprenants de ce que contenaient les secrets des cœurs et des âmes. Il en était, parmi ceux qui s'opposaient le plus farouchement à ce qu'on touche à la chapelle, dont il savait bien qu'au fond ils n'en avaient cure. Alors, que fabriquaient-ils derrière la bannière brandie bien haut par l'épouse du commerçant ? Tout en s'abstenant d'aller leur poser la question, il les avait observés, il s'était souvenu d'autres affrontements et, peu à peu, il avait compris.

Il y avait ceux qui s'étaient précipités par pure démagogie, les jamais contents par principe, les pour ce qui est contre et contre ce qui est pour. Ceux-là s'étaient bien gardés de risquer d'être élus en adhérant, aux précédentes élections, à une liste ou à une autre. Quoi qu'il arrive, ils préféraient rester solidement retranchés dans l'inexpugnable citadelle de la contestation. Il suffisait qu'il soit dit blanc pour qu'ils décrètent que c'était noir. Ils s'étaient empressés de constituer un bataillon de mercenaires qui s'était mis au service de « l'authenticité ».

Et puis, il y avait ceux, plus difficiles encore à discerner, que la polémique arrangeait pour une raison ou une autre ; ceux que les trois élections consécutives d'Antoine Souvert et de son équipe rendaient fous d'impatience ; ceux à qui il importait peu d'être d'un bord ou de l'autre, pourvu que ce soit dans celui opposé à leur pire ennemi... Tous ceux, en définitive, qui ne se souciaient de l'aménagement de la chapelle du Prieuré que dans la mesure où ils entendaient tirer parti de l'huile sur le feu qu'ils jetaient sur le débat.

Gaston Bedaret tenta d'en tenir à jour un état précis. Sa liste s'allongea et il s'effara d'y lire la duplicité de tant de ces concitoyens. Il fallut encore qu'il y ajoute ceux qui, par principe, étaient contre les « étrangers », ceux que n'animait rien d'autre qu'une certaine nostalgie du passé, ceux à qui Justin, un jour de foire, avait payé un coup à boire... Tout cela arrivait à faire tant de monde que Gaston finit par renoncer à tenir ses comptes des effectifs en présence. Il se réfugia derrière la haie de son jardin et se contenta d'admirer de loin l'incomparable paysage qu'à ses pieds lui offraient son village et la nature qui l'environnait. Que sous de si belles apparences grouillât tant de vilenies le chagrina quelque temps. Puis il s'y fit et parvint à oublier d'y penser.

Seules continuaient de le tarabuster les conditions dans lesquelles Samuel Rabaut avait été arrêté et la tournure inattendue qu'avaient prise les charges retenues contre lui. Autant dire qu'il ne le connaissait pas. On ne voyait jamais Samuel au bourg. Il lui était bien arrivé une fois ou deux de le croiser, au cours de ses promenades matinales, poussant ses vaches devant lui dans un chemin creux, ou au volant de son tracteur. Ils s'étaient salués très civilement, mais n'étaient même pas allés jusqu'à échanger les trois mots de courtoisie dont on use en pareille circonstance.

« Un ours », s'était dit Gaston, reprenant sans trop y réfléchir les propos entendus au village. Ce garçon sombre et taciturne l'avait pourtant intrigué. Il ne savait pas très bien s'il lui inspirait de la pitié ou de la curiosité. Peut-être un peu des deux. Il lui semblait vaguement que ce qualificatif d'ours attribué une fois pour toutes était un peu court. Tout, d'ailleurs, chez ce garçon, paraissait attirer les jugements à l'emporte-pièce, comme si on avait voulu évacuer par avance toute velléité d'aller un peu plus avant dans la compréhension de ce qu'il était.

De la même façon, la facilité avec laquelle on l'avait désigné comme coupable du meurtre de Francis Magnancourt lui laissait un arrière-goût d'inachevé. Ce n'était bien sûr qu'une impression. L'accumulation des événements, et en particulier ceux qu'il avait lui-même portés à la connaissance de ses concitoyens, ne plaidait évidemment pas pour la cause de Samuel. Gaston n'en gardait pas moins au fond de lui comme un regret que les choses aient été si vite entendues.

Bien qu'il ne s'éloignât plus guère de son jardin, il avait ce don bien villageois de savoir se tenir informé. Il lui vint vite aux oreilles que Serge Vinalet avait ouvertement remis en doute la culpabilité de Samuel. C'était là un courage que lui n'avait pas eu. Il s'en fit le reproche, mais se promit surtout de se mettre à la première occasion sur la route de ce gars-là. Il ne le connaissait guère plus que Samuel, bien qu'on le rencontrât parfois dans le bourg. Question de génération et d'activités. Leurs chemins n'avaient guère l'occasion de se croiser. Le hasard voulut pourtant que le jeune homme habitât pas bien loin de chez lui.

« Et si j'allais le trouver ? » se dit-il. A genoux devant ses châssis, il était en train de désherber ses plants de salades. Gaston Bedaret n'était pas homme à tergiverser longtemps. Il ne resta qu'un bref instant immobile, ses quelques mauvaises herbes fraîchement arrachées à la main. Puis il se releva et les jeta dans le seau qui attendait au coin du châssis. « J'y vais », décida-t-il.

Il fut accueilli par deux enfants tout excités d'avoir été les premiers à répondre à son coup de sonnette. L'aîné ne devait pas avoir plus de six ou sept ans.

— Il n'est pas là, papa ?

— Non, mais maman, elle est là.

Une jeune femme arrivait en s'essuyant les mains à son torchon.

— Le monsieur, il veut voir papa ! claironna le gamin.

« Elle a un bien beau sourire », se dit Gaston avant même qu'elle lui ait répondu.

— A cette heure-ci, il est à son travail. Je peux peut-être vous renseigner ?

Gaston hésita. Il pouvait aussi bien décider de repasser. Et puis, après tout, pourquoi tourner autour du pot ?

— C'est... c'est rapport au Samuel, se lança-t-il. Le Samuel Rabaut. A ce qu'on m'a dit, votre mari, il croit qu'il n'est peut-être pas coupable. Eh bien, je vais vous dire, moi non plus je n'y crois pas de trop. C'est ça que je voulais lui dire, rien de plus. S'il veut qu'on en parle, c'est simple, j'habite la maison la plus haute du bourg, là-haut, au bout de la ruelle.

Elle éclata de rire.

— Je le sais bien où vous habitez. Je vous ai bien reconnu. Comptez sur moi. Je lui dirai dès qu'il rentrera. Ça lui fera plaisir. Il n'y en a pas de trop pour dire clairement ce qu'ils pensent.

9

Serge ne s'est pas précipité.

— Tu ne vas pas le voir ? s'est étonnée Claudine, son épouse. Pour une fois qu'il y en a un qui a le courage de dire ce qu'il pense...

Serge a confirmé d'un mouvement du menton. Non, il ne se précipiterait pas jusqu'à la petite maison au milieu de son jardin, au bout de la ruelle, en haut du bourg.

— Toi, il y a quelque chose qui ne va pas. Tu en as appris une autre ?

Serge rentrait de son travail. Il est allé se déchausser, se mettre à l'aise, puis il est allé voir ses enfants très occupés par leurs jeux, dans leur chambre. Quand il est revenu dans la cuisine où sa femme faisait du repassage, elle s'est contentée de poser sur lui un regard interrogateur. Elle savait que, s'il avait quelque chose à dire, les mots viendraient sans qu'elle ait à insister. Il a pris un verre dans le buffet, est allé se chercher une canette de bière dans le réfrigérateur et est venu s'asseoir à la table en face de sa femme.

— Est-ce que je sais ce qu'il veut, ce vieux-là ? a-t-il dit si sèchement qu'elle en a été surprise.

Il ne lui a pas laissé le temps de commenter.

— Parce que tu crois qu'il est le seul à penser comme ça ? Il y en a des tas comme nous, comme lui, qui se disent que ça a été bien vite emballé, cette affaire-là, qu'il y a quelque chose qui cloche. Mais il n'y en a pas un qui bouge. Ils sont tous enfermés dans leur bonne conscience à se répéter que ce n'est pas normal, que c'est injuste, mais que ça ne les regarde pas, qu'ils n'ont pas à s'en mêler. Et lui, là, brusquement, ce vieux bonhomme à qui on ne demande rien, le voilà qui se réveille et qui vient clamer son soutien... Tu ne trouves pas ça curieux ?

Elle le trouvait injuste. Ça se lisait dans ses yeux, mais elle préféra ne rien dire. En attendant la suite, elle continuait à faire glisser son fer sur les plis soigneux d'une chemise. Elle ne doutait pas qu'elle viendrait.

— Parce que c'est comme ça, reprit Serge en reposant son verre sur la table.

La mousse de la bière lui avait fait des moustaches blanches qui la firent sourire.

— Pourquoi tu te marres ? Ce n'est pourtant pas drôle.

Elle lui dit. Il alla chercher un mouchoir en papier et s'essuya soigneusement la lèvre en se rasseyant.

— On ne peut pas faire autrement, continua-t-il. On ne peut pas prendre leurs paroles pour argent comptant. Avant de se décider, il faut toujours se demander ce qui les pousse à prendre une position plutôt qu'une autre. Il y a presque toujours un intérêt caché quelque part. Pourquoi se réveille-t-il maintenant, ce vieux-là ? Pourquoi ne s'est-il pas manifesté plus tôt ?

— Tu deviens encore plus méfiant qu'eux.

— Il y a de quoi. Je suis pourtant du pays, je ne suis pas un « étranger », mais tu sais très bien qu'on arrive à ne plus se connaître entre nous. Tu le connais, toi, ce vieux ? Moi, bien sûr, je sais qui c'est. Je sais qu'il travaillait en ville, je ne sais plus bien où, et qu'il est revenu ici, dans sa maison de famille pour sa retraite. Mais lui, pendant ce temps-là, est-ce qu'il s'est préoccupé des jeunes ? Mes parents, oui, il doit s'en souvenir. Mais moi ? Mais toi ? Est-ce qu'il sait ce que nous faisons, comment on vit ? Est-ce qu'il s'en soucie seulement ?

— Nous ne nous soucions pas plus de ce qu'il fait de sa retraite.

— C'est vrai. Tu as raison. Pour des tas de raisons, le travail, les loisirs, la retraite, la télévision, les enfants partis s'installer ailleurs, c'est devenu du chacun pour soi. On habite le même village, on sait de qui on est le fils ou la fille bien sûr. Mais ça s'arrête là. On vit peut-être ensemble, dans le même espace, mais on ne se connaît plus.

— Mais c'est justement, puisqu'il vient à toi !

— Avant, j'aurais tout de suite su les raisons qui le poussaient à se manifester. Maintenant, elles sont toujours là, mais je les ignore. Il n'y a que lui pour détenir tout ce petit capital de secrets lié à chaque famille, d'alliances et d'inimitiés, de traditions qui lui dictent sa conduite. En temps normal, on s'en fout. Mais nous ne sommes pas en temps normal. Toutes ces choses-là ressortent et empuantissent littéralement l'atmosphère.

Elle fit la moue.

— Je te vois bien pessimiste. Ça ne te ressemble pas.

Il finit sa bière, prit la peine d'aller jeter la canette dans le bac à verre et de laver son verre à l'évier. Elle continuait son repassage en le surveillant du coin de l'œil. Il resta un instant appuyé des deux mains au bord de l'évier, puis se retourna d'un bloc et lui fit face.

— Tu ne sais pas la dernière ?

« Nous y voilà », pensa-t-elle.

— Non, vas-y.

— J'ai rencontré le maire.

— Alors ?

— Pas par hasard. Il s'est mis sur mon passage. Il voulait me voir.

— Si important que ça ?

— Sûr ! Il a réfléchi, monsieur le maire. Tout ça, tout ce qu'on vient de dire et même bien davantage, il le sait parfaitement. On le sait bien qu'il n'est pas tombé de la dernière pluie, l'Antoine Souvert. Seulement, lui, c'est en terme électoral qu'il voit les choses.

— Ce qui signifie ?

— Qu'il faut qu'il s'en sorte, de cette situation. Il faut qu'il s'en sorte en vue des cantonales de l'an prochain. Pas le temps de tergiverser, d'attendre d'éventuels rebondissements. Il lui faut trancher, prendre un parti et s'y tenir. Il a dû y réfléchir longuement.

— Et il a pris son parti.

— Devine lequel ?

— Samuel est coupable, point barre. Il n'y a pas à en revenir. On n'en reviendra pas.

Serge éclata de rire.

— Elle est formidable, ma petite femme. Elle devine tout.

Il vint lui déposer un baiser dans le cou. Elle ne cacha pas son plaisir, mais continua son repassage.

— Fallait pas être sortie de Saint-Cyr.

Il était allé s'adosser à nouveau à l'évier.

— Vouai, dit-il, redevenu très grave, monsieur le maire m'a signifié qu'il ne voyait plus d'un bon œil ma démarche. Tu me diras, quand je lui en ai parlé, il n'y a pas si longtemps, il s'était bien gardé de s'engager. Il m'avait écouté, c'était déjà ça. Il avait « loué mon courage ». Ça me faisait une belle jambe. Mais pour adhérer, pour prendre parti... Il ne fallait pas rêver. Maintenant, au moins, les choses sont claires. Je l'ai contre moi. Et ce pauvre Samuel reste en prison.

Plongés dans leurs pensées, ils laissèrent le silence se prolonger. Le repassage de Claudine semblait sans fin. Il contemplait ses gestes, partagé entre le plaisir de ce dialogue paisible avec son épouse, et l'exaspération que faisait bouillir en lui l'incapacité d'agir à laquelle il se heurtait. Puis tout à coup il se redressa en tapant du poing sur le bord de l'évier.

— Un élément ! Je n'ai qu'un seul élément. Je ne sais même pas ce qu'il vaut, mais il n'y a rien à faire, il faut que je le voie. Il faut que je lise le journal que Samuel tenait sur son ordinateur. Ils ne peuvent pas me refuser ça.

10

Serge avait choisi d'aller au Prieuré à pied, par les chemins.

« Emmène les enfants », avait suggéré Claudine.

Il avait hésité. La perspective d'une marche dans la nature avec les deux gamins n'était pas pour lui déplaire, mais il y avait renoncé. C'était tout de même un peu loin pour leurs petites jambes, et puis surtout, il ne se voyait pas avec eux chez Justin et Marcelle. Après tout, il ne savait même pas comment il serait accueilli.

Serpentant à flanc de colline, à la limite des bois et des prés, le vieux chemin du Prieuré était en fait l'ancienne voie qui reliait le pays au monde extérieur avant que la route moderne soit tracée sur l'autre versant. De ce rôle passé, il ne restait pas grand-chose. Des sept ou huit mètres de large empierrés où se croisaient jadis les charrois, il ne restait plus qu'une voie étroite à peine suffisante pour le passage d'un tracteur. Ils devaient d'ailleurs être rares à l'employer si on en jugeait par l'épais tapis d'herbes folles et de feuilles mortes qui encombrait les ornières.

Serge n'aimait rien tant qu'observer les vieux murs dont les vestiges étaient partout présents au long des chemins, plus ou moins perdus au milieu de la broussaille. Il s'étonnait de la taille des pierres qui formaient leur base. Il admirait le travail de ces hommes qui, dans la nuit des temps, avaient érigé et entretenu ces kilomètres et ces kilomètres de murs. Il aurait aimé connaître leur savoir-faire. Il leur en avait fallu de la force et de l'adresse pour extraire ces pierres de carrières dont on voyait encore les excavations, dans les sous-bois, les apporter à pied d'œuvre et les mettre en place. Sans autres outils que la force de leurs bœufs, quelques pelles rustiques et leur adresse, ils avaient bâti des ouvrages d'une telle solidité qu'il s'en trouvait encore de longues portions pratiquement intactes qui continuaient de défier le temps.

Mais la roue avait tourné. Les champs qui bordaient le chemin n'avaient plus trouvé de bras pour être cultivés. La nature y avait repris ses droits à sa façon un peu brouillonne. Le taillis avait glissé ses racines jusque dans le moindre interstice des pierres. Parfois, elles avaient réussi à les disjoindre et le mur, à ces endroits-là, s'était effondré. Ailleurs, en fouissant le sol, elles l'avaient fait déborder et s'effondrer, à petits filets obstinés, par-delà le mur au pied duquel ils avaient formé un talus de plus en plus épais. Des vernes, des noisetiers, des frênes avaient trouvé à leur goût cet humus léger que rien ne venait plus tasser. Ils y avaient prospéré. Certains de ces murs se trouvaient maintenant complètement enfouis sous les éboulis et la végétation.

Serge aimait à rechercher les maigres indices qui lui révélaient ces portions de vieux murs que la nature, en les envahissant, semblait avoir pris soin d'enrober de sa matière, comme une protection pour l'éternité. En fait, il était aux aguets de tout ce qui trahissait l'ancienne présence des hommes. Il savait repérer, dans le désordre du taillis, les alignements de grosses souches aux formes tourmentées qui étaient tout ce qui restait des vieilles « bouchures ».

Qui étaient les hommes qui, jadis, possédaient l'art de ployer, d'entremêler et de tisser les tiges sans les rompre pour en constituer les barrières vivantes et infranchissables entre lesquelles ils contenaient leur bétail ?

Puis était venue l'invention diabolique du fil de fer barbelé. Ce n'était déjà plus tout à fait les mêmes hommes. Pour la première fois de leur si longue histoire, il leur fallait apprendre à se compter. Ils étaient confrontés à la terrible soustraction des bras. Il y avait ceux qui n'étaient pas revenus de la Grande Guerre, et puis il y avait ceux, de plus en plus nombreux, qui s'en allaient vers la ville et ses usines dont ils allaient tâter de la rude nouveauté.

Le barbelé, c'étaient les Américains qui le leur avaient fait découvrir dans les tranchées d'Argonne, de Champagne, d'Artois ou d'ailleurs. C'est dire à quel point le souvenir n'était pas bon. Mais ils ne purent s'y arrêter. Le mot leur resterait inconnu encore longtemps, mais son application eut vite fait de s'imposer à eux. Productivité obligeant, les heures de travail de plusieurs hommes d'ailleurs disparus furent vite remplacées par les quelques minutes qui suffisent à un seul travailleur pour tendre un de ces maudits fils d'un arbre à un autre.

Palliatif... Ils étaient engagés sur la pente inéluctable du déclin et ne le savaient pas encore. Bien d'autres concessions allaient suivre celle du barbelé, jusqu'à l'abandon pur et simple des prés. Comme au long des vieux murs, la nature n'eut plus qu'à reprendre ses droits, mais les barbelés restèrent... Abandonnés à leur tour, assaillis par les fougères, la ronce et le bois mort, ils n'en continuaient pas moins à tendre leurs pièges redoutables sous la couverture végétale.

Pour se réapproprier leur place dans le grand bouillonnement de la vie, les « queules », ainsi qu'on continuait d'appeler les vieilles souches si longtemps asservies à l'usage des « bouchures », n'avaient eu qu'à laisser à leurs surgeons la liberté de filer vers le ciel. Plus personne n'était là pour la leur disputer. Marquées à tout jamais, comme de grands blessés, par la volonté des hommes, en reprenant leur croissance que ces derniers avaient un temps contrariée, elles affectaient des formes extraordinaires dans lesquelles Serge aimait à imaginer de fabuleux dragons, des corps faramineux, des têtes hurlantes.

C'était son archéologie à lui. Ses longues promenades dans la campagne étaient une quête incessante des innombrables traces laissées par les générations d'hommes qui l'avaient précédé. Comment vivaient-ils ? Etaient-ils bien différents de ce qu'il était lui-même ? Au travers de ces marques, il cherchait sans cesse à les deviner.

Qu'auraient-ils pensé des raisons qui le faisaient ainsi aller, par un beau matin de congé, à la rencontre de Justin et de Marcelle Rabaut ? Ils devaient bien avoir, eux aussi, leurs chamailleries de village. Comment les vivaient-ils en un temps où il n'était d'existence possible qu'au sein de la communauté au sens le plus strict du terme ?

Serge se doutait bien de l'éternité de ces luttes. Il ne se faisait aucune illusion sur les capacités de ces hommes du passé à s'entre-déchirer comme ils le faisaient eux-mêmes. Il imaginait les drames et les injustices qu'a toujours provoqués l'affrontement des intérêts. Il lui semblait pourtant qu'à mieux connaître les détails de ces vieux antagonismes, il aurait pu tenter d'en tirer des leçons. Il ne pouvait pas se résoudre à l'idée d'un fatalisme de ces affrontements mesquins et aveugles qu'aucune évolution, aucun progrès n'avait pu éradiquer.

Il ne pouvait que s'arrêter aux apparences des choses et cela le laissait profondément insatisfait. Que les hommes qui clôturaient leurs prés de bouchures et bâtissaient ces murs au long des chemins aient été nombreux et contraints au respect des règles de la communauté était une indication. Que ceux qui étaient venus après se soient trouvés confrontés à une certaine solitude et donc plus perméables aux idées venant de l'extérieur, en était une autre. Mais cela ne lui disait pas en quoi ils étaient fondamentalement différents de ceux de son temps qui, pour l'essentiel, commerçaient et travaillaient hors du pays, passaient leurs soirées devant la télévision et n'ignoraient rien de ce qui se passait dans le monde.

Fallait-il croire que, de cette ancienne vie de communauté, ne subsistaient que ces luttes souvent absurdes, ces raisons de se dresser l'un contre l'autre, de se trahir, de ne se laisser guider que par des considérations égoïstes ? C'était là une vision tellement pessimiste de leur existence qu'il en souffrait et ne pouvait pas l'admettre.

Peut-être, en prétendant ne pas s'arrêter aux apparences de la culpabilité de Samuel, allait-il au-devant de sérieuses déconvenues. L'avertissement du maire avait été clair. A l'évidence, que Samuel ne soit pas coupable n'arrangeait pas certains intérêts dits supérieurs. S'il ne parvenait pas à le prouver, il en serait quitte pour le ridicule. Il se ferait quelques ennemis de plus, mais n'en serait pas autrement sanctionné que par l'affichage de leur mépris. S'il trouvait enfin la preuve qu'il cherchait de l'innocence de Samuel, ce serait pour le coup qu'il aurait à affronter de puissants intérêts qui ne reculeraient vraisemblablement devant aucun moyen de le faire taire.

Il arrivait au Prieuré. Il remit à plus tard les conclusions qu'il faudrait bien tirer de tout cela. Le chemin accédait par le haut au minuscule hameau, en offrant une vue globale, par-delà la vieille maison. Au premier plan, la ferme, avec ses vieux bâtiments dépareillés, son grand hangar bardé de tôles, et sa vaste cour encombrée d'outils rouillés, formait un contraste saisissant avec la discrète petite chapelle, dont il ne voyait que la toiture dépassant difficilement de l'amas de détritus du talus, et surtout avec la netteté opulente de la maison neuve et de son écurie.

« Voyait-on de tels contrastes, du temps des murs de pierres et des bouchures ? » se demanda-t-il en dépassant le coin de la vieille maison. Il eut à peine frappé qu'il eut droit au même énergique « Entre donc ». Justin était assis au bout du banc, à l'angle de la grande table, comme si, par respect, il en laissait le haut bout, celui où l'on a droit à une chaise et d'où l'on préside aux assemblées, aux ombres toujours présentes des ancêtres Rabaut. Marcelle, qui lui tournait le dos, s'affairait aux mêmes tâches ménagères.

— Qu'est-ce qui t'amène ? attaqua Justin avant même d'inviter Serge à s'asseoir. Ce serait-y que tu aurais du nouveau ?

Serge dut admettre d'un signe de la tête qu'il n'en était rien.

— Viens donc t'asseoir. Marcelle, tu nous mettras bien un verre.

Le vieux se tenait très droit, les poings sur la table. On sentait sa tension, au bord de la colère.

— Alors ? poursuivit-il. Tu en dis quoi, de tout ça, toi ?

Serge apprécia. La méfiance à laquelle il avait dû faire face, lors de sa première visite ne semblait plus de mise. Il n'en prit pas moins son temps pour répondre. D'abord parce que ça se fait, ensuite parce que la question l'embarrassait.

— Que voulez-vous que j'en dise ? Tout ce que j'en sais, c'est ce qui était écrit dans le journal.

Justin parut déçu. La bouteille et les verres arrivés sur la table firent diversion. Tout en servant en prenant bien soin de ne pas renverser, il fulminait tout de même et son exaspération était palpable. Ils prirent encore le temps de trinquer, de boire et de reposer leur verre.

Alors, ce fut plus fort que lui. Le poing de Justin fit dangereusement tanguer la bouteille en s'abattant sur la table.

— Le journal... Le journal... T'y crois, toi, à tout ce qui y était écrit ? Non mais quoi encore ? On le sait bien qu'il n'y a jamais rien eu entre l'Elodie et le Samuel. On est bien placés pour le savoir, non ? Qu'est-ce que c'est que cette histoire ? C'est pour lui nuire, oui. Qui c'est qui a inventé un mensonge pareil ? Qui c'est qui y a avantage ? C'est par là que tu devrais chercher. Il y a là derrière quelqu'un que ça arrange, un beau salopard, oui. Ça, on peut le dire.

Pendant que Justin vociférait, Marcelle s'était approchée de la table. Elle posa une main qui se voulait apaisante sur l'épaule de son mari.

— Ce qu'il faut dire, prononça-t-elle doucement, comme si elle se contraignait au calme, c'est que jamais il n'y a eu quoi que ce soit entre Elodie et Samuel. Pour être amis, ça, oui, ils étaient amis. Mais pour le reste... jamais ! J'en mets ma main à couper. Devant la Sainte Vierge, je veux bien le jurer. Quand ils étaient gamins, ces deux-là, ils étaient comme cul et chemise. C'était tellement beau, tellement fort qu'on a laissé faire, même si, tu le sais, on n'était pas trop bien avec ceux de la maison neuve. Encore, les grands-parents, le Georges et la Jeanne, à force, on s'entendait à peu près. Quand elle est revenue, l'Elodie, avec son mari et sa gamine, nous, ça ne nous a pas trop plu, surtout quand le Francis, il s'est mêlé de la chapelle. Mais lui, le Samuel, rien à faire, Justin a eu beau dire et beau faire, il a vite été copain comme cochon avec Francis. La petite, la Julie, elle le suivait partout. Même que ça me faisait rire. On aurait dit l'Elodie quand elle était enfant. Quant à sa mère, à Elodie, moi, je peux te dire une chose, Samuel il avait trop d'amitié pour elle, trop de respect pour elle comme pour Francis. Jamais l'idée lui serait venue qu'il puisse y avoir autre chose.

Elle en avait trop dit d'un coup, la vieille Marcelle. Elle eut soudain l'air complètement épuisée. Elle se laissa aller sur le banc, à côté de son mari. Des larmes lui brillaient au coin des yeux. Serge, ému, ne savait pas quoi répondre. Il n'y avait rien, dans tout ce qu'elle venait de dire, qu'il ne sût déjà. Mais elle y avait mis tant de cœur.

— Le problème, osa-t-il enfin, c'est qu'on le sait, nous, qu'il n'y avait rien, entre Elodie et Samuel, mais on n'a pas l'ombre d'un moyen pour le prouver.

— Notre parole ! vociféra Justin. Ça ne compte pas, notre parole ? Marche, celui que ça arrange de l'accuser d'une telle saloperie, sa parole, elle compte, elle. Pas la nôtre.

Il criait, Justin. Il tapait sur la table, mais ce n'était qu'un voile de colère qu'il jetait sur son désarroi. Il était au moins aussi désemparé que sa femme.

— Non, ce coup-ci, c'est trop, reprit-il d'une voix sourde comme s'il n'en pouvait plus de ce combat contre l'insaisissable. Encore, le coup de la bûche, il a eu tort de se sauver, le Samuel, d'accord. Mais on savait bien que ça ne tenait pas. On savait bien qu'un jour ou l'autre on pourrait prouver. On espérait, tu sais, depuis que tu es venu nous voir. Mais là... Qu'est-ce que tu veux qu'on dise ? C'est encore plus mensonge que la première fois. Avec ça, pour le coup, qui nous écoutera ? Qui t'écoutera ?

Serge se taisait. Il laissait venir. Le désespoir des deux vieux le touchait. Il balayait les hésitations qu'avaient pu faire naître en lui les propos du maire. Il faudrait bien que, par un moyen ou un autre, il parvienne à ses fins, pour Samuel bien sûr, mais autant peut-être pour ne plus avoir devant les yeux le spectacle de ces pauvres gens écrasés d'iniquité. La chapelle et la levée de boucliers qu'avait provoquée le projet des aménagements de ses abords étaient loin. Qui s'en souciait encore ?

— Je ne sais pas, avoua-t-il. Mais, tout de même, peut-être, il y a une chose qui pourrait m'aider, me permettre de mieux comprendre, me donner des arguments.

— Dis toujours.

— C'est ce qu'écrivait Samuel sur son ordinateur, ces lettres à un ami. Vous m'avez dit qu'il racontait ses journées, ce qu'il faisait avec Francis, qu'il parlait de ses rapports avec Elodie. Ça pourrait m'aider de savoir. Peut-être, on y trouverait des éléments pour comprendre ce qui s'est passé et pour prouver qu'il n'y avait rien entre Elodie et lui.

Justin et Marcelle avaient baissé le nez. A l'évidence, révéler ce qu'ils estimaient être de l'intimité de Samuel leur paraissait toujours aussi sacrilège. Mais ils n'avaient pas refusé tout sec. Serge y vit comme un encouragement à insister.

— Ça ne sortira pas d'ici, je vous en donne ma parole. C'est juste pour moi, pour que je sache. Je n'en répéterai pas un mot.

Machinalement, Justin, pour gagner du temps, se mit en devoir de remplir à nouveau leurs verres. Ce n'était pas pour plaire à Serge, mais il se garda bien de refuser. Il fallut à nouveau trinquer, boire en silence, puis reposer les verres.

Le temps semblait s'être arrêté dans la grande pièce un peu sombre. Le tic-tac discret d'une grande comtoise que Serge, jusque-là, n'avait pas remarquée, parut tout à coup occuper tout l'espace. Justin tournait lentement son verre dans ses mains. Marcelle ne le quittait pas des yeux. Il finit par hausser les épaules.

— Puisque tu dis qu'il le faut... Mais, tu sais, ce n'est pas qu'on aime trop ça. Ce sont ses affaires à lui, au Samuel. Jamais l'idée nous serait venue d'y mettre notre nez. Tu nous le jures que tu n'en diras rien à personne ?

— Vous avez ma parole. Je n'en reviendrai pas. Vous pouvez me faire confiance.

— Va, dit-il simplement.

Marcelle se leva lourdement, comme à regret. Justin attendit qu'elle ait disparu.

— Tu sais, ce gamin-là, le Samuel, sûr que j'ai été dur avec lui. Trop dur, peut-être, mais il faut comprendre. Est-ce qu'on s'attendait, à nos âges, à ce qu'il nous tombe sur les bras comme c'est arrivé ? Il nous a pris toute notre vie de vieux. Ce n'était plus que pour lui qu'on vivait. Il faut le savoir, ça. C'est qu'on l'aime, tu sais, ce gamin-là. Tout ce qu'on donnerait pour le sortir de là...

11

— Tu mangeras bien la soupe avec nous.

Serge était plongé dans la lecture des « lettres » accumulées par Samuel sur son ordinateur. Autant de courriers électroniques qui n'avaient évidemment pas été envoyés puisqu'ils étaient tous rangés dans ses « brouillons » et que nulle part ne figurait, sur son carnet d'adresses, le nom du dénommé Alain Fourgereau à qui elles étaient destinées.

Il avait cherché un bon moment avant de comprendre. Captivé par cet appareil qu'il voyait Francis utiliser couramment, Samuel avait voulu en faire autant. Il s'était payé un petit portable, mais s'était vite heurté à l'évidence. Pour communiquer, il faut être deux ! Avec qui engager ces conversations rapides auxquelles Francis excellait ? Il était allé jusqu'à s'ouvrir un compte Facebook, mais avait vraisemblablement reculé devant la perspective de livrer ce qu'il brûlait d'écrire aux commentaires de tous les « amis » de la toile.

Alors, puisqu'il n'avait personne à qui adresser ses « lettres », il s'en était inventé un, d'ami, un vrai, un à qui on peut parler en toute franchise. Alain Fourgereau... Pourquoi pas ? D'où venait ce nom ? Pourquoi avait-il inventé celui-là plutôt qu'un autre ? Cela importait peu. Seul restait, aux yeux de Serge sidéré par sa découverte, le terrible aveu de solitude d'un homme qui en était réduit à de tels subterfuges pour pouvoir s'exprimer.

Il avait commencé par piocher au hasard dans toutes ces lettres. Mais il s'était vite laissé prendre au piège de ses lectures. Qui aurait pu s'imaginer que ce rustre, ce lourdaud à qui on s'accordait à ne pas reconnaître le moindre jugement, était capable d'une telle écriture ? Parce qu'elle était secrète, parce qu'il ne risquait pas de devoir affronter l'appréciation des autres, il s'exprimait en toute liberté, très simplement, sans fioritures, avec une sincérité touchante.

Un instant, Serge avait pensé substituer sa propre adresse électronique à celle inventée par Samuel. Les deux vieux n'y auraient évidemment rien vu. Il aurait retrouvé toutes ces « lettres » chez lui, sur son propre ordinateur, et aurait pu s'adonner à leur lecture à tête reposée. Il eut un scrupule. Il avait promis que rien de tout cela ne sortirait d'ici. User de l'ignorance de Justin et de Marcelle lui parut déloyal. Il lui fallait en lire le plus possible là, tout de suite, chez eux, et tâcher de mémoriser au mieux ce qui pouvait lui être utile.

— Alors, on te la met, cette soupe ?

Force lui fut de lever le nez.

— Vous n'y pensez pas. Je ne vais pas vous déranger.

— T'as vu l'heure ?

La vieille comtoise affichait près de midi et demi.

— Ce n'est pas possible !

Justin éclata de rire.

— Tu es là plongé dans ta lecture depuis bientôt deux heures. Tu n'as pas vu le temps passer. C'est donc si intéressant que ça, ce qu'il écrit, le Samuel ?

Serge se tourna vers Marcelle.

— Vous aviez raison. C'est pourtant vrai qu'il écrit bien.

— Tu as trouvé des choses qui pourraient t'aider ?

— Pas vraiment. Sauf des confirmations, bien sûr ; ses bons rapports avec Francis, les chevaux, Julie dont il aime qu'elle soit toujours dans ses jambes. Il fait le parallèle avec sa mère petite et ironise sur le fait que lui aussi, à l'époque, était gamin. Il parle beaucoup de la chapelle. Il raconte au jour le jour la progression de leurs découvertes. Je suis persuadé que ce qu'il en dit passionnerait les archéologues qui s'y sont intéressés.

— Et Elodie ?

— Jusqu'à maintenant, pas grand-chose. Mais c'est bien la preuve qu'il n'y avait rien entre eux. Sinon, vu le ton général de ce qu'il écrit, il en parlerait. Non, on sent bien qu'il la vénère littéralement. Quand Elodie a dit quelque chose, c'est parole d'évangile. Un moment, il reproche même à Francis de tenir tête à sa femme ! Mais, attendez, je n'en suis pas encore bien loin. Peut-être, dans la suite...

— Pour l'heure, tu vas casser la croûte avec nous. Tu pourras continuer après si ça te dit. Marcelle, ajoute donc une assiette.

Serge y a passé l'après-midi. Il a téléphoné à sa femme pour la prévenir de ne pas l'attendre, et, après la soupe, pendant que Justin partait à la sieste et que Marcelle faisait sa vaisselle, il s'y est remis.

Bien lui en a pris, car le ton des « lettres » de Samuel Rabaut à Alain Fourgereau a peu à peu changé. La passion s'en est mêlée. Il a vite oublié de commenter les événements et ce qu'il faisait à la ferme. C'était comme si la puissante marée de ce à quoi il participait à la maison neuve submergeait ce qui, jusque-là, avait été son quotidien.

« *J'ai réussi à me libérer assez tôt de mon travail à la ferme*, écrivait-il à quelques mois de là, *pour aller donner un coup de main à Francis à la chapelle. Je regarde comment il s'y prend pour dégager les fresques sans les abîmer, puis je m'y mets à mon tour et je fais comme lui. Il me surveille, je le vois bien, mais je ne dois pas trop mal me débrouiller puisqu'il me laisse faire et n'intervient jamais.*

» *J'aime travailler avec Francis. Nous nous entendons bien. Quand nous sommes comme ça, dans les gravats et la poussière, c'est un peu comme s'il n'y avait pas de différence entre nous. Et puis, j'ai l'impression de participer à quelque chose de vraiment important. Redécouvrir, ainsi que nous le faisons, le travail d'hommes qui vivaient ici voici plus de huit cents ans est une prodigieuse émotion. Surtout qu'il s'agissait de véritables artistes. Francis m'a expliqué, mais, au-delà de ce qu'il a pu m'en dire, il y a la simple beauté des formes et des couleurs qui me touche profondément.*

» *Tu verras, quand je te ferai visiter. Bien sûr, c'est une question de sensibilité. On peut ne pas aimer ; on peut trouver les fresques naïves ; on peut être moins sensible à la beauté d'une charpente bien faite qu'à une œuvre plus élaborée et d'une autre époque. On ne peut pas, je crois, rester indifférent à la qualité du travail, qu'il s'agisse des peintures, des sculptures ou de la charpente. C'est un tout, et c'est ce tout n'appartenant à nul autre qu'aux hommes de cette époque dont je suis persuadé qu'il t'enthousiasmera comme il m'enthousiasme.*

» *J'ai la chance de participer au travail de redécouverte et de réhabilitation de tout cela. Cela m'y rend certainement beaucoup plus sensible. Dans la monotonie de la vie que je mène ici, cette affaire de chapelle, comme l'arrivée des chevaux, me semble une fantastique éclaircie d'autant plus lumineuse que rien, avant que Francis, Elodie et Julie apparaissent dans notre existence, ne pouvait me le laisser espérer.* »

« *Les Magnancourt sont partis hier,* annonçait Samuel à son ami virtuel quelques jours après les fêtes de nouvel an. *Je n'aime pas voir la maison neuve fermée. Ils me manquent déjà. Je crains qu'ils ne reviennent pas avant les vacances de février. Ce sera long ! Mais, comme à toutes choses malheur est bon, je me retrouve du coup grand maître des chevaux ! Et ça, tu sais à quel point c'est mon bonheur. Matin et soir, je passe plusieurs heures avec eux.*

» *Le matin, je leur prépare un bon picotin d'orge aplatie dont ils se régalent pendant que j'affourage les râteliers et que je commence les litières. Puis j'ouvre leurs box et ils me suivent jusqu'au pré. Je reste longtemps à la barrière. J'aime leur présence. Ils me le rendent bien d'ailleurs. Tant que je suis là, ils ne s'éloignent pas, Emerillon surtout. C'est le cheval de Francis, un grand hongre anglo-arabe bai brûlé. Ce cheval est extraordinaire. Tu ne le verras jamais exprimer sa joie, sa colère ou sa peur de façon démonstrative, comme le ferait un chien. Mais, pour qui le connaît, comme moi, il a une façon d'être, des postures, des regards toujours discrets, en fin de compte des tas de choses indéfinissables qui s'additionnent et se complètent si bien qu'on croit comprendre ce qu'il pense, ce qu'il a envie de faire, ce qu'il préfère qu'on ne fasse pas. Et je crois que c'est bien cela. On communique avec un cheval tel qu'Emerillon. Et cela est infiniment délicat et sensible.*

» *Ce n'est pas que les deux autres, la jument d'Elodie et le poney de Julie, soient indifférents, mais on dirait qu'ils s'effacent devant la personnalité d'Emerillon. Ils s'en remettent à lui. Ils le laissent faire, mais ne refusent pas pour autant de me démontrer leur amitié dès que l'occasion se présente. Tu ne peux pas savoir à quel point j'aime ça.*

» Le soir, quelle que soit l'heure à laquelle je viens, il suffit que j'ouvre la barrière pour qu'ils arrivent. En cette saison, il fait souvent nuit noire quand je peux m'occuper d'eux. Ces trois masses paisibles naissant progressivement de l'obscurité me font toujours le même effet apaisant. Il y a quelques effusions. De tradition, je distribue quelques-uns des croûtons de pain sec qui traînent toujours au fond de mes poches puis, tranquillement, nous reprenons le chemin des box. Chacun rentre dans le sien. Je m'assure que tout va bien, qu'ils ont ce qu'il faut pour la nuit, que l'eau des abreuvoirs est bien propre. J'en rajoute un peu, histoire de faire durer le plaisir, puis je m'éloigne. Quand j'éteins, immanquablement, j'ai droit à un petit ronflement roulant d'Emerillon, comme un roucoulement, sa façon à lui de me souhaiter le bonsoir. »

Sa vaisselle faite, Marcelle avait disparu. Justin était réapparu le cheveu en bataille et l'œil à peine sorti de sa sieste.

« Ça va comme tu veux ? avait-il demandé. Ça te plaît toujours ? Bon ben, ce n'est pas de tout ça, mais c'est que j'ai à faire dans la cour, moi. »

Serge s'était à nouveau retrouvé seul dans la grande salle de la vieille maison, face à l'écran de l'ordinateur de Samuel sur lequel il continuait inlassablement sa découverte d'un homme. Celui-ci correspondait si peu à l'image qu'on s'était faite de lui qu'il en était subjugué. Qu'il ne trouvât jusque-là pas un mot, pas un élément de nature à le mettre sur la voie de ce qui s'était passé était devenu secondaire. C'était l'étrange personnalité révélée par ces lettres fictives qui le passionnait. Comment ce garçon avait-il pu, durant tant d'années, tenir enfermée sous sa carapace de rustre taiseux cette capacité à exprimer tant de sensibilité et de délicatesse ?

Les lettres étaient quotidiennes. Serge les parcourait en diagonale, ne s'arrêtant qu'à celles qui retenaient son attention.

« *Je t'entends d'ici,* écrivait Samuel un soir de février à l'ami qu'il s'était inventé. *Tu vas m'engueuler, me dire que je ne fais que des conneries. Et tu auras peut-être raison. Mais j'y ai trouvé tant de plaisir ! Ce matin, j'ai osé ! Depuis le temps que l'envie m'en démangeait. En sortant de son box, Emerillon m'a semblé si calme, si paisible, si affectueux, que j'ai osé lui grimper sur le dos. Les deux mains sur l'échine, une traction et hop ! la jambe par-dessus la croupe. Il n'a pas bougé. Un peu surpris peut-être, il a attendu la suite des événements. J'avoue que je me suis trouvé bien embarrassé. Quand Francis le monte, c'est à peine s'il a le temps d'arriver sur sa selle. Voilà déjà mon Emerillon en mouvement. Avec moi, il ne bougeait pas. Comme c'est toujours lui qui est en tête, quand on va au pré, les deux autres attendaient patiemment, sur le seuil de leur box. En fin de compte, j'ai osé ce que j'ai vu faire Francis. J'ai donné un petit coup des talons sur ses flancs. Et le voilà parti, bien tranquillement, vers le pré. Heureusement qu'il savait où il allait parce que je n'avais rien qu'une longe pour le guider. Une fois la barrière passée, j'ai juste eu à tirer légèrement. Il s'est arrêté de lui-même. Ça m'a tellement mis en confiance que j'ai redonné des jambes. Le voilà reparti sans se presser. Je lui ai fait faire une grande boucle dans le pré. On aurait dit qu'il avait compris ce que j'attendais de lui. Les deux autres nous suivaient, comme si le spectacle les amusait. On est revenu jusqu'à la barrière. Je me suis laissé glisser au sol, je l'ai pris par le cou et j'ai enfoui la tête dans sa crinière. J'en avais les larmes aux yeux tellement j'étais heureux. Lui, peinardement, il tournait la tête vers moi et je sentais ses naseaux dans mon dos.*

» Justin m'a vu depuis la cour de la ferme. Les hurlements qu'il poussait quand je suis remonté ! Comme d'hab, j'ai laissé faire. Ça me glisse sur la couenne. N'empêche, ce coup-là, je ne suis pas près de m'en vanter auprès de Francis et moins encore d'Elodie. Et, je vais te dire, ça m'embête un peu. De devoir leur dissimuler quelque chose, ça me met mal à l'aise. Il y a trop de confiance entre nous et je tiens trop à leur amitié. Alors, peut-être, je ne recommencerai pas... Mais j'en aurai le regret. »

Bien sûr, il avait recommencé. A partir de ce moment-là, ses lettres étaient émaillées des récits de ses promenades de plus en plus longues sur le dos d'Emerillon et de la joie qu'il prenait à gagner en assurance. Sans se permettre d'équiper le cheval d'autre chose que d'une bride, toujours à cru, il osa vite le trot qu'il trouva bien inconfortable. De lui-même, Emerillon se mit au petit galop. Ce fut une révélation pour Samuel pour qui, dès lors, il n'y eut plus rien d'impossible.

A la précision de ses récits, au plaisir qu'il prenait à conter ses exploits clandestins, on devinait l'ampleur de l'espace de liberté qu'il s'était ainsi conquis. Même s'il ne faisait qu'ajouter à l'injustice qui voulait que ce garçon ne puisse accéder au bonheur qu'en le dérobant, il semblait à Serge qu'il y avait là comme un signe de la plus grande importance. Quoi qu'il se soit passé, dans l'écurie, le jour où Francis avait été assassiné, Samuel, vraisemblablement confronté à une situation qui le dépassait, avait eu le réflexe d'y échapper vers le seul endroit où il ressentait un bien fallacieux sentiment d'impunité. Malgré la promesse faite aux vieux Rabaut de ne rien utiliser de tout cela, Serge nota tout de même la date de la lettre.

Le temps pourtant passait et il commençait à désespérer de trouver autre chose que ces infimes détails qui ne faisaient que le conforter dans ses convictions, mais ne lui apportaient rien de bien tangible. Marcelle et Justin étaient réapparus à tour de rôle. Puis, sans un mot, ils s'étaient à nouveau évaporés dans les profondeurs de la maison ou vers la cour. Serge s'échinait à faire défiler toutes ces lettres et à les parcourir le plus vite possible, mais elles représentaient un tel volume qu'il craignait de n'en pas venir à bout.

Le ton, pourtant, laissait deviner la formidable importance que la présence des Magnancourt prenait jour après jour dans la vie de Samuel.

« *Maintenant*, écrivait-il encore, *plus rien ne sera comme avant. C'en est bien fini de l'épouvantable solitude du Prieuré. Non seulement il y a la présence de Francis, Elodie et Julie, mais Francis m'a expliqué ce qu'il veut faire de la chapelle. Elle va devenir un lieu touristique. On viendra la visiter. Bien sûr, l'hiver, il ne faut pas s'attendre à ce qu'elle attire beaucoup de monde, mais à la belle saison, selon lui, ce sera un défilé permanent. Il s'est débrouillé pour y intéresser des tas de gens très importants, des archéologues, mais aussi des responsables du tourisme. Ils l'ont inscrite à leurs programmes de visites. Il m'a dit aussi que des organisateurs de voyages l'ont mise sur la liste des lieux où s'arrêtent leurs autocars. Cela va mettre du mouvement. On aura toujours du monde. Et, quand les Magnancourt ne seront pas là, il compte sur moi pour s'en occuper. Bien sûr que j'ai accepté !*

» *Il a d'ailleurs d'autres projets. Là, je reconnais que je n'ai pas tout compris, mais il veut créer le long de la route, de l'autre côté de la rivière, quelque chose comme une zone artisanale pour ceux qui souhaitent travailler dans le bois. Il m'a confié qu'il travaillait là-dessus avec Serge Vinalet et que ce sera lui qui s'en occupera quand ça tournera. Ça aussi, ça m'a fait bougrement plaisir. Parce que je le connais, le Serge. Je ne t'ai jamais parlé de lui ? C'est un type sympa et je crois franc du collier. L'idée de travailler à côté de lui et pour ainsi dire avec lui est pour moi une grande satisfaction.*

» *Justin ne sait évidemment rien de tous ces projets. S'il les apprenait, il serait fou furieux. Ça ne me simplifiera pas la vie, mais tant pis. Je ne vais pas renoncer pour autant.* »

Les mots dont Samuel usait à son égard firent rosir Serge de plaisir, mais ce n'était pas là, et de loin, le seul intérêt de cette lettre. Elle situait Samuel au cœur des projets de Francis. C'était une preuve de plus de ce qui les liait et rendait absurde l'hypothèse de sa culpabilité.

Serge s'en serait presque satisfait. Il commençait à relâcher son attention et à passer plus vite d'une lettre à l'autre. Il s'en fallut de peu qu'il manquât celle que, au fond, il cherchait depuis le début.

« *Ah, il faut que je te dise,* écrivait Samuel tout à fait à la fin d'un long monologue sans intérêt particulier. *J'ai avoué à Elodie ce que je fais avec Emerillon... Elle était venue me voir à l'écurie, comme elle le fait souvent, pendant que je m'occupais des chevaux. Je crois que nos rapports ont quelque chose de tout à fait exceptionnel, anormal peut-être, je ne sais pas. Elle est une femme – et même une très belle femme –, je suis un homme. Pourtant, il n'y a pas l'ombre d'une autre attirance entre nous que celle qui nous avait si étroitement liés, quand nous étions gamins. Quand nous nous retrouvons, surtout quand nous sommes seuls, sans Francis ni Julie, c'est exactement comme quand, jadis, nous faisions les quatre cents coups ensemble. Il y a une telle osmose que je dirais presque fraternelle entre nous que j'en ressens un immense bonheur. Et je crois pouvoir dire que c'est partagé. Francis le sait. Il nous blague souvent à ce sujet. Elodie en rit. J'en ris. Nous sommes heureux ! C'est bête, non ? Je voudrais que cette belle entente n'ait pas de fin. Mais je sais qu'elle pourrait être mal comprise par d'autres. Elle pourrait prêter à commentaires. Alors, je la garde étroitement pour moi – et pour toi, bien sûr, mais ce n'est pas la même chose.*

» Tout cela est si fort, que je ne pouvais plus supporter de dissimuler mes escapades avec Emerillon. J'avais l'impression de trahir. Alors je lui ai dit. Je lui ai raconté comment je m'y suis mis, comment Emerillon m'a aidé. Je lui ai avoué nos balades en forêt. Tu aurais vu sa tête ! Elle a fait : "Oh !" Elle a paru réfléchir un long moment, puis elle a dit : "Après tout, à force de t'en occuper... Et il est si gentil, ce cheval. Promis, je n'en dirai rien à Francis. Ça restera entre nous. Comme au temps de nos secrets d'enfants. Tu te souviens de nos secrets ?" On en a rigolé un moment, puis elle est redevenue sérieuse. "C'est à toi de lui en parler, si tu le veux, a-t-elle ajouté. Tu sais, je crois qu'il t'estime assez pour ne pas t'en vouloir. Peut-être d'ailleurs aurait-il tendance à plus te reprocher d'en avoir fait un secret. C'est à toi de voir."

» Je n'en ai pas encore parlé à Francis. Je n'ai pas osé. Mais je crois qu'elle a raison. Un jour, sûrement, je lui dirai. »

Il n'en fallait pas plus à Serge que ces quelques phrases. Il y avait là amplement de quoi démontrer que les deux mobiles successifs attribués au crime qu'aurait commis Samuel ne tenaient pas debout. Il eut une fois encore la tentation d'expédier cette lettre d'un « clic » sur son propre ordinateur. Mais à quoi bon s'il ne pouvait pas s'en servir ?

Marcelle était réapparue. Elle s'était installée à l'autre bout de la table et y épluchait des légumes.

— Il vous a lu ça ? lui demanda-t-il.

Elle posa son couteau et l'écouta religieusement.

— C'est fantastique, dit Serge lorsqu'il en eut fini. Personne, avec un argument pareil, ne pourrait continuer d'affirmer que c'est lui qui a fait le coup.

— Oui, mais qui ? dit-elle simplement.

Il en resta sans voix. Elle avait évidemment raison. Tant qu'on n'aurait aucune piste susceptible de conduire vers un autre coupable présumé, il ne servirait à rien de démontrer que ce ne pouvait pas être Samuel. Serge eut la tentation d'insister pour qu'on lui laisse au moins utiliser ce texte-là, mais qu'en ferait-il ? Qui l'écouterait ? Après tout, il lui suffisait de savoir qu'il était là, préservé par le soin jaloux qu'apportaient les deux vieux à veiller sur les affaires de Samuel. Il serait bien temps d'y revenir quand le besoin s'en ferait sentir.

Il eut le geste d'arrêter l'ordinateur. Une dernière curiosité le fit cliquer sur l'ultime lettre, celle que Samuel avait rédigée la veille du jour de l'assassinat de Francis.

« Enfin, demain, un aboutissement. L'inauguration officielle de la chapelle. Je regrette bien sûr que cela m'oppose à Justin que j'aime beaucoup, mais, en même temps, je suis infiniment heureux que l'on passe enfin ce cap. Après cela, plus rien ne sera comme avant. Les choses seront trop engagées pour que qui que ce soit puisse encore leur faire échec.

» J'en suis heureux pour moi, évidemment, et pour ce que ça va changer dans ma vie, mais j'en suis plus heureux encore pour Francis. Il s'est tellement investi dans cette affaire ; le résultat est tellement beau. Après tout, il a autre chose à faire. Il a une belle situation. Il aurait très bien pu ne pas se mobiliser comme il le fait pour que ses découvertes nous servent à tous. Il aurait pu garder ça pour lui et personne ne serait venu le lui reprocher. Il s'y est donné à fond, il s'y est totalement investi. Je trouve ça merveilleux et j'en veux d'autant plus à tous ceux qui en profitent pour lui mettre des bâtons dans les roues.

» Mais tout cela n'est rien. Grâce à Francis, demain sera un grand jour. Et après, la vie ne sera plus la même. »

Tant de gratitude et un tel cri d'espoir… Et tout cela fracassé, pulvérisé quelques heures plus tard dans le plus absurde des quiproquos… Serge, cette fois, arrêta l'ordinateur et le referma lentement. Pourquoi Samuel s'était-il enfui ? Tout était là. C'était ce qu'il devait comprendre et il enrageait de ne toujours pas avoir la moindre idée qui puisse le mettre sur la voie.

12

Le soleil avait déjà bien entamé sa descente quotidienne vers l'horizon. Les ombres s'allongeaient et la lumière se faisait plus moelleuse. C'était l'heure à laquelle l'exubérance de la végétation, enfin libérée des derniers sévices de l'hiver, semblait s'abandonner au plaisir tout neuf du foisonnement de ses couleurs. Toute la gamme des verts, du plus lumineusement tendre au plus sombre, brouillait la froide transparence hivernale des futaies et des haies d'un étonnant patchwork aux nuances infiniment délicates.

Serge se passa la main devant les yeux. Après être resté tant d'heures devant l'écran de l'ordinateur, dans la pénombre de la salle de la vieille maison, il lui fallait se réhabituer à toute cette lumière. Debout au coin de la cour des Rabaut, il reprenait ses esprits. Il était à la fois déçu de ne pas avoir pu emporter les lettres de Samuel, et sous le coup de l'émotion qu'elles avaient fait naître en lui. Il aurait voulu être Alain Fourgereau. Il aurait voulu être le destinataire de tout ce courrier. Il lui semblait qu'il aurait su y discerner l'incommensurable solitude de leur auteur et qu'il aurait eu les mots pour y répondre.

Mais il savait que c'était absurde. Ces lettres étaient justement faites pour demeurer sans réponse. Elles étaient le cri caché d'un homme résigné à son extrême solitude, un homme lui-même dissimulé derrière les apparences que la vie lui avait infligées. Leur attribuer un destinataire réel, quel qu'il soit, eût été sur l'instant faire voler en éclats la carapace à l'abri de laquelle il assumait ses différences. C'était là la vulnérabilité dont Samuel s'était obstinément préservé en coupant les ailes à ses irrépressibles besoins de se raconter. Un journal ordinaire n'aurait été qu'un triste monologue tournant en rond dans son incapacité à communiquer. S'adresser à un ami fictif avait sublimé son expression.

Quand, à quel moment de sa vie, avait-il estimé préférable d'user de ce subterfuge pour se donner l'illusion de ne plus avoir à s'affronter à ce monde dans lequel il ne trouvait pas sa place ? Il s'était tellement identifié à cette incompréhension des autres à son égard qu'il les avait fuis jusqu'au plus profond de lui-même, ne laissant entrouverte sur l'extérieur que cette fausse fenêtre d'un ami qui n'existait que pour lui.

Quelle influence Francis et Elodie avaient-ils eue sur cet étroit repliement sur lui-même dans lequel il vivait ? L'avaient-ils compris ? Y étaient-ils restés indifférents ou jouaient-ils sur le temps pour qu'à leur contact la carapace finisse par se fissurer ? Mais surtout à quel terrible accident Samuel avait-il été confronté, ce matin-là, pour que le réflexe de fuite prenne le dessus et le fasse se jeter dans le seul espace de liberté qu'il ait jamais réussi à s'inventer ?

Car tout était là. Il n'était nul besoin de chercher plus loin les raisons qui avaient pu pousser Samuel à s'échapper, après la mort de Francis. Il n'avait rien à cacher, rien à se reprocher, hormis ce que la vie avait fait de lui ; un asocial n'ayant que la fuite à opposer au regard des autres.

Serge s'ébroua. Il fallait réagir. Il fallait sortir de l'espèce de suggestion dans laquelle il restait englué. Du coin du rideau, derrière lui, on devait le surveiller. Le soir allait venir. Il repensa aux chevaux. L'heure de s'en occuper venait. « J'y vais, se dit-il. Ça me changera les idées. Et puis, s'il est trop tard pour rentrer à pied, je téléphonerai à Claudine. Elle viendra me chercher avec les gamins. »

Il prit son temps. Il n'avait certainement pas le même contact avec les animaux que Samuel, mais il aimait tout de même leur tranquillité, la façon paisible qu'ils avaient de l'attendre, à la barrière du pré, et le pas décidé duquel ils se dirigeaient vers leurs box respectifs sans qu'il ait à s'en mêler. L'idée ne lui serait pas venue de grimper sur le dos de l'un d'eux. Il lui suffisait de les regarder vivre et d'admirer leur élégance naturelle pour se trouver bien auprès d'eux et éprouver le besoin de faire durer le plaisir.

Depuis le fenil, de sa fourche, il faisait glisser leur dose nocturne de foin dans les râteliers quand un bruit de moteur le surprit. Une voiture venait d'entrer dans la cour et s'y était arrêtée. Il se hâta d'achever son geste et redescendit. Il n'eut que le temps d'apercevoir Elodie et Julie qui entraient dans la maison par la porte de derrière.

— Elodie ! appela-t-il. C'est moi, Serge. Je m'occupe des chevaux.

A sa plus grande surprise, la porte se referma sèchement. Puis elle se rouvrit lentement et Elodie réapparut, en retrait, dans l'ombre de la maison.

— Je suis désolée, Serge, mais je ne peux pas vous voir.

Il traversait déjà la cour à grandes enjambées. Sidéré, il s'arrêta net. Elle était à quelques mètres de lui, mais il faillit ne pas la reconnaître. Elle se tenait légèrement voûtée, les épaules affaissées. Pâle et les traits tirés, elle avait dans le regard quelque chose d'une bête traquée.

— Elodie... bredouilla-t-il.

— Non, Serge, je ne peux pas. Je suis en liberté surveillée, vous le savez. J'ai promis de ne parler à personne. On m'a juste autorisée à venir chercher des papiers dont j'ai un besoin urgent. J'ai juré de ne rencontrer personne du pays. Excusez-moi. Je suis vraiment désolée.

Elle faisait déjà le geste de refermer la porte. Elle se reprit.

— Pour les chevaux, merci... Merci, Serge, de tout ce que vous faites, mais il faut comprendre. Merci encore.

Et la porte, cette fois, se referma pour de bon. Il resta un long moment immobile au milieu de la cour, éberlué, puis il fit lentement demi-tour et repartit vers l'écurie. Elle était emplie du bruit discret que faisaient les trois chevaux en se mouvant lentement dans leurs box, en tirant sur leur foin et en le mastiquant. Il s'assit sur un ballot de paille.

La scène qu'il venait de vivre le laissait complètement déboussolé. Il venait de recevoir en pleine figure une réalité dont, jusque-là, il n'avait pas pris la mesure. Chercher, comme il le faisait, à comprendre ce qui s'était passé était une chose. Toucher du doigt la réalité du drame que vivait cette femme en était une autre. Au-delà de ce qu'en avaient dit les journaux, avait-il essayé un seul instant de se représenter ce que devait être sa vie, et par conséquent celle de Samuel, depuis qu'ils étaient ainsi mis au ban de la société ?

Qui s'en souciait, d'ailleurs ? Il était le seul. Ce fardeau lui fut tout à coup insupportable. Face à la formidable charge de ce désespoir, la vacuité de ses efforts était dérisoire. Il était vain, inutile, seulement préoccupé de sa bonne conscience. A quoi servait-il ? Qu'avait-il fait, qu'avait-il obtenu depuis qu'il s'était autoproclamé justicier ? La tête entre les mains, effondré, il s'abandonnait à sa défaite.

Il en était tellement occupé qu'il ne vit pas Julie arriver. Il fallut qu'elle lui posât la main sur le genou pour qu'il réagisse. Elle avait une aussi petite mine que sa mère et l'air aussi triste.

— Bonjour, Serge. A quoi tu pensais ? Ils vont bien, les chevaux ? Tu sais, je suis heureuse de te voir.

Il l'entoura de ses bras et la serra très fort contre lui.

— Et moi donc, si je suis heureux de te voir. C'est gentil d'être venue jusque-là. Tu vois, les chevaux, ils vont bien. Tu sais, j'aime bien prendre soin d'eux.

La gamine s'était hissée sur le ballot de paille, près de lui.

— Tu as de la chance. Ils me manquent, les chevaux. Et puis, la maison, le jardin, tout...

— Tu n'es pas bien à Ville-d'Avray ? Vous avez une belle maison aussi, je crois, là-haut. Et puis tu as l'école...

Le regard fixé droit devant elle, elle ne lui montrait pas son visage, mais il comprit à temps qu'elle était au bord des larmes.

— Ça ne va pas ? demanda-t-il.

Elle baissa les yeux et il sentit tout son petit corps qui se tendait sur ce qu'elle avait à dire.

— Je suis malheureuse, tu sais, commença-t-elle d'une toute petite voix un peu chevrotante. Mon papa me manque, Samuel me manque, et ma maman, elle est trop malheureuse, elle ne sait plus m'écouter.

— Et tu as beaucoup de choses à lui dire ?

Elle acquiesça d'un mouvement du menton. Elle n'en avait évidemment pas fini de tout ce qui pesait trop sur son petit cœur et qu'elle voulait exprimer. C'était là, au bout de la langue, mais ça ne venait pas. Ce devait être lourd, si lourd... Il choisit de se taire et d'attendre. Juste, pour lui montrer qu'il était attentif, il lui passa le bras autour des épaules et la serra à nouveau contre lui. Elle s'abandonna à son geste et parut se détendre.

— Depuis le début, je voulais lui dire, à maman. Au début, je ne savais pas comment. C'était comme si je n'avais plus de mots dans la bouche. Et puis, peu à peu, c'est revenu. Alors, un jour, je me suis dit : « Il faut que tu lui parles. » J'ai même commencé à lui dire. Peut-être, à ce moment-là, elle aurait écouté. Et puis, on a sonné à la porte. C'était toi. Je n'ai pas pu lui parler. Et depuis, après tout ce qui s'est passé, les policiers à la maison... Tu ne peux pas savoir ce que j'ai eu peur. Samuel qu'ils ont emmené. Ma maman qui n'est plus la même... Qu'est-ce qui s'est passé ? Je ne le sais même pas.

— Je n'en sais pas beaucoup plus que toi, tu sais.

— Bien sûr, tu étais ici, toi. Je ne veux pas remonter à Ville-d'Avray. Je veux qu'on reste ici. Il n'y a plus mon papa, il n'y a plus Samuel, mais toi tu es là. Et puis il y a les chevaux, la maison... On est bien, ici. Là-haut, c'est le malheur. Et peut-être, ici, elle voudra bien m'écouter, ma maman. Parce qu'il faut que je lui dise. C'est si grave.

Serge tout à coup se raidit. Une intuition venait de lui traverser l'esprit. Qu'est-ce qui pouvait bien justifier cette obsession qui ne quittait pas la gamine si ce n'était...

— Et à moi, tu ne peux pas le dire ? tenta-t-il. Peut-être, je pourrai t'aider.

Elle secoua la tête énergiquement.

— Je n'ai pas besoin qu'on m'aide. Simplement, je ne veux pas qu'on fasse du mal à Samuel. Ce n'est pas juste. Parce que ce n'est pas lui qui a tué mon papa. Je le sais. J'étais là-haut.

Du menton, elle indiquait le fenil.

— J'étais toujours avec mon papa et avec Samuel quand ils s'occupaient des chevaux. J'aimais bien monter là-haut. Je m'étendais dans le foin et je les regardais faire. Ce matin-là, mon papa était pris par l'inauguration de la chapelle. Samuel lui a dit qu'il pourrait bien s'occuper seul des chevaux. Mais non, il a fallu qu'il s'en mêle. J'étais déjà au fenil quand il est arrivé. Samuel avait presque fini. Mon papa a pris le balai et s'est mis à nettoyer l'écurie. C'est là qu'il est arrivé...

La voix de la gamine s'était brisée en prononçant ces derniers mots. Elle leva sur Serge un regard désespéré et embué de larmes.

— Qui, il ? demanda-t-il.

— Un monsieur. Je ne sais pas. Je l'ai déjà vu avec mon papa, mais je ne sais pas qui c'est. Il crie toujours après mon papa comme s'il était très en colère. Là, ce jour-là, il a recommencé plus fort encore. Je n'y ai rien compris. D'abord, je ne cherchais pas à comprendre tellement il criait fort. Il me cassait les oreilles. Mon papa lui a répondu en lui demandant de crier moins fort. Alors, il a voulu le taper. Mon papa, il ne s'est pas laissé faire. Samuel est arrivé. A eux deux, ils l'ont forcé à partir. Ça allait mieux. Samuel est retourné dans le box d'Emerillon qu'il brossait. Mon papa s'est remis à balayer. Et puis, c'est là...

Julie eut un violent hoquet et resta là, la bouche ouverte, les yeux écarquillés, emplis de l'effroi que réveillait en elle l'évocation de la scène. Penché vers elle, Serge attendait. Les mots allaient venir, nécessairement, comme une libération. Il sentit le petit corps se cambrer sous l'effort que fit la gamine pour se reprendre.

— Il est revenu, dit-elle d'une étonnante petite voix rauque qui hachait les mots. Il est revenu si vite que mon papa qui lui tournait le dos n'a pas eu le temps de réagir. Et Samuel, dans le box, n'a rien vu. Il n'y a que moi qui ai vu. Il tenait une bûche qu'il avait dû prendre sur le tas qui est dans la cour. Et il en a donné un grand coup, un coup de toutes ses forces à mon papa...

Une fois encore, elle dut retenir ses mots de peur qu'ils entraînent le courageux barrage qu'elle opposait à la montée des sanglots. Elle pinçait les lèvres avec une telle force qu'elles en blanchissaient, mais ne cessaient pas pour autant de trembler.

— J'aurais voulu... J'ai voulu... J'ai voulu crier, parvint-elle enfin à reprendre. J'ai crié, mais aucun son n'est sorti. J'avais si peur, Serge... J'aurais pu prévenir mon papa, j'aurais pu prévenir Samuel... Je n'ai pas su. J'ai crié, mais ce n'est pas sorti... Alors, j'ai vu Samuel se précipiter, mais il était trop tard. Ils se sont battus un bon moment autour de cette bûche que le monsieur voulait garder et que Samuel voulait lui prendre. Puis l'homme a lâché la bûche. Il s'est reculé et il a crié quelque chose très fort à Samuel. Je ne sais pas ce qu'il lui a dit. Je n'ai pas compris. Et puis il est parti, tranquillement, sans se presser. Simplement, il regardait derrière lui comme s'il craignait que Samuel lui coure après. Et lui, il restait là planté debout, sa bûche à la main, comme s'il n'avait pas su quoi en faire. J'aurais voulu l'appeler, lui dire que j'étais là, que j'avais tout vu, que j'avais peur pour mon papa qui était par terre et qui ne bougeait plus. Je n'ai pas su... Je n'ai même pas su bouger. Il a fini par lâcher la bûche, et puis il est parti. Il est parti en courant. J'ai été seule... Seule avec mon papa immobile là, par terre, devant moi... Après, je crois que j'ai entendu un grand cri. Et puis je ne me souviens plus. Peut-être que je suis restée longtemps comme ça. Puis il y a eu des voix. J'ai entendu ma maman crier. Mais je n'ai rien vu. Je ne voulais plus voir. J'avais fermé les yeux et je me disais que c'était pour toujours.

Cette fois, les sanglots furent les plus forts. Le visage enseveli contre la poitrine de Serge, Julie n'eut pas d'autre ressource que de s'y abandonner. Il la tenait contre lui en lui caressant doucement les cheveux. Il fallut que passent de longues minutes pour qu'il la sente peu à peu s'apaiser. Mais elle ne bougeait pas. Vidée des mots qui l'oppressaient depuis si longtemps, elle devait être épuisée.

Il prit patience. L'ombre s'épaississait lentement. Par la porte de l'écurie ouverte sur les prés, il voyait monter une légère brume grisâtre. Sa femme devait commencer à se demander ce qu'il était devenu. Il s'étonna même qu'elle ne l'ait pas encore appelé. Il allait se résoudre à sortir son téléphone portable de la poche de sa veste lorsque la voix d'Elodie fit voler en éclats le silence de l'écurie.

— Julie ! Tu es où ? Vite, ma puce. Il faut qu'on se sauve. Dépêche-toi. Je t'attends.

Elle repartait déjà. La gamine avait sursauté. Elle sauta du ballot de paille.

— Faut que j'y aille. Faut pas faire attendre maman.

— Attends. Ce monsieur, si tu le voyais, tu le reconnaîtrais ?

Elle s'immobilisa, leva sur lui un pauvre petit visage encore ravagé par les larmes.

— Peut-être... Oui, peut-être je le reconnaîtrais, mais je ne veux pas. Je ne veux plus jamais le voir. Il est trop méchant. J'ai eu trop peur.

Elle se hissa sur la pointe des pieds, lui déposa un baiser sur la joue et se sauva, le laissant seul dans la demi-obscurité de l'écurie.

13

Le travail à ferrer les bœufs, qui abritait jadis sa charpente de bois et de fer sous un toit pentu, au carrefour des ruelles, en dessous de chez Gaston Bedaret, n'existait plus. Il avait été démonté. Gaston n'en avait rien dit, mais ça lui avait fait quelque chose. On ne ferrait plus les bœufs. Le travail ne servait plus à rien. La mauvaise herbe s'y était mise dans laquelle s'empêtraient toujours des sachets en plastique, des paquets de cigarettes vides, deux ou trois canettes et quelques autres détritus que ces petits coins de souvenirs semblent irrésistiblement attirer.

Parce qu'il en avait, le Gaston, des souvenirs, autour de ce travail. C'était par centaines qu'il fallait les compter, les vaches et les bœufs qu'il avait vu ferrer là. Tout s'organisait de façon concentrique autour de l'homme de l'art. Tout ce dont Gaston se souvenait à son sujet, c'était qu'on l'appelait Polyte, qu'on disait de lui qu'il était assez fort pour coucher un bœuf d'une seule main et qu'il avait d'énormes moustaches noires qui lui faisaient peur.

Autour de lui, le premier cercle était composé des hommes qui l'aidaient, du propriétaire de l'animal qu'on opérait et de ceux qui attendaient leur tour. Un peu à l'écart, mais au moins aussi nombreux, se tenaient ceux qui n'avaient rien d'autre à faire là que de tuer le temps. C'était en quelque sorte le dernier salon où l'on causait. Et, à voir comme on y allait, il y en avait, à dire.

Plus loin encore, comme une nébuleuse prise dans l'orbite de tout ce remue-ménage, vibrionnait toute une armée de gamins et de gamines. A l'attirance qu'opérait sur eux le travail du Polyte répondait avec plus de force encore l'interdiction formelle qui leur était faite de venir se mettre dans les jambes des hommes à l'ouvrage. Il n'en était que plus tentant de s'y risquer, le tout étant de faire preuve d'assez d'agilité pour échapper à la main terrible du maréchal-ferrant ou d'un de ses acolytes. Si l'une d'elles vous pêchait au passage, elle n'avait rien à dire à sa sœur pour que, du même élan, elle vous gratifie sur le coin du museau d'une belle giroflée à cinq feuilles. Auprès des copains, c'était un véritable titre de gloire. Mais s'il en restait des traces, une fois rentré à la maison, le danger était qu'elle en appelle une autre, paternelle cette fois, sur l'autre joue, afin, disait le père, qu'il n'y ait pas de jaloux.

Ce sont ces souvenirs de jeudis entiers passés à apprendre la vie, autour de la forge et du travail, que Gaston a eu l'impression de perdre quand on a démonté le vieil instrument d'une époque révolue. L'âge venant, il n'avait pas eu la chance de passer d'un cercle à l'autre. C'était à peine d'ailleurs s'il avait vu décliner l'activité du maréchal-ferrant. Le collège d'abord, puis la ville où il a bien fallu aller faire carrière lui ont épargné d'assister à la triste fin du Polyte et de son travail à qui les tracteurs avaient peu à peu ravi leur raison d'être.

Le toit crevé et les montants vermoulus penchant déjà vers la terre où, si rien n'était fait, ils finiraient par se perdre, n'étaient pas de nature à réjouir la vue. Il savait que tout cela était appelé à disparaître. Il n'en ressentit pas moins une grande tristesse lorsque vint cette échéance. Ce n'était pas seulement ses souvenirs de galopin qui perdaient leur repère. C'était le dernier symbole d'un temps pourtant pas si lointain où l'on croyait dur comme fer à l'éternité d'une société villageoise dont on ne pouvait pas imaginer que, venue de si loin, elle puisse un jour s'éteindre.

Il tint à assister à la fin du travail comme on veille aux derniers instants d'un agonisant. Le soin apporté par les exécutants à la mission qu'on leur avait confiée le surprit. Mais quand l'un d'eux se tourna vers lui et l'apostropha il en fut sidéré.

— Dites donc, le papy, lui lança l'homme de façon bien désinvolte, vous l'avez vu entier, vous, ce travail-là ?

Pour le plaisir de l'évocation, Gaston oublia l'impertinence.

— Sûr, que je l'ai vu entier. J'y ai même vu ferrer un bon paquet de vaches.

— Alors, vous allez pouvoir nous expliquer.

Ce fut ainsi que Gaston apprit que, bien loin d'être voué à la destruction pure et simple, le travail était destiné à être remis en état et remonté sur la place du pays.

— Et qu'est-ce donc que vous allez en faire, sur la place ? s'étonna-t-il. Il n'y a plus ni vaches à ferrer ni gars capable de les ferrer.

On lui expliqua. C'était comme un symbole, un hommage qu'on voulait rendre aux anciens.

— Un monument, quoi... conclut-il.

Les autres perçurent-ils tout le mépris qu'il y avait dans sa remarque ? A quoi cela allait ressembler, ce travail tout seul au milieu de la place ? Quel sens ça pouvait avoir sans le feu de la forge, sans le savoir-faire et la force du maréchal-ferrant, sans l'animation des bêtes et des hommes alentour, sans leurs conversations, sans tous ces gamins qui leur couraient dans les jambes, dont ils faisaient mine d'être exaspérés, mais qu'ils seraient allés chercher, au besoin, si une mouche les avait piqués d'aller s'amuser ailleurs ? Leur travail-monument, ce ne serait jamais qu'un objet mort pour les yeux des touristes qui n'y comprennent rien. Et les odeurs de corne brûlée, et la sonnerie du marteau sur l'enclume, et les éclats de rire, et les forts en gueule, et le piaillement incessant de tous ces gosses... Ils en feraient quoi, avec leur statue de travail sur la place ?

Gaston n'avait rien dit de tout cela. Il n'était pas du genre à provoquer les débats. Et puis, il savait bien qu'il avait tort. On ne fait pas renaître le passé. C'était déjà bien que ces gens-là ne le balaient pas d'un geste. Ils avaient une intention. C'était déjà ça. Même s'il ne pouvait pas adhérer, il lui fallait leur rendre cette justice. Et garder ses commentaires pour lui, une fois de plus, quand on s'extasierait sur ce bel hommage rendu aux ancêtres.

Le travail fut remonté, à l'identique ou presque, sur la place du pays. Il eut droit à une belle inauguration. Après qu'eurent été prononcés quelques discours vibrants où il était question du courage, de l'abnégation et de la hauteur d'âme des ancêtres, le député invité par Antoine Souvert coupa le ruban tricolore qui barrait le passage jadis réservé aux vaches. Il y eut un vin d'honneur, puis on se dispersa en pestant déjà contre la disparition des deux ou trois places de parking qu'il avait fallu sacrifier pour ériger le travail.

A l'ombre du cerisier, en haut de son jardin, assis sur le banc qu'il y avait installé, Gaston Bedaret soufflait. Il avait biné et sarclé toute la matinée ou presque. Il avait repiqué des salades. Il avait longuement contemplé ses carottes qui venaient bien. Il avait bien mérité de prendre un peu le frais sous le feuillage serré et surtout sous les cerises abondantes qui n'allaient pas tarder à être bonnes à récolter.

Bien qu'on ne fût qu'en juin, encore assez loin des grandes chaleurs estivales, on peinait à rester trop longtemps au soleil. C'est qu'on n'y était pas encore trop habitué. Mais on n'allait pas s'en plaindre. L'air embaumait de toutes les fragrances émises par les innombrables floraisons dont débordait la nature. C'était comme une sorte d'épaisseur de l'air, une sensation diffuse de vie ardente dont on ne pouvait identifier les multiples et minuscules provenances ; un hymne à la création au sein duquel il aurait fallu être de marbre pour ne pas se sentir à l'unisson de l'exubérance avec laquelle éclatait le printemps.

Gaston n'en fronçait pas moins les sourcils à intervalle régulier, à chaque fois qu'un énorme tracteur repassait derrière lui, dans un bruit de tonnerre. Le paysan avait fauché tôt ce matin-là le grand pré qui s'étendait au-delà de son jardin. Il devait être en train de le faner. A tous les coups, par un si beau temps, Gaston aurait droit à la presse dans l'après-midi, puis, dans la soirée, aux allées et venues du chargeur et des remorques. Ils emporteraient le tout vers les grands bâtiments de tôle à quoi se reconnaissaient les rares fermes subsistant sur le pays.

C'était à cela que se réduisait maintenant la période des foins, un va-et-vient rapide de matériels rutilants. C'était à peine si l'odeur enivrante de l'herbe couchée sur ses éteules et en train de sécher avait le temps de parfumer l'atmosphère. Certes, les faucheurs et les faneurs de jadis, qui peinaient des journées entières avec l'angoisse au ventre de voir monter l'orage, n'avaient guère le loisir de l'apprécier. Leur lot, c'était la poussière, les dos brisés, les muscles rompus. Mais alors pourquoi, se demandait Gaston, la période des foins et des moissons était-elle attendue avec tant d'impatience ? Pourquoi étaient-ils si gais, ces faucheurs et ces faneurs qui l'avaient pourtant si dure, avec leurs faux, leurs fourches et leurs râteaux pour uniques outils ? Fallait-il croire que le seul plaisir d'être ensemble, en grandes bandes joyeuses, suffisait à contrebalancer les peines et les fatigues de ces longues journées de travail harassant ?

Le tracteur approchait. Il se leva, contourna l'arbre et le vit qui remontait la pente à vive allure. Il allait passer au ras de sa haie. De l'herbe projetée haut par l'énorme faneuse qu'il tractait, naissait un nuage de fine poussière qui faisait à l'attelage comme une longue queue de comète. Au passage, l'homme qui pilotait l'engin fit un petit geste de la main à l'adresse de Gaston. Cela n'avait duré que quelques instants. Il était déjà à l'autre bout du pré ou presque.

« Il a tout de même pris le temps de me voir, remarqua-t-il. Mais il n'avait pas l'air bien gai. Faut dire, avec tout ce qu'il a à faire... » C'était un de ses voisins. Il le connaissait bien. L'homme travaillait seul sur sa ferme. Sa femme, chaque matin, faisait la route de la ville où elle s'était trouvé un emploi de caissière dans une grande surface.

C'était toujours de quoi nourrir ses bêtes qu'il tirait de ses prés, mais le rapport avec ceux qui l'avaient précédé sur les mêmes parcelles s'arrêtait là. « A tout prendre, se dit Gaston en s'éloignant de son arbre, je me demande si ceux qui fanaient ensemble, à la fourche, et rentraient le bouquet, avec le dernier char, n'étaient pas plus heureux que lui... »

Une botte de radis fraîchement cueillis à la main, il retraversa son jardin, fit le tour de la maison et, avant d'entrer, s'offrit le plaisir de contempler le village, au-dessous de lui, par-dessus la haie. C'était un rite auquel il sacrifiait plusieurs fois par jour, surtout en cette saison où il ne se passait guère de jour sans qu'il remarquât quelques volets fraîchement libérés de leur longue claustration hivernale. « Ah, se disait-il, voilà les vacanciers qui rappliquent ! »

Innombrables étaient ces maisons fermées dix mois de l'année qui reprenaient vie le temps des vacances. Il y avait celles devant lesquelles il passait en arborant un large sourire et en distribuant de généreux bonjours aux enfants ou petits-enfants de ceux qu'il avait connus vivant là à longueur de temps. Et puis, il y avait celles de plus en plus nombreuses qu'occupaient des citadins inconnus ou même des Belges, des Hollandais ou des Allemands. Sans autre attache avec le pays qu'un coup de foudre pour son charme et son calme, ceux-là n'avaient droit, de la part de Gaston Bedaret, qu'à un petit salut très bref et très grave. Tout ce beau monde allait, deux mois durant, rythmer la vie du bourg de son parti pris de décontraction et d'insouciance.

« Sûr que ça doit être plus gai pour eux que leurs cages à lapins de banlieue ! » schématisait gaillardement Gaston. Il y avait pourtant une part de vérité dans sa remarque. Ignorant de l'ambiance habituelle du pays et tenant à le rester, tous ces habitants temporaires n'avaient pas d'autre préoccupation que la qualité du repos qu'ils venaient chercher là. Ils étaient bien assez nombreux et d'un apport suffisant à l'économie du pays pour que la conscience du bon accueil qu'on leur devait impose aux autochtones de mettre en sourdine leurs chamailleries ordinaires. Durant tout le temps de leur séjour, les innombrables raisons que l'on se trouvait, le reste de l'année, de se chercher noise étaient remises à plus tard.

« Le Simonin, va falloir qu'il attende encore, rigola Gaston. Pas demain la veille qu'il pourra s'y mettre, à l'aménagement des abords de la chapelle. » Mais il se rembrunit aussitôt. « Et le Samuel... Qui c'est qui va y penser, maintenant, à ce pauvre Samuel ? Autant de temps gagné pour ceux que ça arrange, qu'on l'accuse. Et le Serge Vinalet ? Qu'est-ce qu'il fabrique, celui-là ? Depuis le temps que je n'en ai plus entendu parler... »

Cela ne l'empêchait pas de rester convaincu que tout n'avait pas été dit, dans cette affaire-là. Seulement, plus rien ne bougeait. A peine si on en parlait encore, de temps à autre, pour nourrir les conversations.

— Sûr, grommela Gaston, si on ne cherche pas, on ne trouvera pas. Et j'ai bien peur que ça en contente plus d'un, qu'on ne cherche pas.

Il se détourna lentement, comme à regret, de son spectacle favori, alla poser ses sabots sur les marches, à l'entrée de la maison, chaussa ses pantoufles et entra.

— Alors, la soupe ! lança-t-il en allant poser sa botte de radis sur la paillasse de l'évier. Elle est prête, la soupe ?

14

Serge ne cherchait plus, mais ce n'était pas pour cela qu'il désespérait de trouver. Après ce samedi mémorable où il lui avait fallu tout à la fois assimiler ce que Samuel confiait à son ami Alain Fourgereau et surtout les confidences que lui avait faites Julie, il s'était donné le temps de réfléchir à tout cela. Il avait même entrepris de mettre noir sur blanc ce qu'il avait noté des propos de Samuel et de Julie. Toujours par écrit, il avait essayé d'en tirer des conclusions. Ne pas céder à la suggestion, faire abstraction de ses certitudes pour ne s'en tenir qu'aux faits avérés demandait une rigueur de raisonnement, une logique auxquelles il n'était pas habitué.

Il en était tout de même arrivé aux conclusions évidentes que Samuel n'avait aucune raison de s'en prendre à Francis, que l'hypothèse du crime passionnel ne tenait pas debout et que rien ne conduisait à douter du récit de Julie. Tout cela, dès l'instant qu'on y portait foi, innocentait formellement Samuel.

Il savait pourtant que son dossier, aussi solide fût-il, ne servirait en rien la cause de Samuel tant que la dernière question, la plus importante, resterait sans réponse : qui, si ce n'était pas le petit-fils Rabaut ? Il aurait été facile de le savoir. Cet homme dont parlait

Julie, qu'elle avait déjà vu, mais dont elle ignorait qui il était, il avait évidemment laissé ses empreintes digitales sur cette bûche qu'il serrait si fort qu'il lui avait suffi d'un coup pour en tuer Francis et que Samuel, malgré ses efforts, n'avait pu la lui arracher des mains.

Pour qu'on se souciât de l'identifier, il aurait fallu qu'on s'en préoccupât dès le début. Maintenant, il était trop tard. Samuel avait fait un coupable trop parfait. Tout le monde s'en était si bien persuadé, cela arrangeait tant de gens que plus personne n'accepterait de remettre en cause ce qui semblait si évident.

Serge savait pertinemment qu'il lui fallait trouver le coupable, l'identifier nommément et encore apporter les preuves formelles de ce qu'il avancerait. Il avait progressé. Il détenait des éléments très forts. Avoir les preuves de l'innocence de son ami était pour lui un vrai réconfort, mais il butait toujours sur ce dernier élément, le principal dont il désespérait de le découvrir un jour.

Il avait vu arriver les beaux jours avec un plaisir mitigé. L'activité retrouvée, dont on palliait le manque, en hiver, en se déchirant, occupait les esprits et les détournait des dramatiques querelles qui divisaient encore le pays en deux camps irréconciliables aux premiers jours du printemps. Cela lui donnait un répit. Mais il fulminait au constat de la légèreté avec laquelle on se détournait du sort de Samuel, d'Elodie et de la gamine.

Il nourrissait pourtant le vague espoir que cette détente générale des esprits finirait par faire surgir un indice. Le coupable, le vrai, dont il ne doutait pas qu'il était du pays, ne se sentait pas en danger. La conviction de Serge de l'innocence de Samuel était de notoriété publique. On savait qu'il cherchait à la prouver. Mais la position du maire était au moins aussi connue. Pas question d'émettre le moindre doute sur la culpabilité de Samuel. Pas question de laisser s'éterniser une nouvelle enquête. Il y allait, pour Antoine Souvert, de la crédibilité de ses ambitions politiques. De quoi rassurer l'auteur du coup qui avait tué Francis et lui garantir qu'on n'irait pas s'inquiéter de savoir à qui appartenaient les empreintes digitales trouvées sur l'arme du crime, avec celles de Samuel.

Paradoxalement, c'était sur ce relâchement des inquiétudes que comptait Serge pour qu'un jour ou l'autre apparaisse le signe, l'indice qui le mettrait sur la voie. Il lui restait à être vigilant. N'avoir personne avec qui partager cette attention de tous les instants qu'il lui fallait porter à tout ce qui survenait dans le pays n'était pas pour lui plaire. Lui qui n'aimait rien tant, quand il disposait de temps libre, que de s'occuper de ses enfants, de son jardin et d'aller traîner par les chemins, il dut se contraindre à participer, à être plus présent, à ne manquer aucune des fêtes qui s'organisaient, pour un oui ou pour un non, tout au long de cette période estivale.

Claudine, mise dans le secret, veilla à l'accompagner le plus régulièrement possible. On s'étonna, dans le pays, de les voir si assidus. Même si on devinait les raisons de ce changement, on fit comme si on en était très contents et on veilla à les inviter systématiquement là, où, jadis, on s'en dispensait.

Ce fut au cours d'une de ces joyeuses soirées, sur la place du village, que tout bascula. Il faisait délicieusement doux. Sous un ciel d'une telle limpidité qu'on aurait cru pouvoir toucher les étoiles, on avait dressé les tables et sorti les bancs. Sur les nappes en papier, on avait distribué généreusement de quoi apaiser les soifs les plus impérieuses. Chacun était allé chercher son couvert. On avait fait la queue en riant fort dans la chaleur étouffante du barbecue monstre sur lequel quelques agneaux tournaient à la broche. Pendant qu'on y était, on avait poussé jusqu'à la table où des femmes en tablier extrayaient de l'huile bouillante de grandes louches débordantes de frites que contenaient à peine les assiettes en carton. On avait encore droit à un bout de fromage et à un fruit, mais, avec le morceau de pain récolté au passage, les mains étaient trop pleines. On reviendrait plus tard. On était allé s'installer au petit bonheur, là où il y avait de la place ou par petits groupes, selon les affinités.

On refaisait la queue pour le fromage et le dessert quand le premier piano à bretelles sortit de sa boîte. Un autre eut tôt fait de le rejoindre. Une vielle redouta de se faire distancer. Elle se joignit au bœuf. Les premiers couples, déjà, libéraient entre les tables les fourmis qu'ils se sentaient dans les jambes.

Serge et sa femme n'étaient que moyennement danseurs. Depuis leur banc, ils profitaient simplement du moment et de l'ambiance. Cela suffisait à leur bonheur. Elle s'était légèrement appuyée contre lui. Il se tenait très droit, les bras croisés sur le bord de la table, devant son assiette qu'il avait légèrement repoussée, et laissait son regard aller et venir sur ce qui, par places, commençait à prendre des allures de bacchanale de village.

Au fur et à mesure que le repas avançait, le ton des conversations était monté. L'aimable brouhaha des premières minutes s'était vite ressenti de l'usage abondant que l'on faisait du contenu des bouteilles. Lorsque l'une d'elles se trouvait être vide, on s'empressait d'aller la soigner à l'une ou l'autre des fontaines dont les robinets de plastique n'avaient guère le temps de s'égoutter entre deux usages.

On riait fort, on gesticulait plus encore. Tout cela formait un étrange univers qui semblait, dans la nuit opaque entourant la place, se suffire à lui-même et s'autoalimenter de l'ardeur qu'il mettait à se défouler.

Soudain, le banc sur lequel Serge et sa femme étaient installés parut plier dangereusement sous l'effet d'un grand choc. Ce n'était qu'Antoine Souvert qui venait de s'y laisser tomber, près de Serge. Bien qu'il fût toujours aussi bien peigné et que la cravate, sur la chemise blanche, fût irréprochable, monsieur le maire, qui avait tout de même tombé la veste, avait le teint un peu plus rouge et les yeux plus brillants que de coutume. Il se pencha devant Serge et salua très civilement son épouse. Cela étant fait, il attaqua sans détour.

— Alors, Serge, comment ça va ? Tu t'en es remis ?

Serge n'apprécia pas. Ce n'était guère le moment et il y avait dans cette étonnante question quelque chose qui lui parut ressembler à de la provocation. Il fit celui qui ne comprenait pas.

— Pour s'en remettre, dit-il, il faut d'abord être démis ! Je n'ai pas souvenir de l'avoir été.

Le maire pouffa d'un rire forcé.

— Allons, ne fais pas l'âne. Tu vois bien de quoi je parle. Ton ami Samuel... Bien sûr, c'est dur. Il faut admettre. Mais, qu'est-ce que tu veux, la vie est faite comme ça. Quelquefois, on tombe de haut.

— Je ne suis pas tombé.

Le maire rafla une bouteille, se trouva un verre supposé propre et se servit largement.

— Je t'en remets un coup ? C'est le comité des fêtes qui paie.

— Merci, dit Serge. Pour ce soir, ça ira.

Souvert but seul.

— Drôle d'affaire tout de même, reprit-il comme pour lui-même.

Il s'était lourdement accoudé à la table et tournait son verre entre ses doigts.

— Est-ce qu'on pouvait prévoir... Et il faut que ce soit ici, à Saviniolet, que ça arrive.

Serge eut peut-être le tort de céder à son envie de commenter.

— Sûr, pour le maire, ça la fiche mal... Surtout quand il a des ambitions... On vous flanque par terre une carrière politique pour moins que ça...

Souvert se raidit.

— Pourquoi tu dis ça ?

— Ben, ce n'est pas le cas ? Vous n'envisagez pas de vous présenter aux cantonales ?

— Aucun rapport.

Cette fois, Serge préféra se taire. D'ailleurs, un groupe, à la table voisine, parlait et riait si fort qu'il parvenait presque à couvrir la bourrée que jouaient les quelques musiciens assemblés au bout des tables. Ceux-ci n'en paraissaient pas plus gênés que cela et les danseurs continuaient de tournoyer devant eux. Il aurait fallu crier pour que le maire entende. Serge n'en avait pas envie. Il sentait, contre lui, la légère pression du corps de sa femme qui semblait lui souffler de ne surtout pas répondre. Il n'avait pourtant pas très envie de se laisser faire.

— C'est tout de même malheureux, une affaire comme ça. C'est vrai qu'il n'était pas plus méchant qu'un autre, le Samuel. Juste un peu sauvage, mais quand on connaît son histoire... Tu la connais ? Tu sais comment il est arrivé ici ?

Et pourquoi donc Serge aurait-il été le seul de tout le pays à ne rien savoir du passé chaotique de Samuel ? Il décida de ne pas relever. Le maire fit celui qui ne remarquait pas.

— Ah oui, mais... Quand tu mets une châtaigne au feu, elle pète, crut-il judicieux de reprendre. Le Francis, sûr qu'il n'a pas été trop prudent. A moins qu'elle ne lui ait rien dit... Ça m'étonnerait tout de même. En tous les cas, il aurait bien été le seul à ne pas être au courant. C'était quand ils étaient gamins, mais cul et chemise comme ça, fallait voir ! On ne voyait jamais l'un sans l'autre. Tu te souviens ? Tu étais à l'école avec eux, non ? Alors, bien sûr, à les faire se retrouver, un gars bien seul et une si jolie femme, il aurait dû se méfier, le Francis... Enfin, qu'est-ce que tu veux, on n'y peut plus rien, maintenant.

Serge attendait. Il ne voulait pas répondre. Il ne fallait pas qu'il réponde. Sa femme lui avait pris le bras et le pressait légèrement. C'était là, sur cette douce pression, qu'il devait se concentrer pour résister, pour ne pas céder au désir qui le tenaillait de déballer ce qu'il avait sur le cœur. Le maire finirait bien par se lasser.

— Tu ne penses pas ? insista pourtant ce dernier.

C'était la goutte d'eau destinée à faire déborder le vase. Souvert le savait. C'était ce qu'il cherchait. Serge tomba dans le panneau.

— Non, je ne pense pas.

La main de sa femme lui pressa si fort le bras qu'elle lui fit presque mal. Mais c'était trop tard. Souvert avait obtenu ce qu'il voulait.

— Tu en es encore à tes doutes ?

Serge en avait assez de résister. A quoi bon ? A quoi lui servait ce qu'il savait s'il devait continuer indéfiniment à subir ce renoncement facile ?

— Ce ne sont pas des doutes, dit-il. Ce sont des certitudes. Samuel est innocent. Un autre homme était dans l'écurie. C'est lui qui a frappé Francis.

Souvert marqua le coup. Serge avait parlé très calmement, mais d'un ton si ferme que le maire comprit. Il avait bien fait de venir aux nouvelles. Il y avait du nouveau.

— Tu dis ça... Et comment tu peux être aussi catégorique ?

— Parce que je sais.

— Alors parle.

Cette fois, sa femme le tirait carrément par la manche. Serge hésita. Mais l'élan était pris. S'arrêter à mi-chemin, il lui parut que c'était trahir Samuel une fois de plus.

— Parce qu'il y avait un témoin dans l'écurie, dans le fenil, plus précisément. Et parce que ce témoin m'a tout raconté.

— Et c'était qui, cet homme, selon ton témoin ?

Tiens donc, le maire avait préféré s'inquiéter de l'identité du tueur présumé plutôt que de celle du témoin. Craignait-il que l'on sache ?

— Ça, je ne le sais pas... Pas encore.

Souvert éclata d'un grand rire nerveux peut-être soulagé.

— « Je ne le sais pas... Pas encore », répéta-t-il un peu trop haut, un peu trop fort au goût de Serge. Ça m'a l'air de se tenir, tout ça ! Tu vas aller loin avec des accusations pareilles. Tu te rends compte de ce que tu fais ?

Il se pencha vers Claudine :

— Madame, arrêtez-le. S'il vous écoute, empêchez-le de continuer. Ça va lui retomber sur le nez un de ces jours, ce truc-là, s'il persiste.

Il ne riait plus. Il ne feignait plus l'amabilité. Il était furieux et son ton montait de phrase en phrase. Des têtes se tournèrent. On allait à l'esclandre. Il fallait en finir.

— Vous m'avez posé des questions, monsieur le maire. Je vous ai répondu, reprit Serge. Mais je ne crois pas que ce soit tellement le lieu ni le moment de poursuivre cette conversation. On verra ça plus tard. Nous, on rentre. Tu viens, Claudine ?

Ils firent ensemble le geste de se lever.

— Attendez ! s'écria Souvert. Tu en as dit trop ou pas assez, mon petit gars. Et puis d'abord, ton témoin miraculeux, c'est qui ? Trop facile d'affirmer. Faut des preuves.

Serge vit le piège, mais il était trop tard. Plusieurs amis du maire s'étaient approchés et observaient la scène en silence. Serge les dévisagea l'un après l'autre. Il prit son temps. Ne pas répondre ? Ce serait pire que s'il n'avait rien dit. Ils l'auraient belle pour le ridiculiser, pour détruire tout ce qu'il avait si durement acquis. Nommer Julie ? Il y répugnait. Mêler une enfant à tant de bassesse... Et pourtant, comment y échapper ? Claudine ne le tirait plus par la manche. Il ne la sentait plus contre lui. Il se tourna vers elle. Elle s'était rassise. Il reçut comme un coup le regard résigné et désolé qu'elle levait sur lui. Il lui fallait donc assumer son erreur jusqu'au bout.

— C'est Julie, dit-il en se tournant vers le maire. La fille de Francis et Elodie Magnancourt. Elle était toujours avec son père et Samuel quand ils soignaient les chevaux.

Il y eut un temps de stupeur pendant lequel la musique toujours aussi endiablée des accordéons diatoniques et des vielles parut faire intrusion dans le cercle qui s'était formé autour d'eux. Puis le maire éclata d'un rire tonitruant aussitôt repris par ses affidés.

— Un témoin, qu'il dit ! Il a un témoin. Tu parles d'un témoin. Tu te fous de notre gueule ou quoi ? A qui tu voudras la faire croire, celle-là ? Une gamine de huit ans, la fille de la complice au Samuel ! Non mais, Vinalet, faudrait être sérieux.

Il se leva brutalement. Serge en fit autant. Ils se trouvèrent face à face, les jambes encombrées du banc qu'ils renversèrent. Souvert faisait une tête de plus que le jeune forestier, mais celui-ci ne le craignait pas. Son métier lui valait une forme physique que l'autre n'avait plus depuis longtemps. Quand le maire voulut l'attraper par le col de sa chemise, il se dégagea d'un revers. Il eut la tentation de profiter de son avantage, mais se retint juste à temps. Souvert se contentait maintenant de le menacer d'un doigt vengeur.

— M'en vais te dire une bonne chose, moi, hurla-t-il. Tu commences à nous chauffer sérieusement les oreilles avec tes conneries. Jusqu'à maintenant, je n'ai trop rien dit. Je t'avais pourtant prévenu. Tu n'as pas voulu en tenir compte. Il a fallu que tu continues à jouer les fouille-merde. Alors, écoute-moi bien. On t'a dans le collimateur. Mêle-toi encore une seule fois de ce qui ne te regarde pas et on ne te loupera pas. Tu peux compter sur moi. Allez, casse-toi. On t'a assez vu.

Serge hésita. Il soutint le regard furieux du maire un long moment, puis il refit le tour de tous ceux qui s'étaient attroupés autour de leur prise de bec. Il ne trouva rien que les sourcils froncés, les fronts bas, les yeux mornes et sombres de ceux qui font consciencieusement, mais sans conviction, la tâche qu'on leur a assignée.

De quel droit lui imposeraient-ils d'abandonner la fête ? Lentement, il se baissa, attrapa le banc et le remit sur ses pieds. Il s'y glissa et se tourna vers sa femme pour l'aider à en faire autant. Il sentait Souvert, debout derrière lui, tremblant du désir de le virer pour de bon. Le maire redouta-t-il de ne pas être aidé ? Estima-t-il qu'il ne gagnerait rien à prolonger l'esclandre ? Il fit machine arrière.

— C'est bon, gronda-t-il. Tu n'en fais qu'à ta tête, comme toujours. Tu as de la chance que c'est la fête. Mais tu ne perds rien pour attendre. Tu les regretteras, tes conneries, foi d'Antoine Souvert.

Il se détourna.

— Venez donc, vous autres. A la buvette, on sera en meilleure compagnie.

15

La mise en quarantaine eut tôt fait de produire ses effets. Serge était mis au ban de Saviniolet. Il y eut l'indifférence à peine polie dans laquelle le tenaient des gens qui, jusque-là, n'auraient pas manqué de traverser la rue pour lui serrer la main. Mais il y eut aussi les brimades de ceux qui avaient clamé haut et fort leur certitude que Samuel était le coupable. Ceux-là jugeaient intolérable qu'on puisse vouloir mettre en doute leurs paroles, eussent-elles été prononcées avec la plus grande légèreté. Ils étaient prêts à tout pour qu'il ne soit pas dit qu'ils avaient eu tort.

Les moins démonstratifs se recrutaient essentiellement dans le camp de ceux qui ne voulaient pas être mêlés de près ou de loin à toute cette affaire. Mais, curieusement, ceux qui n'hésitaient pas à afficher leur hostilité et à aller jusqu'à l'exclusion se recrutaient aussi bien parmi les plus farouches opposants à l'aménagement de la chapelle que dans les rangs des supporters les plus inconditionnels du maire. Celui-ci n'avait pourtant jamais fait mystère de sa volonté de valoriser les trouvailles de Francis. Tant que la guerre née de ces découvertes serait tenue en veilleuse par la nécessité de faire bonne figure devant les visiteurs estivaux, on ne s'embarrasserait pas de telles contradictions. Il serait bien temps de se compter quand on se retrouverait entre soi.

On restait vigilant. Serge, en persistant à ne pas se satisfaire de ce que tout le monde ou presque, par indifférence ou par calcul, avait tout de suite admis comme une évidence, s'était de lui-même désigné à une vindicte d'autant plus facile qu'il était seul contre tous. Cela s'exprimait de façon assez discrète pour que les vacanciers ne s'aperçoivent pas qu'on réglait des comptes sous leur nez.

Il y avait d'ailleurs une sorte de jubilation sournoise à faire en sorte de l'humilier sans que quiconque autre que les initiés puisse comprendre. On lui tournait le dos au moment où il s'apprêtait à tendre la main, on passait devant lui à l'épicerie, on le trouvait encombrant où qu'il soit et quoi qu'il fasse. Mais ce n'était là que broutilles comparé aux menaces qu'il avait reçues ou qu'il avait trouvées, gribouillées sur un bout de papier bien en évidence sur le siège de sa voiture.

Serge s'en serait accommodé et aurait relativisé la portée de tout cela si Claudine n'avait pas subi les mêmes formes d'ostracisme. Là, tout de même, il estima que les choses allaient trop loin. Pour ce qui le concernait, il avait résolu le problème en se résignant à ne plus mettre les pieds au village que par incontournable nécessité. Mais il fallait bien vivre. Ils renoncèrent à faire leurs courses dans les commerces du pays et allèrent se ravitailler dans la grande surface de la ville voisine. Outre que cela fut vite remarqué et apporta un argument de plus à ceux qui cherchaient à exclure Serge, cette existence de parias leur devint vite insupportable.

Claudine, qui avait inconditionnellement soutenu son mari jusque-là, commença à flancher. De se voir tourner le dos par beaucoup de gens avec qui, avant tout cela, elle ne dédaignait pas de papoter quand elle descendait au pays, l'affectait beaucoup. Mais elle s'inquiétait surtout pour ses enfants. Eux ne comprenaient pas pourquoi ils n'auraient pas pu continuer à aller au-devant de leurs copains. Elle ne pouvait tout de même pas les tenir enfermés à longueur de journée. On vivait les plus beaux jours de l'été. Ils s'obstinaient à vouloir en profiter et évoluaient librement dans leur quartier. Elle s'affolait à l'idée qu'on puisse s'en prendre à eux.

« Allons, tentait de la rassurer Serge. Tout de même pas... Tout ça, ce ne sont que des mots, des menaces gratuites. On cherche à nous impressionner. De toute façon, tant qu'il n'y a rien de neuf, personne ne bougera. Et, du neuf, je ne suis pas près d'en avoir... »

Il n'avait évidemment pas renoncé. Elle le considérait gravement, partagée entre ses inquiétudes et sa conviction que la cause à laquelle s'était attaché son mari était la bonne.

— Pourquoi tu ne vas pas voir la police ? lui demanda-t-elle un soir, sans trop d'illusions.

— La police ! Tu penses. Ils ont clos leur enquête. Pour qu'ils la reprennent, maintenant, il faudrait du neuf, des nouvelles preuves. Or, je n'en ai pas. Un journal sur un ordinateur inaccessible et les dires d'une enfant de huit ans, de surcroît fille d'une mise en examen, comme le fait si bien remarquer monsieur le maire, ce ne sont pas des preuves.

— Alors, leurs avocats ? Ils seraient intéressés, eux, les avocats. Peut-être, ils pourraient faire identifier les fameuses empreintes digitales.

Serge fit la grimace.

— J'y ai pensé, imagine-toi. Mais, déjà, celui de Samuel, il est commis d'office. Tu penses s'il va m'écouter. Reste l'autre, celui d'Elodie. D'abord, je ne le connais pas. Et comment faire pour savoir ? Il doit bien y avoir moyen, mais je ne sais pas y faire, moi. C'est compliqué, ces choses-là, et comme elle ne peut pas me parler... Et puis... Je ne sais pas, mais il me semble qu'ils ne me prendront pas au sérieux. Ce que j'ai, c'est à la fois beaucoup et pas assez. C'est beaucoup pour nous qui savons, qui connaissons Samuel, qui sommes suffisamment proches de lui et même d'Elodie pour comprendre. Mais eux, loin de tout ça, dans leur logique... Ils ne me croiront pas et ce sera pire que tout. Aller les trouver et se faire rabrouer, ce serait comme perdre le poids de ce que nous savons. Je ne serais plus crédible pour la suite. Il me faut encore quelques détails, quelques précisions. Là, je ne dis pas, mais, pour l'instant, ça ne marchera pas.

Elle n'insista pas. Elle n'était pas totalement d'accord avec lui, mais elle savait qu'elle ne le ferait pas changer d'avis.

Ce soir-là, pourtant, en rentrant d'être allés jouer avec quelques copains de leur âge, ses enfants se ruèrent sur Serge. Des deux, ce serait à qui lui transmettrait le premier le message dont ils étaient porteurs. Il lui fallut un peu de temps et quelques demandes de précisions pour comprendre enfin qu'un « monsieur » les avait chargés de lui dire qu'il aimerait bien le voir.

— Ah bon ? s'étonna Serge, que le procédé ne manquait pas de surprendre. Et c'était qui, ce monsieur-là ?

— Tu sais bien, le monsieur qui habite tout en haut de la rue, là-haut.

— Et vous étiez où quand il vous a dit ça ?

— On jouait sur la place du travail.

Bien qu'il eût été réinstallé sur la place du village, on continuait de donner le nom de l'instrument qui l'avait si longtemps occupé au petit triangle d'herbe au confluent de deux ruelles où les enfants aimaient à se retrouver. L'une et l'autre allant se perdre sur les hauteurs, la localisation du « monsieur qui habite tout en haut, là-haut » n'était pas évidente. En revanche que quelqu'un use de ce moyen détourné pour le rencontrer lui parut tout à fait intéressant. Alors que la moitié du pays lui déclarait la guerre et l'autre moitié lui battait froid, cette exception ne pouvait que retenir son attention.

— Et comment il est, ce monsieur ?

— Mais si, tu sais bien. Il habite tout au bout de la rue. On le voit toujours dans son jardin. Même, un jour, il est venu ici. Tu n'étais pas là. On était avec maman. Tu te souviens, maman ?

Claudine, qui assistait à la conversation, n'avait pas eu besoin de toutes ces précisions pour situer le monsieur du bout de la rue.

— C'est Gaston Bedaret.

Serge fronça les sourcils. Pourquoi se défiait-il du vieux ? Il aurait été bien incapable de le dire. Peut-être était-ce l'espèce de neutralité qu'affichait Gaston qui le mettait mal à l'aise. Les positions des uns et des autres étaient tellement tranchées qu'il lui paraissait anormal, voire suspect, qu'on puisse prétendre n'être d'aucun bord. C'était à vrai dire un a priori assez irréfléchi qu'il s'était déjà vaguement reproché. Il ne s'était pas donné la peine pour autant de juger avec plus de lucidité du comportement à adopter à l'égard d'un vieux bonhomme qu'il ne rencontrait presque jamais.

— C'est ça ! triomphait son fils. C'est Gaston. C'est comme ça qu'ils l'appellent, mes copains qui le connaissent.

— Et comme ça, il t'a dit qu'il voulait me voir ?

— Ben oui, fit le gamin que l'étonnement de son père désarmait.

— Et c'est tout ce qu'il t'a dit ?

— Ben oui.

— Il sait pourtant où on habite.

— Bien sûr, puisqu'il est déjà venu. Même que c'est moi qui lui ai ouvert la porte.

— C'est moi. J'y étais aussi ! intervint la cadette.

— Non, c'est moi !

Serge se releva, laissant ses enfants à leur dispute de préséance. Claudine l'observait, un sourire narquois aux lèvres.

— Qu'est-ce qu'il peut bien me vouloir, ce vieux drôle ?

— Tu vois comme tu es. Tout de suite, tu vois de travers. Il a quelque chose à te dire, mais il préfère que ça ne se sache pas trop, voilà tout. Ici, on est presque au centre du bourg. Il y a des voisins, des gens qui passent. S'il vient frapper à notre porte, ça pourrait se savoir. Alors que si tu te débrouilles pour arriver chez lui discrètement, là-haut où il n'y a plus un rat, ça ne risque pas de faire jaser.

— Vouai...

Sa femme avait raison. Il aurait été prêt à en convenir si un vieux reste de méfiance ne l'en avait pas empêché.

— Demain matin, tu vas te balader, reprit-elle. Tu fais le tour que tu veux, mais tu te débrouilles pour revenir par le chemin au-dessus de chez lui. Tu paries que tu le trouves dans son jardin ? Non seulement il y est toujours, mais là, pour le coup, je mets ma main au feu qu'il t'attendra. Trois mots échangés au-dessus de la haie et l'affaire est faite. Qu'est-ce que tu risques ?

« J'y aurai au moins gagné une promenade superbe », se disait Serge, le lendemain matin, en descendant sans se presser le vieux chemin qui, entre ses haies hirsutes, offrait, depuis les bois dont il sortait, quelques vues imprenables sur le village et la vallée. Il était parti à la fraîche, à l'heure où toute la maison dormait encore. Il avait gravi sans se presser les travers qui dominaient le pays.

Il en connaissait les chemins comme sa poche. Vestiges du temps où les bras à occuper étaient nombreux, ils sillonnaient les pentes en tous sens. Certains étaient perdus à tout jamais, reconquis par la broussaille. Il fallait connaître et savoir les bords à tirer dans ce grand fouillis de futaies et de taillis entrecoupé d'innombrables vallons. Il avait atteint la crête, l'avait suivie au moment où le soleil l'atteignait, dans toute sa splendeur matinale. Il était resté longtemps assis sur une souche, là où il savait la large percée dans les futaies qui lui ouvrait la vue sur toute la vallée. Il s'était régalé du spectacle des bois, des prés et du village encore gris d'ombre quand il en était parti, et qui s'étaient peu à peu parés d'une étonnante palette de couleurs. Selon les places, les orientations, selon qu'il s'agissait de bois ou de prés, des toits du village ou du double cordon d'aulnes qui bordaient la rivière, les rayons du soleil, jouant de la rosée, plaquaient des vernis brillants, des miroitements éblouissants ou des reflets de velours, et harmonisaient toutes ces subtiles nuances en dégradés d'une infinie richesse.

Pour attraper le chemin qui le ferait passer devant chez Gaston Bedaret, il lui avait fallu continuer au fil de la crête assez longtemps avant de pouvoir s'engager dans la pente et redescendre vers la vallée. Quand il dépassa la lisière des bois, au-dessus du village, le soleil était déjà haut dans le ciel. En s'évaporant, la rosée, par places, levait de minces lambeaux de brume très fine dont la transparence atténuait les contours et donnait une grande douceur au paysage.

Gaston était évidemment dans son jardin. Appuyé des deux mains sur le manche de sa bêche qui n'avait pas dû travailler beaucoup ce matin-là, il se gobergeait lui aussi du spectacle de son pays à son réveil. Serge le vit tout de suite. L'autre lui tournait le dos et ne l'avait pas entendu venir. Il fit volontairement rouler quelques pierres sous ses pas. Le vieux sursauta.

— Ah ! Si je m'attendais ! Pour un peu, tu me foutais la trouille. D'où tu sors comme ça ?

Serge eut un geste de la main vers les collines qui dominaient le pays.

— Je viens de me faire les crêtes. Superbe.

— A la bonne heure. Rien de mieux pour la forme qu'une petite marche comme ça. Mais c'est que ça a dû te donner soif. Entre donc.

Serge fut sur le point de décliner. Il n'avait pas particulièrement soif et il était à trois pas de chez lui. Il eut brièvement la tentation de faire tout de suite allusion à la commission transmise par ses enfants. Il se souvint à temps qu'il y avait des préambules à respecter. Il refusa tout de même le verre de rouge qu'allait lui infliger Gaston et ne craignit pas de choquer en se contentant d'un peu d'eau fraîche. Il fallut encore qu'il détaillât l'itinéraire qu'il venait de suivre, qu'on évoquât la grande coupe de bois qui se faisait là-haut, sous la crête, et qui était vraiment bien laide, qu'on parlât de la pluie et du beau temps pour qu'enfin le vieux en vînt à se trémousser sur sa chaise, l'air très absorbé.

— Tes gamins, ils t'ont dit ? demanda enfin Gaston.

— Oui.

Le laconisme de Serge ne l'arrangeait visiblement pas. Il aurait préféré des questions, une curiosité sur laquelle rebondir. Il leva un regard embarrassé sur Serge.

— Ben voilà, reprit-il comme à regret. Ce que je voulais te dire... Ma foi, c'est une drôle d'affaire. Et puis, je ne voudrais pas que tu croies que je me mêle sans savoir. Mais tout de même, depuis l'autre soir, ça me turlupine, cette histoire-là...

— Dites toujours.

— Sûr que je vais te dire. Mais, tu sais, ce que je vais te raconter là, il ne faut pas prendre ça pour des certitudes. Ce sont juste des impressions. Je ne voudrais pas que tu t'imagines que j'accuse. Je voulais que tu saches, c'est tout.

— D'accord.

— C'est bon. Voilà. Elle t'a dit, ta femme, que je suis passé chez vous un jour ? Moi, le Samuel, je suis comme toi. Je ne le vois pas coupable. Ce n'est pas clair, cette affaire-là. On l'a trop vite réglée. Sûr qu'il y en a que ça arrange. Je sais bien que tu continues à chercher. Je le sais aussi, ce qui s'est passé, il y a quelque temps, à la fête, quand le maire et toi, vous vous êtes accrochés. Et je le vois bien, marche, que, depuis, ils te mènent la vie dure.

» Eh ben, l'autre soir, ça y allait encore fort, sur la place. Des fêtes, en ce moment, c'est toutes les semaines ou presque qu'il y en a. Faut en profiter pendant que les vacanciers sont là. Ça ne durera pas. Ce soir-là, pour une fois, on y était descendus, ma femme et moi. Ça ne nous arrive pas toujours, mais, pour une fois... C'est vers la fin que c'est arrivé. Tu sais ce que c'est, plus l'heure avance, plus il y en a qui s'échauffent, si tu vois ce que je veux dire. Ma femme, elle papotait à la table avec quelques-unes de ses copines. Moi, j'étais allé à la buvette rejoindre des conscrits.

» Il y avait là surtout le Fernand. Tu le connais, le Fernand ? Le cantonnier. Vieux, il n'y était pas allé à demi ! Il s'en tenait une bonne. Tu penses, de toute la soirée, il n'en avait pas bougé, de son coin de buvette. Et comme il aime ça... Bref, en voilà un, je ne sais plus très bien lequel, qui attaque sur l'affaire de la chapelle. Ça commence à se chamailler pour ou contre. Mais tu sais bien que ce n'est jamais en public comme ça, le verre à la main, qu'on dit le fond de sa pensée. De là, peut-être pour changer de sujet, on en vient à la mort de ce pauvre Francis Magnancourt. Là, vieux, à quelques nuances près, ils étaient tous d'accord. Le Samuel, c'est lui qui a fait le coup ; l'Elodie, une fameuse sainte-nitouche. Enfin, tu vois le genre.

» Et là, brusquement, voilà le Fernand qui s'y met. “Vous n'y avez rien compris, qu'il braille. Moi, j'y étais. Moi, j'ai vu. Et moi je vous dis que ce n'est pas Samuel qui a tué le Magnancourt. Je vous le dis parce que je sais qui c'est.” Voilà ce qu'il a dit le Fernand. Encore, je traduis un peu, pour la commodité, parce que, arrangé comme il l'était, il fallait suivre ! N'empêche, tu peux me croire, ça en a fait réagir plus d'un. Ils se sont tous mis contre lui. Ils lui ont fait sa fête comme il fallait, même que c'était limite correct.

“T’es rond comme une queue de pelle. Tu ne sais plus ce que tu dis. Ferais mieux d’aller te coucher plutôt que de sortir des âneries pareilles…” Tu vois le genre. Ils l’ont fait taire.

» Mais c’était que ça ne l’arrangeait pas, le Fernand. Pour une fois qu’il avait à dire ! Moi, tu me connais, je ne m’en mêlais pas de trop. J’étais là au coin du bar. J’écoutais et ça me suffisait bien. Le Fernand, il fait ni une ni deux, il se tourne vers moi. Les autres ne voulaient pas le laisser parler, il fallait bien qu’il trouve quelqu’un pour la placer, son histoire. “Sûr, qu’il me dit, que j’ai vu.” Et le voilà qui m’explique que le maire, le Souvert, râlait parce que Francis ne revenait pas assez vite à son inauguration de la chapelle. Il l’a chopé et l’a envoyé le chercher à l’écurie.

» C’est là, en y arrivant, qu’il dit s’être fait bousculer par un homme qui en sortait. “Vieux gars, qu’il me racontait, c’est juste s’il ne m’a pas flanqué par terre tellement il fonçait. Il était rouge comme une pivoine. Il avait les yeux qui lui sortaient de la tête. A se demander s’il m’a bien vu.” D’après lui, il est remonté dans sa voiture qui se trouvait dans la cour et il a filé.

— Et c’était qui ?

— Tu penses bien que je lui ai posé la question. Parce que, jusque-là, il s’était bien gardé de me le dire. Ça lui a coupé la chique, que je lui demande ça. Il est resté un long moment à me dévisager, comme s’il réalisait seulement que j’étais à côté de lui. Dans le brouillard de la cuite qu’il se tenait, peut-être bien qu’il se souvenait vaguement qu’il y avait des choses à ne pas trop dire… Mais comme tout ça était bien brouillé dans sa tête, il a fini par se pencher vers moi, presque à me toucher. « Tu le connais », qu’il m’a dit.

» Je lui ai fait remarquer que, vu mon âge, j'en connaissais, du monde, dans le pays. C'était à peine s'il tenait debout. Comme il s'était penché vers moi, il n'avait plus l'appui du bar. Il a fallu qu'il se rattrape à mon épaule. "Il n'y a pas que toi qui le connais, qu'il a ajouté. Il y en a là un, vers chez toi, ton voisin comme qu'on dirait, qui se mêle un peu trop de cette affaire-là. Comment que tu l'appelles déjà ? Il travaille à la scierie..." J'ai pensé à toi. Je lui ai demandé. "Sûr ! qu'il a dit. C'est bien lui." Il m'a regardé quelques instants comme s'il ne m'avait jamais vu. Je crois qu'il était de plus en plus saoul. Puis il a hoché la tête deux ou trois coups. "Lui aussi, il le connaît, cet homme-là, qu'il a dit. Il le connaît même très bien." Après ça, il s'est effondré. Je n'ai plus pu lui tirer un mot. A se demander s'il ne l'a pas fait un peu exprès...

Gaston Bedaret parut se perdre quelques instants dans l'évocation de ses souvenirs, puis il eut de la main un geste de lassitude.

— Voilà tout ce qu'il m'a raconté, le Fernand, le cantonnier. Voilà ce que je voulais te répéter. Bien sûr, ça n'apporte pas grand-chose. Des paroles d'ivrogne... Mais enfin... Je ne voulais pas garder ça pour moi tout seul. Tu en feras bien ce que tu voudras. Tout ce que je te demande...

— Vous n'avez rien à craindre. Ça restera entre nous. D'ailleurs, avant de trouver, il y a encore du boulot. Si j'ai du nouveau, je vous dirai. Je vous remercie d'avoir pensé à moi.

Serge reprit sa route. Il n'avait plus que la petite rue à descendre pour arriver chez lui. Il marchait comme un automate, encore incapable de bien assimiler ce qu'il venait d'entendre et d'en évaluer les possibles conséquences.

Claudine était au jardin avec les enfants.

— Je suis là, lui lança-t-il depuis la terrasse.

— Ça a été ?

— Oui, très bien.

— Il était dans son jardin ?

— Oui.

— Alors ?

Il hésita.

— Bof… Pas grand-chose.

Il alla s'asseoir dans la cuisine, s'accouda à la table et se prit la tête dans les mains.

16

C'était comme si une grande lassitude s'était abattue sur la vallée. Des foins, on ne parlait plus depuis longtemps. La moisson était finie et les déchaumages déjà bien avancés. La rentrée des classes avait eu raison des derniers vacanciers. L'un après l'autre, les commerces du pays, exténués d'avoir dû faire l'essentiel de leur chiffre d'affaires de l'année en deux mois de temps, accrochaient une petite pancarte à leur vitrine annonçant leurs « congés annuels ». Ils baissaient le rideau, verrouillaient la porte et disparaissaient pour une bonne quinzaine de jours.

Même la nature paraissait marquer le pas. Les plus beaux jours de l'été étaient révolus. Ce n'était pas encore l'automne, mais la verdure opulente, sevrée des ardeurs du soleil dont elle était née, semblait fatiguée. Elle n'avait rien perdu de son épaisseur, mais elle se languissait de ces folles journées d'exubérance où elle avait imposé son rythme à la vie. Elle se contentait d'être, de se continuer sans panache, aspirant peut-être déjà à l'embrasement de ses couleurs qui préluderait à son grand sommeil hivernal.

C'étaient des jours de repli sur soi-même. La fête avait été trop chaude. On s'y était trop abandonné, dans l'oubli de tout le reste. Il fallait revenir à l'essentiel. En surveillant du coin de l'œil les châtaigniers et les pommiers qui ne tarderaient pas à livrer leurs fruits, on pensait déjà aux longues soirées qu'il faudrait occuper, l'hiver venu. On rentrait du bois. En le rangeant, au fond de la cour, on se prenait à rêver de cette petite victoire quotidienne que serait, aux mauvais jours, la bonne chaleur qu'il délivrerait contre le froid, la pluie, l'humidité, le gel et la neige qui régneraient dehors.

Certains matins étaient déjà frais, mais ce n'était que passager. Le soleil avait encore la force de dissiper bien vite cette mauvaise impression. On sortait encore en bras de chemise. Les femmes n'avaient pas renoncé à leurs robes légères qui leur allaient si bien.

C'étaient des jours d'entre deux temps. Avec les vêtements d'hiver qu'on exhumait des placards pour en passer la revue, réapparaissaient les préoccupations délibérément mises de côté quand les beaux jours et les vacanciers s'étaient imposés.

On faisait aussi les comptes. La saison avait été bonne. On avait eu du monde. Dame, pour que le pays vive, il faut bien que son commerce prospère. On s'en réjouissait sincèrement, mais selon qu'on était d'un bord ou de l'autre, quand surgissait l'allusion inévitable à l'affluence qu'avait connue la chapelle du Prieuré, les sourires se faisaient narquois ou les sourcils se fronçaient.

Car il fallait bien qu'on y revienne. Malgré la dramatique disparition de Francis, les responsables locaux du patrimoine avaient tenu à ce que le public puisse continuer à avoir accès à ses découvertes. Ils se seraient bien passés de la publicité que l'affaire et ses rebondissements leur avaient faite à la une des journaux. Mais tout le monde admettait qu'elle avait sa part dans le formidable succès remporté par la chapelle.

La petite route du Prieuré, que rien ne prédisposait à recevoir une telle affluence, avait connu, certains jours, de mémorables embouteillages. Jusqu'au bout, on avait craint les réactions de Justin. Mais, curieusement, malgré ces encombrements et les voitures qui venaient sans façon faire demi-tour dans sa cour, le vieux Rabaut avait gardé le silence. Il avait évité de se montrer et si d'aventure, passant sur la route ou vaquant à ses occupations dans sa ferme, il s'était trouvé nez à nez avec un visiteur, il s'était contenté de se détourner en grommelant.

Cette espèce de renoncement du premier et du plus farouche des opposants à l'ouverture de la chapelle au public et à l'aménagement de ses abords avait quelque peu désorienté le camp de ceux que cet afflux d'étrangers affolait. Ceux de l'autre bord, prudents, s'étaient bien gardés de crier victoire trop vite.

A l'heure où l'on se retrouvait entre soi et où le temps était jugé venu de reprendre les débats là où la bonne saison les avait fait quelque peu oublier, il semblait que la lutte n'était plus d'actualité. On s'observait, on se regardait en chiens de faïence, mais on évitait soigneusement toute allusion qui aurait pu remettre le feu aux poudres.

Dans le secret de son bureau, Antoine Souvert se reprenait à espérer. La démonstration avait été faite qu'on ne pourrait pas recommencer une saison en faisant l'économie du fameux aménagement des abords de la chapelle. Objet de toutes les polémiques à quelques mois de là, il avait pourtant prouvé son urgente nécessité tout au long de cet été où il avait fallu que les services communaux interviennent à plusieurs reprises pour aider à désembourber quelques voitures imprudemment engagées dans la friche bourbeuse qui longeait la rivière et pour consolider vaille que vaille les bas-côtés de la route complètement labourés.

Fort de cet argument qui touchait directement aux finances de la commune, il observait avec intérêt, mais sans illusions, l'apaisement des passions qui semblait se dessiner. Le silence de Justin ne le rassurait que moyennement. Il redoutait que le vieux, désarmé durant tout l'été par ces étrangers devant lesquels il ne savait quel parti prendre, ne recommence à se déchaîner lorsque le débat se cantonnerait à nouveau aux seuls habitants du pays. Comment réagiraient alors tous ceux qui, par calcul politique, par convictions religieuses ou par simple goût de la polémique, avaient réussi, au printemps précédent, à lever une redoutable fronde contre lui ?

De toute façon, les travaux pouvaient attendre. Simonin les attaquerait quand il lui donnerait le feu vert. L'hiver était un bon prétexte pour les différer jusqu'au retour des beaux jours, ce qui laisserait tout le temps de les achever avant la prochaine affluence estivale. Entre-temps, loin de perdre l'affaire de vue, il faudrait veiller au grain. Il fallait à tout prix que ces quelques mois de répit servent à calmer les esprits. Il devait se tenir à l'écoute de tout ce qui se disait, juger des intentions des uns et des autres, faire le compte précis de ceux sur qui il pouvait s'appuyer, de ses ennemis et de ceux dont, dans le doute, mieux valait se défier.

C'était là un jeu auquel Antoine Souvert était parfaitement rompu et qui était loin de lui déplaire. Peut-être d'ailleurs fallait-il trouver là une bonne part des raisons qui lui valaient cette longévité à la première magistrature de sa commune ! Il eut tôt fait de définir ses objectifs et de les ranger par ordre de priorité. Justin Rabaut et l'énigme posée par son curieux changement de comportement venait évidemment au premier rang. « Le mieux serait d'aller le voir, se dit-il. Et même qu'il n'y a pas de temps à perdre. Il faut que je sache si c'est du durable ou s'il va encore une fois tourner casaque et nous mettre des bâtons dans les roues. C'est ce qui déterminera la position qu'il faudra que j'adopte à l'égard des autres. En débarquant chez lui comme ça, brutalement, sans prévenir, je vais le déstabiliser. Avec un peu de chance, j'arriverai à le faire parler. »

La chance voulut que Justin fût dans sa cour lorsque la voiture du maire y fit irruption. Le vieux ne chercha pas à dissimuler son étonnement. Il resta planté, les bras ballants, à l'endroit précis où, entendant un bruit de moteur, il s'était immobilisé. Antoine Souvert fit claquer énergiquement sa portière et, un large sourire aux lèvres, vint à lui, la main déjà tendue.

— Alors, Justin, comment ça va ? Longtemps que je voulais venir te voir, mais le temps, mon pauvre ami... De tout l'été, je n'ai pas eu une minute à moi. Les voilà repartis. On est un peu plus au calme. J'ai dit, bon, cette fois, rien à faire, j'y vais, au Prieuré.

Justin avait serré la main du maire sans enthousiasme. La casquette rabattue sur le front, l'œil noir sous le sourcil froncé, il ne cachait rien de la méfiance que lui inspirait ce débarquement inattendu. Le maire ne s'attendait pas à un accueil plus chaleureux. Il fit celui qui ne remarquait rien.

— Alors, dis-moi. Le Samuel, vous avez des nouvelles ?

Pour le coup, Justin eut un mouvement de recul.

— Des nouvelles... Quelles nouvelles tu veux qu'on ait ? Il est en prison, voilà tout. Il nous écrit bien de temps en temps, mais qu'est-ce que ça change ? Tu en as, toi, de ses nouvelles ?

— Rien. A mon niveau, rien ne se passe.

— Dis plutôt que tu n'as rien fait pour savoir. S'il y en a un qui devrait savoir, c'est bien toi, non ?

— C'est la justice, tu sais. Nous, tant qu'il n'y a pas de jugement, on n'est pas dans le coup.

— Sûr que si tu ne t'y mets pas, dans le coup, tu ne pourras pas y être. Et puis, qu'est-ce que tu viens faire là ? Si c'est pour ne rien nous dire...

— Mais si, je voulais vous dire qu'on pense à vous, qu'on ne vous oublie pas. On prend notre part, tu sais.

Le vieux eut un rictus mi-narquois, mi-amer. Il haussa les épaules.

— Qu'est-ce que tu me racontes là, Souvert ? Votre part ? Quelle part ? Vous l'avez tous chargé, le Samuel. Ça vous arrangeait qu'on le dise coupable. Comme ça, l'affaire, elle était vite réglée. Vous l'avez enfoncé, le Samuel, sans savoir, sans preuve. Et maintenant, tu viens me parler de votre part ! La vérité, tu veux que je te la dise, Souvert ? C'est que nous, ici, les Rabaut du Prieuré, on n'est plus rien du tout. On est des petits, des perdants d'avance. Pourquoi crois-tu qu'il s'est sauvé, le Samuel ? Parce qu'il a tout de suite compris qu'il n'avait rien à espérer, que c'était lui qu'on accuserait et que ça ferait l'affaire de tout le monde, toi compris, Souvert, toi le premier.

Alors, qu'est-ce que tu viens me chanter qu'on ne nous oublie pas et tout le bataclan ?

Le maire croyait avoir tout prévu. Il n'avait pourtant pas imaginé un tel discours. S'il voulait en savoir plus, il lui fallait reprendre les choses en main.

— Je comprends ta colère, Justin. Et même, je peux te dire, je m'y attendais. Mais, tu vois, je suis venu tout de même. Parce que tu sais que ce n'est pas mon genre de me défiler. Mais je crois que tu n'as pas tout à fait raison quand tu dis qu'on se satisfait de voir le Samuel dans la situation où il est. Personne ne peut se satisfaire de voir un gars du pays mis comme ça en accusation. Mais il faut bien comprendre qu'on n'a pas eu notre mot à dire. Ça s'est fait comme ça, loin d'ici par-dessus le marché. Qu'est-ce que tu veux qu'on y fasse ?

— Dire ! Vous pouviez dire ce que vous saviez, que ça ne pouvait pas être Samuel, qu'on n'a même pas cherché à savoir comment ça s'est passé. Vous ne pouviez pas le dire, ça ? Pas un, il n'y en a pas un qui a bougé. Si ! Le Serge Vinalet. C'est le seul. Il est venu nous voir. Il nous a dit qu'il n'y croyait pas, que Samuel ait pu faire un coup pareil. Il nous a dit que, pour lui, ce n'était pas trop clair, cette affaire-là. Même plusieurs fois, il est venu. Mais quoi ? Depuis, plus rien. Et je le sais, marche, que vous vous êtes engueulés sur la fête, au pays, un soir, à ce sujet-là. Et je le sais bien que c'est toi qui veux l'empêcher d'en savoir plus. Alors ? Qu'est-ce que tu me racontes ?

— Tu me parles de Serge... Mais c'est plus dangereux qu'autre chose, ce qu'il fait. A jouer au fouille-merde comme il fait, il va juste arriver à brouiller les cartes. Ce n'est pas comme ça qu'on s'y prend.

— A ne rien faire, sûr que tu t'y prends mieux... Tu veux que je te dise ?...

Justin avait abandonné sa grande colère. Il avait l'air tout à coup très abattu. Les mains au fond des poches, il avait baissé la tête et la secouait doucement de droite à gauche.

— Tu veux que je te dise ? répéta-t-il sur un ton très las. Marcelle et moi, on n'y croit plus. On a renoncé, vois-tu. Vous pouvez bien faire tout ce que vous voulez, enfoncer encore un peu plus ce pauvre Samuel, arranger votre chapelle et tout le reste. On s'en fout, on ne veut plus en entendre parler. On est quoi ? Deux vieux à qui on aura tout pris, notre fille, notre petit-fils, même notre terre, tout... Qu'est-ce qui nous reste ? Pour le peu qu'on a encore à vivre, on ne veut plus rien entendre de tout ça. De toute façon, on est perdants d'avance. Alors, je m'en vais balancer tout ce qui reste de la ferme. J'ai ma retraite. C'est pas bien lourd, mais seuls comme on est, tous les deux, pour ce qu'on a besoin... Votre cinéma à la chapelle, vous ferez bien comme vous voulez. On ne veut plus s'en mêler. C'est tout. Tu vois, tu as gagné. Mais tu n'as pas à en être fier. Allez, maintenant, ouste, débarrasse le plancher. Je t'ai assez vu.

En rentrant à sa mairie, Antoine Souvert eut comme d'habitude à distribuer quelques saluts et quelques larges sourires. Habitué qu'il était à ce genre d'exercice, il n'y eut pas trop de mal, même si, derrière les apparences, il lui fallait bien dissimuler quelque chose qui ressemblait fort à de la mauvaise conscience. Il en avait pris plein la tête, mais, se dit-il, on n'a rien sans rien. Il n'avait pas tout perdu puisqu'il savait maintenant à quoi s'en tenir. Justin s'était de lui-même exclu du débat. Le front des opposants à l'aménagement de la chapelle, après un coup pareil, aurait bien du mal à se reconstituer.

Allons, on ne fait pas d'omelette sans casser des œufs. Ce qu'il venait d'entendre n'avait évidemment rien d'agréable, mais, s'il faisait le point, entre l'affaire de l'assassinat de Francis et celle de la chapelle, aurait-il pu espérer, à quelques mois de là, que tombent si facilement ces deux gros obstacles qu'il voyait alors se dresser sur le chemin de sa candidature aux cantonales ?

17

A la fin de l'été et avant que reviennent les mauvais jours, le travail de Fernand consistait à nettoyer les rigoles, au long des petites routes, afin que l'eau des grandes pluies d'automne puisse s'écouler, au travers du bas-côté, jusqu'au fossé ou dans les prés en contrebas. Personne n'avait besoin de le lui rappeler. C'était dans l'ordre des choses. Aux premiers jours de septembre, sa musette au côté, la pelle et la pioche à l'épaule, il partait faire sa tournée annuelle des innombrables petites voies qui reliaient les hameaux les uns aux autres en serpentant à flanc de colline. Des jours durant, on ne le voyait plus que le dos courbé creusant et pelletant consciencieusement.

Il arrivait bien qu'une voiture, le rencontrant sur son chemin, s'arrêtât à sa hauteur. Une vitre descendait.

« Oh, Fernand ! Ça va comme tu veux ? »

Il se dépliait lentement, posait la pelle, se massait les reins des deux mains.

« C'est pas ce qu'on croit. Si je n'étais pas là...

— Mais c'est que tu es là ! Encore heureux.

— Sûr. Attends donc voir la neige et la glace. Quand ils salent et puis que ça regèle après. Si l'eau, elle reste sur la route, tu vois ce que ça fait ? Et qui c'est qui se fera engueuler ? Le Fernand, bien sûr. »

L'explication était inévitable. Mais, en même temps qu'il la récitait, ses mains ne restaient pas inactives. Il attrapait la musette suspendue au plus proche piquet, en extrayait promptement la bouteille de rouge, en faisait sauter le bouchon et s'en envoyait une grande rasade dans le gosier.

« T'en veux un coup ? »

Tandis qu'il s'essuyait la bouche d'un revers de manche, il tendait le flacon par la vitre de portière grande ouverte. Tous n'acceptaient pas, mais l'incontournable générosité de Fernand lui valait une contrepartie non moins solide. Quand sa route atteignait un hameau, il n'était pas une porte qui ne s'ouvrît à son passage et qu'il ne fût invité à franchir.

« A traîner les routes comme ça, c'est que ça doit te donner soif ! »

Les journées, à ce rythme, se comptaient moins en nombre de rigoles curées, bien qu'il fût conséquent, qu'en ribambelle de goulots tétés et de verres éclusés. Le soir venu, la pelle et la pioche à l'épaule, Fernand s'en retournait au pays, la démarche hésitante, l'œil vague, mais la conscience en paix et l'âme en joie. Le travail fait et bien fait n'avait d'égal que le bonheur de trinquer avec tant d'amis ! Elle n'est pas belle, la vie ?

Cela avait été vrai durant de nombreuses années. Avait-il existé un temps où Fernand n'était pas le cantonnier de Saviniolet affecté à tous les petits travaux que les autres ne voulaient pas faire ? Le gros tracteur à quatre roues motrices, le taille-haie, le broyeur à bas-côtés, le chasse-neige et la saleuse, c'était bon pour les autres, ceux qui se pavanaient du haut de la cabine climatisée de l'engin. Très peu pour Fernand que toutes ces mécaniques rebutaient. Lui ne jurait que par sa pelle, sa pioche et toute une gamme d'outils simples et rustiques dont il avait conservé le savoir-faire. Ils le rendaient indispensable pour l'exécution des innombrables petites tâches qui rendaient bien service aux gens, mais que les autres, avec leur gros matériel sophistiqué, étaient incapables d'effectuer. Ils le regardaient de haut, le méprisaient même un peu, mais Fernand n'en avait cure. C'était un simple, Fernand. Se monter du col sous prétexte de modernisme lui importait peu. Pour lui, tout ce qui comptait était de rendre service. Il n'avait pas de plus grand bonheur que le remerciement d'un retraité encombré des fantaisies de quelque source riveraine de son jardin. Sans tambour ni trompette, de trois coups de pelle adroits, il la remettait dans le droit chemin. On buvait un coup et il repartait en sifflotant, son outil à l'épaule, vers d'autres tâches aussi minuscules qu'essentielles, heureux d'être celui à qui incombait la chance d'avoir à les accomplir.

Il était pourtant une injonction pour laquelle il abandonnait sans remords tout le reste. Un ordre du maire, et même une simple demande, valait pour lui commandement d'avoir à aller, s'il le fallait, jusqu'au sacrifice. Il vouait une admiration sans borne à Antoine Souvert. Pour lui, le premier magistrat de la commune était Dieu sur terre. Ça ne se discutait pas ; ça s'exécutait !

L'intéressé avait depuis longtemps pris la mesure de ce dévouement. Bien loin de le mésestimer, il avait eu la sagesse de ne pas en abuser. Moyennant quoi, Fernand, sans trop s'en rendre compte, s'était souvent retrouvé dans le rôle de l'exécutant, sinon des basses œuvres, tout au moins de celles dont les autres ne voulaient pas. Mais pouvait-on en vouloir à Fernand ? Parce qu'on savait d'où venaient les ordres, on ne lui en tenait pas rigueur. On se promettait de régler les comptes, un jour, avec le maire. Le temps passait, la colère aussi et, une fois sur deux, on n'en parlait plus !

Cette année pourtant, Fernand n'était décidément plus le même.

« On nous l'a changé, disait-on dans les hameaux au fur et à mesure qu'il les visitait. Pour boire un coup, ça, pas de problème, mais rien à faire, ce n'est plus le même. Il ne rigole plus. Il est là comme un piquet, l'air sombre, comme s'il était ailleurs. Même ses cuites, elles ne sont plus gaies. Fernand avec le vin triste... Est-ce qu'on aurait pu imaginer ? »

Les rigoles continuant d'être entretenues et la disponibilité du bonhomme pour toutes les corvées ordinaires restant la même, on aurait pu faire comme si on n'avait pas remarqué. Mais c'était qu'on l'aimait bien, le Fernand. Avec ses façons de faire d'un autre temps, il était au cœur des liens de voisinage dont chacun tissait son propre écheveau. Se serait-on soucié des humeurs et des états d'âme du conducteur du tracteur ? Dans sa cabine aux vitres teintées, c'était à peine si on le reconnaissait. Un signe de la main, comme ça, au passage, et rien de plus. Est-ce qu'on savait ce qu'il pensait, celui-là, qui il fréquentait ? Alors que Fernand ! On savait tout de Fernand. Sauf justement ce qui, cette année-là, le rendait si morose et pour tout dire un peu grincheux.

Le pire était, pour lui, qu'il ne pouvait s'en ouvrir à personne. Si encore il avait pu partager ce mal-être, ce terrible sentiment d'injustice qui le rendait si malheureux. Mais il n'en était évidemment pas question. Une fois, une seule, il se souvenait vaguement y avoir fait allusion. Il faut dire, vu le mal de crâne qu'il se tenait le lendemain, il ne devait plus être trop lucide. Mais ç'avait été plus fort que lui. Depuis le temps qu'il entendait les uns et les autres soutenir avec aplomb des âneries au sujet de Samuel et qu'il se taisait, il avait éclaté. Il leur avait asséné qu'il savait, lui, que ce n'était pas Samuel qui avait fait le coup. Peut-être même, mais il ne se rappelait pas bien, leur avait-il dit qu'il avait vu l'assassin, le vrai, et qu'il savait très bien qui il était. Mais on ne l'avait pas laissé parler. C'était au coin de la buvette, sur la place, un de ces soirs de fêtes de l'été comme il y en avait chaque semaine ou presque. On l'avait fait taire en l'agonisant d'injures. Ça, ça lui revenait à peu près. Après... Ça devenait de plus en plus flou. Il avait dû continuer à en parler avec quelqu'un qui était à côté de lui, mais plus moyen de se souvenir de qui il s'agissait.

C'était grave. Déjà, le jour du drame, il aurait dû parler ; il aurait dû dire. Est-ce qu'il se doutait, en revenant de l'écurie, avec ce qu'il venait de voir, qu'on allait tout faire retomber sur ce pauvre Samuel ? Juste, Fernand, il a conscience de ce qu'il est, un petit, un qui n'a pas droit au chapitre. Alors, surtout, ne pas se mêler de ce qui ne le regarde pas. Lui, Fernand, le cantonnier, aller dire « C'est un tel qui a fait le coup », en particulier cet homme-là, pas n'importe qui, un ami du maire, et pas commode par-dessus le marché ? Jamais ! Entre la porte de l'écurie d'où il avait tout vu et la route où ils étaient tous autour de la grande table, en train de siroter leur aligoté, il se l'était juré : ne rien dire. « C'est pas ton affaire, Fernand. Va pas te mettre dans un mauvais pas pareil. C'est juste bon pour prendre des coups. »

Personne ne lui avait demandé d'explications. Après avoir été celui par qui la mauvaise nouvelle était arrivée, il avait cru pouvoir retourner tranquillement dans l'ombre de son existence modeste et paisible. C'était compter sans la suite des événements. Pouvait-il s'attendre, ce pauvre Fernand, à ce que Samuel fasse exactement ce qu'il fallait pour se faire accuser du meurtre de Francis Magnancourt ?

Et qu'y pouvait-il maintenant ? Qui le croirait s'il venait affirmer ce qu'il savait après avoir si longtemps gardé le silence ? Et si on venait à lui chercher des poux à lui aussi, pour avoir tant tardé à parler ? Est-ce qu'on savait ? Ils avaient bien fait le nécessaire pour que Samuel soit jeté en prison.

Il savait et pourtant plus le temps passait, moins il pouvait parler et plus cette affaire le tarabustait. Il voyait bien la vie que le maire et son entourage menaient à ce pauvre Vinalet. Tout ça parce qu'il avait eu le courage de dire ce qu'il pensait. Fernand se retrouvait pris entre la dévotion qu'il portait à Antoine Souvert et sa conscience. C'était plus qu'il n'en pouvait assumer.

Il avait bien pensé à aller trouver Serge. Peut-être l'aurait-il écouté. Mais il n'avait pas osé. Est-ce qu'il saurait tenir sa langue, ce jeune gars qu'il ne connaissait pas plus que ça ? Pas la même génération, pas le même milieu. Il avait de l'instruction, ce Vinalet-là. A la scierie où il travaillait, à ce qu'on disait, il était comme un chef, le second du patron. Il était quoi, lui, Fernand, pour aller parler à un jeune comme ça ? Et puis, ce Vinalet, des fois qu'il aille tout raconter. Si ça l'arrangeait, pour se dépatouiller des ennuis que lui faisait le maire, qu'est-ce que ça lui coûterait, à lui, d'aller répéter de qui il tenait ça ?

D'ailleurs, après ce qui s'était passé entre le maire et Serge, il n'en était plus question. La grande crainte de Fernand était que les propos qu'il avait tenus ce fameux soir de fête soient venus aux oreilles de son patron. A la façon qu'avait Souvert de le regarder, depuis cette histoire, il n'était d'ailleurs pas sûr que tel ne fût pas le cas. Il l'évitait autant que possible et, lorsqu'il ne pouvait pas faire autrement que de le côtoyer, il détournait les yeux et cherchait par tous les moyens à abréger. Souvert était bien trop malin pour ne pas s'en être aperçu. Il ne disait rien car il avait pris la mesure de l'angoisse dans laquelle vivait Fernand. C'était sa meilleure garantie que son cantonnier ne rééditerait pas son exploit de la fête.

Peu à peu, Fernand perdait pied dans le marigot de ses angoisses et de sa mauvaise conscience. S'il avait su s'y prendre, s'il ne s'était pas enfermé dans sa résolution bornée de ne pas s'en mêler, Samuel ne serait plus en prison. Peut-être même n'y serait-il jamais allé. Il culpabilisait. Tout ça, c'était sa faute. Et sa pauvre tête ployait de plus en plus sous le fardeau de ses remords. Il s'était laissé prendre dans une sorte de piège dont toutes les issues s'étaient refermées sur lui les unes après les autres. Il ne pouvait plus que s'y débattre entre le poids énorme de ce qu'il savait et qu'il était condamné à garder pour lui, et la pensée obsédante de Samuel croupissant injustement en prison.

Et rien d'autre pour se soustraire de temps à autre aux idées noires qui lui couraient dans la tête que son travail dont il s'abrutissait. Même plus l'ivresse.

Depuis la fête, il s'en méfiait. Il le savait bien que, au-delà d'un certain nombre de canons, il ne contrôlait plus ce qu'il disait. Comme il savait vivre et qu'il n'aurait pas fait l'outrage à tous les gens qui le hélaient, depuis le pas de leur porte, de refuser le petit verre qu'ils lui offraient, c'était une angoisse qui s'ajoutait aux autres. Il en rentrait chaque soir exténué et plus que jamais livré au délire de ses contradictions.

Il eut la tentation d'en finir. Il en était au point de ne plus pouvoir envisager d'autre moyen d'échapper à la nasse qu'il sentait se refermer de plus en plus étroitement sur lui. Il alla même jusqu'à sortir du fond de l'armoire le vieux fusil de chasse qu'y avait laissé son père. Il passa une longue soirée en contemplation devant l'arme, mais ne parvint pas à accomplir le geste ultime. Ce ne fut pas par manque de courage. Bien au contraire, plus le temps passait, plus il lui semblait que cette vieille pétoire plantée là devant lui, contre le bord de la table, n'était que le dérisoire outil d'une fuite à laquelle il refusait de céder.

Il finit par aller la ranger au fond de l'armoire d'où elle n'aurait jamais dû sortir, mais, au moment de se coucher, il éclata en sanglots. Il eut à les engloutir longtemps dans son oreiller avant que vînt le sommeil.

Il aurait pu y laisser la raison. A force de barricader en lui tous ces mots qui ne demandaient qu'à fuser, certains jours, l'envie lui venait de jeter la pelle et la pioche aux orties et de fuir… Vers où ? Vers quoi ? Il devait garder en lui assez de conscience pour que l'absurdité de ces questions lui vienne à l'esprit. Il ne céda jamais à la brûlure de plus en plus cuisante de ses pulsions. Mais ce fut peut-être parce qu'il sentait venir le jour où ses défenses céderaient que naquit en lui l'idée d'une forme d'échappatoire.

Pourquoi, sur le coin de la table où on lui servait un petit coup à boire, remarqua-t-il une épaisse revue grande ouverte à la page de l'article que devait être en train de lire le brave retraité qui l'invitait ? Et par quel curieux cheminement lui remit-elle à l'esprit l'épisode tragi-comique qui avait abondamment remué le pays à quelques années de là ?

Un corbeau, d'ailleurs jamais identifié, avait pris un plaisir malsain autant que facile à monter la moitié du pays contre l'autre. En découpant des revues, il avait confectionné des lettres anonymes dont les textes bourrés de fautes d'orthographe et de jeux de mots approximatifs prétendaient dénoncer les turpitudes des uns et des autres. Il avait fallu un certain temps pour qu'on comprenne qu'il n'y avait là rien d'autre que les effets d'une imagination débordante et d'obsessions proches de la pathologie. Après qu'on eut à plusieurs reprises frôlé le drame, on avait fini par prendre le parti d'en rire. Se sentant dévoilé, le plumitif anonyme avait renoncé. On n'en avait plus parlé.

Fernand, lui, savait où les lettres, enfermées dans un dossier à sangle, avaient été stockées. Elles dormaient sous une bonne couche de poussière au-dessus d'une armoire du local technique où il rangeait ses outils, là même où il l'avait glissé après que la secrétaire de mairie, ne sachant pas trop qu'en faire, s'était débarrassée sur lui du souci de les classer. Il alla y jeter un coup d'œil. La technique ne demandait qu'une bonne paire de ciseaux, un pot de colle et beaucoup de patience. Plutôt que de prendre le risque d'attirer les regards en allant accomplir le geste, peu dans ses habitudes, d'acheter une revue, il préféra attendre de trouver son affaire dans les corbeilles du secrétariat de la mairie qu'il lui appartenait de vider régulièrement.

Le reste fut un jeu d'enfant auquel il s'appliqua durant plusieurs soirées.

18

Le premier qui la vit fut l'épicier.

Comme tous les matins, il sortait ses poubelles en maugréant. Ce n'est pas toujours drôle d'être le premier levé du pays. C'était pourtant son sort quotidien. Ça l'énervait, ce bourg obstiné à n'ouvrir un œil que bien longtemps après que lui-même se fut attelé à la préparation de son magasin, à l'achalandage de ses rayons et à toutes ces petites corvées de rangement et de présentation auxquelles ses clients, quand ils daigneraient se présenter, ne prêteraient même pas attention.

Il avait trouvé, ce matin-là, une autre raison de ronchonner. Avec la saison qui avançait, les jours se faisaient de plus en plus courts. Devoir se mettre au travail à la nuit encore faite lui semblait une injustice de plus. Pour se venger, après en avoir rabattu les couvercles avec vigueur, il faisait rouler ses poubelles sur la partie la moins bien bitumée de son entrée de cour. « Et tant mieux si ça les réveille », grommelait-il tout en sachant que jamais personne n'avait trouvé à redire à son tintamarre matutinal.

S'époussetant les mains au grand tablier gris qu'il passait pour accomplir ses travaux du matin, il revenait vers la porte de sa boutique lorsqu'elle lui sauta aux yeux. Le contraire eût été difficile. On l'avait purement et simplement collée sur la vitre, juste à hauteur de regard d'homme. « Les salopiauds, gronda-t-il. Qui c'est qui va encore devoir nettoyer ? »

Il eut le geste d'arracher l'affichette sans même se préoccuper de son contenu. Ce fut le mot « assassin » qui le retint. Il lut. Ce fut vite fait. Il n'en resta pas moins immobile devant sa porte à se gratter la nuque. A l'air chafouin qu'il traînait depuis qu'il s'était mis au travail, avaient succédé l'œil rond et la bouche ouverte de la plus grande stupeur.

— Pas possible... articula-t-il à haute voix bien qu'il n'y eût personne à la ronde pour l'entendre. Sont fous... Avec ça, nous voilà servis. Ça va se terminer qu'ils vont se battre...

Il leva lentement la main en direction de l'objet sacrilège. Il ne pouvait tout de même pas laisser ça sur sa porte. Mais la retirer... Est-ce qu'on savait ? Des fois que ça lui attire des ennuis. Il demeura un long moment indécis, la main oscillant en un lent mouvement d'aller et retour devant les couleurs vives, presque criardes, du texte placardé sans gêne sur sa devanture. Il ne pouvait décidément pas laisser faire. Après celle-là, s'il n'agissait pas, ce serait le défilé. Son magasin n'était pas un panneau d'affichage. Délicatement, il en souleva un coin et tira doucement. L'affichette vint sans se déchirer, mais en laissant quelques traces gluantes sur la vitre.

— Avec quoi je vais nettoyer ça ? grogna-t-il, la pièce à conviction entre le pouce et l'index. Et ça, qu'est-ce que je vais en faire ?

— Garde-la donc. Ça te fera un souvenir !

Le premier client de la journée. C'était, comme d'habitude, son collègue le boucher qui venait chercher quelques douceurs qu'il grignoterait dans son camion au cours de sa tournée quotidienne.

— Ne t'inquiète pas. Tu n'es pas le seul. Il y en a partout. Ils en ont collé sur toutes les portes ou presque. Tu as regardé dans ta boîte aux lettres ? Bien le diable si tu n'en trouves pas une autre. Vieux, ils ont mis le paquet. Je ne te dis pas quand le pays va s'éveiller... Ça va faire vilain. Et le maire, la tête qu'il va tirer... Ça nous en promet des belles pour les semaines qui viennent. Avec ça, c'est le pays à feu et à sang. Remarque, si c'est vrai, peut-être bien qu'il va falloir qu'on se bouge. Qui ça peut bien être, d'après toi ?

Tout était dans cette interrogation. Il ne se passerait pas deux heures avant que tout le monde l'ait en tête et sur les lèvres. Les supputations allaient commencer. Elles allaient enfler, prendre des proportions démesurées, échapper à la raison pour ne plus répondre qu'à des réflexes de peurs ou de vieilles antipathies. La journée ne serait pas achevée que les regards auraient changé. La méfiance, la suspicion allaient les déformer, les rendre torves.

Qui ? Tout allait se focaliser sur cette angoissante question. Qui avait ainsi inondé le pays de ces inquiétantes affirmations ? Qui désignait-elle ?

L'épicier était rentré dans son magasin suivi du boucher. Il avait déposé l'affichette sur le couvercle d'un carton de livraison et, côte à côte, ils la contemplaient.

Concise et sans fioritures, imprimée en grosses lettres rouge vif sur un fond vert pâle uni, elle allait droit au but :

Le Prieuré

L'ASSASSIN DE FRANCIS MAGNANCOURT EST PARMI NOUS.

Contrairement à ce qu'on a trop vite conclu, Samuel Rabaut n'est pas l'assassin de Francis Magnancourt. *Si ses empreintes digitales se trouvaient sur l'instrument du crime, c'est parce qu'il a voulu l'arracher des mains du meurtrier. Celles de ce dernier ont également été relevées, mais* personne n'a cherché à les identifier.

La fille de Francis Magnancourt, Julie – huit ans –, a assisté au crime. Elle dit avoir déjà vu le « monsieur qui crie toujours après mon papa comme s'il était très en colère » *et qui lui a* « donné **un grand coup, un coup de toutes ses forces** ». *Mais elle ne sait pas qui il est.*

D'autres éléments confirment la présence de cet homme sur le lieu du crime et sa culpabilité.

L'examen des empreintes digitales relevées, mais non analysées *permettrait de l'identifier rapidement et de disculper du même coup Samuel Rabaut* injustement incarcéré.

Le maire, Antoine Souvert, est en possession d'un objet *dont l'examen par les services compétents pourra formellement confirmer ou infirmer cette thèse.*

Les habitants de Saviniolet ne comprendraient pas qu'il n'entreprenne pas les démarches nécessaires.

Personne ne s'avisa d'avertir Antoine Souvert. Pas question d'être celui par lequel survient la tourmente. Lorsqu'il gara sa voiture sur la place, près de la mairie, sur le coup des dix heures du matin, bien rares devaient être les habitants de Saviniolet encore ignorants du contenu du brûlot. Rien, pourtant, n'avait bougé. On s'observait. Même l'épicier avait jugé prudent de glisser sous son comptoir l'exemplaire qu'il avait décollé de sa vitrine. Il serait bien temps, quand on ne parlerait plus que de ça, de le brandir comme pièce à conviction. Il avait été le premier à le découvrir et n'entendait pas qu'on le dépossédât de ce titre de gloire.

Au café, bon nombre des habitués du petit noir matinal avaient trouvé moyen de prolonger leur visite. Attablés ou accoudés au bar, ils étaient curieusement silencieux. Les regards ne décrochaient guère de la fenêtre par laquelle on assistait aux allées et venues sur la place et d'où la vue sur le perron et la porte de la mairie était imprenable.

Il allait se passer quelque chose. C'était inévitable. Oui mais quoi, sous quelle forme ? En quels termes ? Nul ne le savait et nul ne voulait manquer ça. Après... On verrait bien. Les paroles se libéreraient, nécessairement. L'empoignade ne serait pas loin. De qui à qui ? Où serait la ligne de démarcation ? De quel côté se ranger ? Les convictions étaient faites, mais il s'agissait bien moins d'opinion que de tactique. L'important était de surveiller son voisin, de savoir saisir l'instant où se ferait la répartition entre amis et ennemis. Un mauvais choix et ce serait le ridicule assuré. Un choix trop tardif et ce serait le soupçon d'indécision et de piteux ralliement au camp des plus forts.

On vit le maire grimper quatre à quatre les marches du perron de la mairie. On vit la porte se refermer sur lui, puis, plus rien... Qu'on avait été bêtes ! Sûr qu'il ne se montrerait pas de sitôt. Il devait l'avoir devant le nez, la maudite bafouille, bien à plat sur le buvard de son bureau. Et le fameux « objet » annoncé ? Il était où ? C'était quoi ? Avant qu'il le dise, il s'en passerait, du temps. Pour l'heure, ça devait y aller aux coups de téléphone. Mais eux, les habitants du pays, les premiers concernés tout de même, quand seraient-ils informés ?

On en vit un renoncer, puis un autre, puis d'autres encore. Le café et la place se vidèrent. C'était à peine si on avait commenté et si on s'était salués. Déjà, c'était chacun pour soi et la crainte au ventre d'avoir peut-être côtoyé si longtemps un assassin sans le savoir.

On avait vu juste. L'affichette était bien posée sur le buvard du bureau d'Antoine Souvert. Mais il n'avait pas encore décroché son téléphone. Depuis que la secrétaire la lui avait tendue, il ne parvenait plus à en détourner les yeux.

Il n'était pas besoin d'être grand clerc pour y voir une bombe telle que les affrontements auxquels il avait dû faire face, durant le printemps, ne tarderaient pas à faire figure de gentils amusements en comparaison de ce qui risquait de se produire. Vite, très vite, il fallait trouver le moyen de désamorcer. Mais comment ?

Et puis, cet « objet » qu'il était censé détenir... De quoi s'agissait-il ? Il n'en avait pas la moindre idée, mais il redoutait le pire. Il appela la secrétaire.

— Vous n'avez pas reçu de colis, de paquet, une grande enveloppe, quelque chose comme ça ?

Elle ne put que répondre par la négative. Il la vexa en lui recommandant la plus grande vigilance. Comme si elle avait l'habitude de laisser passer les choses importantes... Il ne le remarqua même pas et se perdit à nouveau dans ses réflexions. Il ne doutait déjà plus que cette spectaculaire initiative soit à mettre au crédit de Serge Vinalet. Mais pour qu'il se lance dans un tel coup de bluff, surtout après la vie qu'il lui avait menée depuis leur algarade à la fête du pays, il fallait qu'il ait du nouveau. Qu'avait-il bien pu trouver ? Il y avait bien cette affaire du Fernand dont on lui avait rapporté les propos tenus au soir d'une autre fête. Il était dans un tel état, d'après ce qu'on lui en avait dit, qu'il n'y avait pas attaché trop d'importance. Il lui avait semblé suffisant de montrer audit Fernand, par quelques regards noirs, qu'il le tenait à l'œil. Peut-être avait-il eu tort. Mais que pouvait bien savoir ce brave type un peu demeuré auquel on aurait donné le bon Dieu sans confession ?

Contacter tout de suite Vinalet ? Il en eut la tentation. A l'heure qu'il était, il devait se trouver à son travail, à la scierie. Aller l'appeler comme ça, en urgence, à son lieu de travail, n'était peut-être pas très judicieux. Et si c'était son patron qui répondait ? Il avait beau être un de ses plus solides appuis, Souvert avait de bonnes raisons d'éviter de trop lui en dire. Mieux valait attendre que Serge soit chez lui, à l'heure du déjeuner.

Et puis, après tout, si cette affichette n'était justement qu'un monstre coup de bluff ? C'était évidemment le piège dans lequel il ne fallait surtout pas tomber. Mais comment s'en assurer ? Souvert fit bondir son stylo et son coupe-papier, sur son bureau, en y appliquant une grande claque exaspérée. Rien ne l'horripilait plus que ce genre de situation où il se sentait bloqué, se heurtant aux impasses de toutes les solutions qu'il essayait d'échafauder.

Répondre à l'injonction de l'affichette et entreprendre les démarches pour que soient identifiées les empreintes digitales trouvées, avec celles de Samuel, sur la fameuse bûche ? C'était prendre le risque de devoir avouer que le travail avait déjà été fait et qu'il en avait lui-même détourné les enquêteurs en leur assurant qu'il n'y avait rien d'intéressant là-dedans...

C'était surtout s'engager dans une procédure bien trop longue. C'était laisser le temps au pays de se déchirer, c'était abreuver les journalistes d'une matière assez sensationnelle pour qu'ils en redemandent, c'était en fin de compte se faire prendre dans un imbroglio tel que ses chances d'être élu aux prochaines élections cantonales seraient réduites à néant.

Sauf à ce qu'il y ait vraiment du nouveau, et du nouveau assez solide pour s'en saisir au plus vite et en devenir le champion, même s'il fallait pour cela lâcher quelques amis... Son ultime chance de renverser la situation à son avantage était là. Encore fallait-il qu'il sache à quoi s'en tenir. Et pour cela...

On frappa à la porte de son bureau.

— Entrez.

C'était la secrétaire.

— Je crois que voilà votre colis. C'est un Chronopost. Il est à votre nom. Il faut que ce soit vous qui signiez.

Il dut gribouiller son paraphe sur l'écran grisâtre d'un appareil étrange que lui tendit le transporteur. Ce ne fut que lorsqu'il eut exécuté ce geste que l'homme consentit à lui tendre une grande enveloppe matelassée. Bien entendu elle ne portait pas de mention d'expéditeur. Souvert remercia la secrétaire et attendit d'être à nouveau seul pour se saisir de son coupe-papier. Il mit ainsi au jour un sachet en plastique hermétiquement clos sur lequel un mot avait été collé : « *Monsieur le maire, ne sortez surtout pas ce mètre souple de son emballage. Il n'a jamais été utilisé que par une seule personne. Il porte donc ses empreintes digitales que les enquêteurs pourront comparer à celles trouvées sur la bûche qui a tué Francis Magnancourt...* »

Et c'était signé Serge Vinalet...

Antoine Souvert se laissa aller au fond de son fauteuil. Découragement ou sueurs froides ? Il se sentait tout drôle. Culotté, tout de même, le Vinalet. Au moins, cette fois, une chose était claire. L'hypothèse du bluff tombait d'elle-même. Il y avait du neuf et probablement du solide. Du bout des doigts, il se saisit du sachet. Il ne contenait effectivement que le gros boîtier noir et rouge d'un mètre souple long de 5 mètres tel celui que les artisans et les bons bricoleurs ont toujours à portée de la main. L'objet banal s'il en fut.

Le sortir de son emballage, le laver soigneusement et refermer le sachet... Souvert en eut la tentation. Mais l'autre y avait pensé. Maintenant que tout le pays savait qu'il détenait cette bombe à retardement, il était piégé. Il ne pouvait plus que marcher docilement dans la seule direction que lui indiquaient Vinalet, son affiche et toute la population du village. Il lui semblait que des centaines de paires d'yeux allaient désormais observer le moindre de ses gestes. Il n'aurait plus le choix. Une voie, une seule, lui restait au terme de laquelle rien ne l'assurait que tous ces regards ne seraient pas devenus accusateurs à son endroit.

Il allait falloir jouer serré. Ce n'était plus la seule élection de conseiller général qui était en cause. C'était sa crédibilité en tant que maire de Saviniolet. Il leva les yeux sur l'horloge. Trop tôt. Vinalet n'était pas encore chez lui. Souvert ne tenait plus en place. Attendre lui avait toujours été intolérable. Cette fois, ça tournait à la torture. Il fut tenté de monter jusque chez Serge. « En tête à tête, de vive voix, on s'entendra mieux. » Il réalisa juste à temps. « Méfie-toi, Souvert. Tu n'es pas dans ton état normal. Monter chez lui ! Non mais, tu te rends compte de la connerie que tu allais faire ? Pour que tout le monde voie ta voiture garée devant chez ce petit salopard. La victoire que je lui aurais donnée... »

Il se saisit nerveusement de l'enveloppe dans laquelle il avait reçu le mètre souple, la plia plusieurs fois et l'enfonça dans sa corbeille à papier. Puis il prit sur son buvard le sachet contenant le mètre souple et chercha où le ranger. Pas question qu'il reste là, à la vue de tout le monde, surtout avec le mot qui l'accompagnait. Il ouvrit un tiroir de son bureau, puis un autre. Ils étaient tous pleins à ras bord. Il alla à la grande armoire qui tapissait le mur du fond de la pièce. L'étagère la plus haute lui servait de bibliothèque. Il attira une chaise, y grimpa, passa la main derrière les livres. Il y avait là juste la place de dissimuler l'encombrant sachet. Il l'y glissa, remit la chaise à sa place, et se trouva planté au milieu de son bureau à ne plus savoir quel geste accomplir...

Ce n'était pourtant pas les dossiers à traiter qui manquaient. Il devinait l'impatience de la secrétaire qui devait l'attendre. Mais qu'on ne lui parle surtout pas aujourd'hui de subventions, de ramassage des ordures ménagères ou autres fadaises... Il ouvrit la porte du secrétariat.

— Vous avez le journal ?

Il était sur la table, devant son nez. Sans oser un regard vers la secrétaire, il s'en saisit et vint se renfermer dans son bureau. A la une du quotidien local, il ne vit qu'un titre : « *Du nouveau dans l'affaire Magnancourt ?* » Avant de renvoyer dans les profondeurs des pages locales, quelques lignes appâtaient le lecteur. « *Des bruits insistants courent depuis quelques jours à Saviniolet qui laissent entendre que tout ne serait pas dit dans l'affaire de l'assassinat de Francis Magnancourt, le découvreur des fresques de la chapelle du Prieuré.* »

Furieux, Antoine Souvert jeta le journal en boule sur son bureau. Il quitta la mairie en claquant les portes, dévala les marches du perron et s'arrêta net...

19

Ils étaient au moins six ou sept négligemment adossés aux voitures garées sur la place. Aucun n'avait osé s'appuyer sur celle du maire. Ils l'attendaient. Déjà, d'ailleurs, ils l'avaient vu. Nonchalamment, ils se redressaient l'un après l'autre, ils se regroupaient et s'avançaient lentement au-devant de lui. Et il fallait que vienne en tête celle qu'il redoutait le plus ; celle qui aurait mieux fait de s'occuper de son ménage, de ses enfants et du commerce de son mari plutôt que de jouer aux suffragettes et de jeter à plaisir de l'huile sur le feu de toutes les discordes. Jamais, de toute sa carrière d'élu municipal, Antoine Souvert n'avait ressenti ce sentiment : il allait devoir se justifier. Lui qui ne connaissait que l'arrogance de celui dont le verbe domine toujours les discussions, il se savait à la merci de ces petits contradicteurs de pacotille à qui, jusque-là, il avait toujours cloué le bec.

Après sa première hésitation, il eut le bon réflexe de marcher vers eux du même pas assuré qu'on lui avait toujours connu et en arborant le sourire engageant qu'il savait si bien se composer.

— Vous m'attendiez ? eut-il l'aplomb de demander.

— Ça vous surprend, monsieur le maire ? fit-elle mine de s'étonner. C'est quoi, cette histoire ? C'est qu'on aimerait bien savoir. Qui a fait ce coup-là ?

— Vous parlez, je pense, des affichettes dont on a inondé le pays, la nuit dernière ? C'est bien ça ? Eh bien, si vous pouviez me le dire, le nom ou les noms de ceux qui ont distribué ça...

— Mais, monsieur le maire, il y en a un seul qui est mis en cause, dans cette affaire-là. C'est vous. C'est que c'est grave, ça. Alors, il faut que vous nous disiez. On nous l'a tellement rabâché, que c'était Samuel Rabaut qui était coupable, qu'on l'a cru, nous. Et maintenant, il paraît que ce n'est pas vrai. Quelqu'un aurait donc menti ? Ça cache quoi, ces mensonges-là ? Et cet objet ? Vous l'avez reçu ? C'est quoi ? Qu'en avez-vous fait ?

Antoine prit son temps. Il les dévisagea tous, l'un après l'autre. Ils montraient le même visage sombre, buté, pas bien loin de la haine.

— Quant à savoir qui a distribué ces affichettes, je n'en sais pas plus que vous. Mais peut-être bien qu'on a la même petite idée, non ? Maintenant, quant à « l'objet » dont il est question, oui, effectivement, je l'ai reçu. Mais je ne l'ai reçu que de ce matin.

— C'est quoi ?

Antoine hésita. Et puis après tout, à quoi ça engageait de le dire ?

— Un mètre... Un mètre souple soigneusement emballé. Voilà ce que c'est.

— Et vous allez en faire quoi ?

— Moi, rien. Je vais le transmettre à qui de droit. Ce n'est pas à moi de décider. Je ne suis pas dans la police.

— Attendez, monsieur le maire. Tout ça... Un peu facile, vous ne pensez pas ? On sait bien la vie que vous avez menée à Serge Vinalet. A croire que vous n'aviez pas trop envie qu'on sache qu'il y avait autre chose.

— Qu'est-ce que vous allez inventer là ! De toute façon, s'il a du nouveau, le Vinalet, il n'a qu'à le dire. On verra bien.

— Ah ! Déjà, vous changez. Jusque-là, vous vouliez l'empêcher de parler. Maintenant, il n'a qu'à dire. Et pourquoi vous le faisiez taire ? Peut-être bien que ce serait à vous aussi de dire. Mais soyez sans crainte, on y veillera.

— Eh bien, veillez-y. Mais laissez-moi le temps au moins d'y voir clair, de trouver ce qu'il y a autour de tout ça.

— Faites vite, monsieur le maire. Parce que ça s'impatiente, dans le pays.

Il préféra ne pas répliquer. Il contourna le groupe et s'engouffra dans sa voiture. Ce n'était là qu'une escarmouche. Il estimait s'en être pas mal sorti. Maintenant, c'était à Vinalet qu'il allait devoir s'attaquer. Ce serait certainement un bien plus gros morceau. Il passa devant le café en gardant le regard fixé droit devant lui. Il lui suffisait d'imaginer l'ambiance et le ton des conversations...

Quand le téléphone a sonné, Claudine avait déjà levé un regard soucieux sur l'horloge de la cuisine où elle finissait de préparer le repas de midi. Les enfants, excités comme des puces par la perspective des vacances d'automne qui arrivaient, avaient tout de même consenti à mettre la table. Manquait juste Serge dont elle s'étonnait qu'il ne soit pas encore là. Bien sûr, elle n'eut pas à aller décrocher. Brandissant le combiné à bout de bras, son aîné arrivait déjà.

— C'est le maire ! claironna-t-il.

Un frisson d'angoisse secoua la jeune femme.

— Donne ! Oui, monsieur le maire. Vous vouliez me parler ?

— Ah, c'est Claudine ? Ton mari n'est pas là ?

Elle réprima un soupir de soulagement.

— Eh bien, non. Il n'est pas encore rentré. Mais il ne devrait pas tarder.

— Bon, ce n'est pas grave. Dès qu'il arrive, tu peux lui dire que j'ai téléphoné ? J'aimerais bien l'avoir au fil. Le plus tôt sera le mieux.

Quatre fois, il rappela durant l'heure du déjeuner, et, à quatre reprises, de plus en plus inquiète, Claudine dut lui faire la même réponse. Serge n'était pas réapparu et n'avait donné aucun signe de vie. Devant les enfants, elle s'était appliquée à ne rien laisser paraître de ses craintes, mais, lorsqu'elle revint de l'école où elle les avait emmenés, l'angoisse la submergeait. Elle composa fébrilement le numéro du portable de Serge. Elle n'eut droit qu'à la messagerie. Elle appela la scierie. Ce fut un de ses collègues qui répondit. Non, ils ne l'avaient plus vu depuis le matin. Sa voiture était sur le parking, mais lui, personne ne savait.

— Et votre patron ? Tu peux me le passer ?

— Eh ben, même pas... Il n'est pas là non plus. Lui, il nous a dit qu'il en avait pour la journée. Même, il avait une drôle de tête. Enfin, nous, ça ne nous regarde pas. Et voilà qu'on s'est retrouvés seuls. Heureusement qu'on connaît le boulot...

Elle ne releva pas, le remercia et raccrocha. L'hypothèse qu'il soit à la traîne de son patron sur quelque chantier était plausible. Cela arrivait encore assez souvent. Sauf que, quand il partait ainsi, il ne manquait jamais de la prévenir. Elle tenta à nouveau le portable. Il était éteint.

Avec le temps qui passait, elle sentit pourtant l'inquiétude refluer. Le harcèlement du maire, pendant toute l'heure de midi, l'avait affolée. C'était pourtant de Souvert dont ils avaient le plus à craindre. Que lui-même ne sache pas où était Serge était plutôt rassurant. Elle prit sur elle de ne pas céder à la panique. Mais, de tout l'après-midi, elle ne se sépara pas de son téléphone.

La suspension en s'allumant sortit Justin de sa somnolence. Il se tenait assis au bout de la table, à sa place habituelle, un verre vide devant lui. Le regard vague, il regarda Marcelle qui revenait vers sa cuisine après être allée appuyer sur le commutateur, près de la porte.

— Vrai, grommela-t-il, les jours raccourcissent. Faut mettre la lumière de plus en plus tôt.

— Faut que t'ailles aux bêtes, dit Marcelle.

— C'est que t'as raison. Maintenant que le Samuel n'est plus là…

Elle opina tristement du chef, fit le geste d'écraser une larme.

— Si c'est pas un malheur.

Le vieux se leva péniblement. Il contournait la table en s'y appuyant lourdement quand retentit la sonnerie du téléphone.

— Qu'est-ce que c'est encore ?

L'appareil, un vieux modèle à fil, se trouvait à gauche de la porte, sur la commode où on avait installé la télévision.

— Ouais…

— Monsieur Rabaut ?

— C'est moi. Qui me cause ?

— C'est Serge. Serge Vinalet. Vous me situez ?

— Bien sûr que je te situe, Serge. Qu'est-ce qui t'amène ? Ce serait-il que t'aurais du nouveau ?

— Non, pas là, pas tout de suite. Mais je peux vous promettre qu'il va y en avoir, du nouveau, et pour dans pas longtemps.

— Alors, pour l'heure, qu'est-ce que je peux pour toi ?

— C'est simple, Justin. Pendant plusieurs jours, je ne vais pas pouvoir venir m'occuper des chevaux, à la maison neuve. Je suis loin, Justin, et je ne peux pas revenir. Vous ne pourriez pas y aller pour moi ?

Le vieux en eut le souffle coupé. S'occuper des chevaux, lui, Justin Rabaut qui s'était toujours méfié comme de la peste de ces animaux du diable...

— Tu me demandes là une chose...

— Je sais, Justin. Mais je n'ai pas d'autre solution. Vous n'êtes pas au courant ? Ça va mal dans le pays. Il y a du neuf, Justin. Et du bon pour Samuel. Mais tout n'est pas réglé, loin de là. J'ai dû partir. Ça ne durera pas. Juste quelques jours. Mais, pendant ce temps-là, il n'y a personne pour s'occuper des chevaux. C'est pour Samuel. Vous savez, il n'y a pas grand-chose à faire.

— Bon... Ben... Vont pas me taper, au moins, tes bestiaux ?

A l'autre bout du fil, Serge rit de bon cœur.

— Bien sûr que non. Ils n'ont jamais tapé qui que ce soit. Pourquoi voulez-vous qu'ils vous tapent ?

Il lui dit ce qu'il y avait à faire, lui indiqua les rations, lui donna quelques trucs pour que le transfert des box au pré et vice versa se passe sans problème.

— Et puis encore une chose, Justin. Je ne vous ai pas appelé. Ce coup de téléphone-là, il ne faut en parler à personne.

— A qui veux-tu ?

— C'est bon. Merci, Justin. Vous me tirez une épine du pied.

— C'est nous qui devons te dire merci. Pour tout ce que tu fais pour Samuel.

Antoine Souvert rongea son frein tout l'après-midi. Le téléphone, pourtant, ne cessa guère de sonner, mais il avait donné la consigne. Il était en réunion, injoignable. Seuls Serge et sa femme faisaient exception. S'ils appelaient, il fallait les lui passer toutes affaires cessantes. Il se plongea dans la lecture minutieuse d'un document récemment transmis par la cour des comptes régionale. Des heures durant, il s'astreint à y concentrer son attention. Ce qui ne l'empêcha pas de sursauter à chaque sonnerie de téléphone et d'attendre en vain que résonnât le timbre de son poste de bureau.

La secrétaire avait déjà son manteau sur le dos quand, en fin d'après-midi, elle vint lui faire son rapport. Elle avait, de son propre aveu, la tête farcie de tout ce qu'elle avait entendu. Si elle n'avait pratiquement rien pu faire de son travail quotidien, elle avait tout de même pu analyser une certaine évolution dans les commentaires qu'elle avait dû subir en lieu et place de son patron. Aux questions inquiètes par lesquelles la litanie avait débuté, avaient peu à peu succédé des propos beaucoup plus fermes.

— La première surprise passée, les gens s'organisent, estima-t-elle.

Samuel Rabaut, dont, jusque-là, bien peu se souciaient, devenait la victime au secours de laquelle il fallait voler. On en était progressivement venus à ne plus s'interroger. Qui avait distribué ces affichettes, qui était soupçonné, quel était cet « objet » mentionné, ne semblait déjà plus faire question. En fin de journée, on en était au bord de l'accusation de dissimulation de preuves. C'était aux alentours de cinq heures de l'après-midi qu'était apparue pour la première fois l'évocation d'un possible comité de soutien ou de défense, selon les cas. Comme le terme était revenu à plusieurs reprises jusqu'à ce que sonne l'heure de fermeture du bureau, il y avait fort à parier que ledit comité devait déjà être constitué. Les appels à adhésion occupaient toutes les lignes téléphoniques du pays et nourrissaient toutes les conversations du bar, de l'autre côté de la place. Méticuleuse, la secrétaire avait noté les noms de ses interlocuteurs. Elle en déposa la liste sur le buvard du bureau du maire avant de lui souhaiter le bonsoir. Trop aimable !

Il se retrouva seul face à cet état des premiers effectifs du groupe dont il ne doutait pas qu'il était en train de se dresser contre lui. Il le parcourut et perdit ses dernières illusions. Sans surprise, il y retrouva les noms habituels des contestataires par principe. Mais, pour le gros des troupes, ce n'étaient pas ceux-là qui s'étaient opposés à lui au printemps, dans l'affaire de l'aménagement des abords de la chapelle du Prieuré. Ils n'avaient même pas réagi quand Samuel avait été arrêté et que l'accusation de crime passionnel avait encore aggravé ce que ce drame pouvait receler de ferments malsains de sensationnel. Depuis le début, c'était le parti des attentistes, de ceux qui ne voulaient pas s'abaisser à se mêler de ce drame de village, ceux qui arboraient un sourire vaguement méprisant quand on l'évoquait devant eux.

Et voilà qu'ils se réveillaient, et de quelle façon ! Cette fois, Antoine Souvert se voyait pris entre deux feux. Ce n'était certainement pas parce que ceux-là se mobilisaient que les traditionalistes, les défenseurs à tous crins de ce qu'ils appelaient curieusement l'« authenticité », les opposants acharnés à l'intrusion des « étrangers », allaient désarmer. Bien au contraire, Souvert savait parmi eux quelques irréductibles, en général grandes gueules aux motivations plus polémistes qu'autre chose, trop contents de trouver une nouvelle occasion de monter au créneau.

Que le prétexte de leur mobilisation, au printemps, ait été la défense de la famille Rabaut ne faisait plus rien à l'affaire. D'ailleurs, la volte-face de Justin qui ne voulait plus rien entendre de tout cela les arrangeait. Ils pouvaient prendre sans complexe le parti des purs et durs qui entendent que justice soit faite selon ce qu'ils en pensent. Ce genre d'insupportables débats n'en était pas à une contradiction près. De Samuel, dont ils avaient fait au début une sorte de martyr de leur cause, ils ne retenaient plus maintenant que l'intérêt qu'il avait porté aux travaux de Francis dans la chapelle et son amitié pour ce dernier.

Souvert, excédé et épuisé, resta un long moment prostré dans son grand fauteuil de maire. Puis il leva les yeux sur l'horloge. Serge Vinalet devait être rentré chez lui. Il décrocha son téléphone. Comme d'habitude, ce fut le gamin qui répondit.

— Tu peux me passer ton papa ?

— T'es qui ?

— Monsieur le maire.

— Eh ben, mon papa, il n'est pas là.

— Alors, passe-moi ta maman. Elle est là, ta maman ?

— Bien sûr qu'elle est là.

Elle devait être à côté du gamin car il l'eut tout de suite en ligne.

— Votre fils me dit que Serge n'est pas là ?

— Non, il n'est pas là.

— Et... et vous savez quand je pourrai le joindre ?

Il y eut un silence, comme si elle préparait sa réponse.

— Je n'en ai pas la moindre idée. Il est en déplacement.

— Il a peut-être un portable ?

— Il ne l'a pas pris avec lui.

— Bon...

Cette fois, c'était à Souvert de se demander ce qu'il pouvait ajouter.

— S'il vous appelle, tenta-t-il, soyez gentille de lui dire que je voudrais l'avoir au téléphone le plus vite possible.

— S'il appelle, je lui dirai.

De l'inquiétude qu'il avait sentie percer dans la voix de Claudine en milieu de journée, il ne restait rien. Souvert raccrocha et resta un long moment la main sur le combiné, perdu dans ses réflexions. Serge s'était bel et bien volatilisé. Cela ne lui ressemblait pas. Il n'était pas du genre à fuir ses responsabilités. Et sa voiture dont on lui avait dit qu'elle était toujours devant la scierie... Il s'était passé quelque chose. Souvert enrageait de ne pas savoir. Il n'aimait rien moins que de sentir lui échapper quelque événement fort de son pays. Et celui-là, justement, le laissait à nu, désarmé face aux coalitions qu'il sentait monter de toutes parts contre lui.

Le Prieuré

Il se leva lourdement, ferma le gros document de la cour des comptes sur lequel il avait essayé de se concentrer tout l'après-midi, rangea son stylo et quitta son bureau. Il avait pris soin de garer sa voiture à l'opposé de la place. La rue était déserte. Il put s'éloigner en paix.

20

La voie était libre à toutes les surenchères. S'engouffrant dans la brèche ouverte par l'affichette communément appelée de « l'assassin est parmi nous », un tract surgit bientôt. Il s'agissait cette fois de faire en sorte que nul n'ignore la création du « Comité de soutien et de défense de Samuel Rabaut ». N'ayant, pour l'heure, rien d'autre à se mettre sous la dent que ce que l'on en disait, il se contentait d'exiger que soient révélées les identités de ceux, outre Samuel, qui avaient laissé leurs empreintes digitales sur cette fameuse bûche.

Jamais bûche n'eut droit à une telle célébrité. Mais, hormis cette revendication, le libelle avait surtout pour vocation de faire profiter les « membres fondateurs » du comité de cette notoriété équivoque. C'en était plus que pouvaient supporter ceux à qui il importait bien moins de se soucier du sort du petit-fils Rabaut que de faire payer au maire le soutien actif qu'il avait apporté aux travaux de Francis Magnancourt.

Un document concurrent ne tarda pas à faire son apparition. Tout aussi succinct que les autres, celui-là demandait des comptes à Antoine Souvert et n'hésitait pas à mettre en doute les prétendus éléments nouveaux de nature à remettre l'enquête en cause. Il exigeait tout bonnement que soit définitivement abandonné le projet d'aménagement des abords de la chapelle et que celle-ci ne soit plus accessible aux visiteurs.

On en rit, on collectionna les tracts. Le café, où les débats se faisaient de plus en plus virulents, vécut des heures commerciales intenses. Mais lorsque le CSDSR (lire : « comité de soutien et de défense de Samuel Rabaut ») annonça à grand son de trompe une réunion publique pour le samedi après-midi suivant, on sut que les choses sérieuses commençaient.

La salle des fêtes étant opportunément retenue par un thé dansant du club du troisième âge programmé de longue date, il fallut se rabattre sur l'arrière-salle du café. Compte tenu de sa taille modeste, le nombre des participants s'en trouva nécessairement réduit, mais l'entassement des plus résolus dans un tel espace clos ne manquait pas d'inquiéter. L'atmosphère risquait d'être chaude.

Elle le fut et si on n'en vint pas aux mains on ne le dut qu'à la proximité du bar où il était bien plus confortable d'aller continuer la polémique un verre à la main. Là, tout de même, les tournées s'ajoutant aux tournées, il y eut quelques brèves empoignades. Mais le patron savait faire. Il était prévoyant. En fait d'extras, vu l'affluence à prévoir, il avait embauché quelques gros bras aussi adroits à séparer les éventuels pugilistes qu'à faire le service.

L'affaire se termina tard dans la nuit sans autres résultats tangibles que deux ou trois yeux au beurre noir et quelques cuites mémorables. Elle eut pourtant pour effet induit de faire monter dangereusement la pression. Non seulement les camps, cette fois, étaient bien constitués, mais il était patent que l'envie d'en découdre les démangeait.

Le CSDSR se montrant décidément le plus entreprenant, il fallut, par-dessus le marché, qu'un de ses membres à la plume facile parvînt à appâter le quotidien local. Une telle polémique surmontée d'un gros titre ne manquerait pas de faire vendre. C'était voir juste. Bien qu'il eût considérablement augmenté ses dépôts, on se disputa son édition à la page locale de laquelle figurait la lettre ouverte.

Elle eut pour effet d'éveiller tout à coup un grand émoi dans tous les villages environnants. La fuite puis l'arrestation rocambolesque de Samuel Rabaut avaient déjà régalé tous les amateurs de faits divers. Cette fois, la nouvelle tournure prise par les événements embrasa les âmes sensibles qui, à quelques mois de là, se rassuraient à l'annonce de la mise sous les verrous du coupable quasi unanimement désigné. Que ce pauvre garçon puisse être victime d'une injustice était intolérable. On prit fait et cause. On adhéra en masse au CSDSR.

L'autre camp ne pouvait pas en rester là. On s'y avisa, mais un peu tard, qu'on avait fait l'erreur de ne pas s'être affublé d'un nom ronflant qui puisse être traduit en un acronyme plus encore dans l'air du temps. On y réfléchit. On recruta. On élut une présidente en la personne de cette mère de famille, par ailleurs épouse d'un commerçant, dont l'occasion avait révélé, à la surprise générale, les talents de meneuse de foule. On choisit de se nommer l'« Association pour le respect de l'authenticité du village ». Titre curieux qui en laissa plus d'un perplexe. Que fallait-il entendre par « authenticité » du village ? Par l'usage de quels critères pouvait-on distinguer ce qui était « authentique » de ce qui ne l'était pas ? Ce n'était là pourtant, aux yeux des fondateurs de l'ARAV, que péroraisons sémantiques de prétendus grands esprits dont on n'avait pas à s'embarrasser.

Ainsi équipés, on entendit faire valoir ses points de vue. Outre qu'au sein de cette toute nouvelle association il ne se trouvât pas de plume aussi agile que chez les concurrents, le journal local vit arriver le piège. S'il acceptait cet article-là, comment pourrait-il s'opposer, à l'avenir, à ce que ses colonnes deviennent le champ d'affrontement de toutes les opinions divergentes qui fleurissaient à Saviniolet ? Il commença par se faire tirer l'oreille, puis, quand les responsables de l'ARAV insistèrent, il refusa purement et simplement d'entrer dans la polémique.

Ce fut un beau scandale. On cria au favoritisme, au parti pris. On fit des pieds et des mains pour que cette défaite se transformât en argument de lutte. « Vous voyez bien. Il y en a toujours pour les mêmes. Les autres, ils n'ont qu'à aller se rhabiller. C'est ça la justice ? Quand on vous le disait qu'on est les victimes d'un complot de tous ceux qui n'en veulent plus, de nos villages... »

Ça ne marcha que dans une certaine mesure. Il fallut bien se rendre à l'évidence. Cette première bataille avait été remportée haut la main par les tenants du CSDSR. La guerre n'en était pas finie pour autant, bien au contraire. Encore que la deuxième manche qui s'annonçait risquait fort de voir converger les revendications des uns et des autres autour d'exigences fort voisines. Les uns entendaient que soient connus dans les plus brefs délais les résultats des analyses des empreintes digitales ; les autres s'impatientaient d'entendre le maire s'expliquer.

Or, rien ne se passait. Antoine Souvert était quasiment invisible. On ne parvenait à le joindre ni à la mairie ni chez lui, et quand il lui arrivait d'avoir à se rendre à son bureau, il s'arrangeait toujours pour y arriver et en repartir aux heures les plus creuses. Il garait sa voiture loin du café et ne s'attardait plus jamais dans la rue.

— Attends voir, grogna un jour un membre influent de l'ARAV. J'ai au fond de mon garage de quoi le faire sortir de son trou.

Il faisait allusion à un bon stock de peinture qui lui était resté sur les bras après qu'il se fut quelque peu trompé dans l'évaluation des surfaces des murs de sa cuisine. Un beau matin, il fit s'effondrer de rire la moitié de la population du bourg pendant que l'autre moitié, plus pragmatique, évaluait déjà ce que le nettoyage de la façade de la mairie allait coûter. Ce fut en fin de compte ce pauvre Fernand qui eut à s'y coller et qui, durant une huitaine de jours, vécut ses journées du haut de son échelle d'où il grattait...

Le maire sembla ne pas avoir remarqué les injonctions plus ou moins insultantes qu'en lettres approximatives on avait barbouillées d'un bord à l'autre de la maison du peuple. Il n'obtempéra pas. Cet aspect des choses ne fit pas rire les auteurs du coup. Le sort, décidément, s'acharnait contre eux. Leurs initiatives tombaient à plat les unes après les autres alors que se précisait une échéance à ne surtout pas manquer.

Pensait-on à un tel remue-ménage, un bon mois auparavant, lorsque, avant de lever la séance, le maire avait fixé la date du prochain conseil municipal ? Il allait bien falloir qu'il se tînt. Les uns l'attendaient comme le renard embusqué sur la piste du lapin, les autres, résignés, n'en maudissaient pas moins le jour de leur élection.

Depuis que chacun d'eux avait pu prendre la mesure de la sollicitude toute particulière des colleurs de la première affichette à l'égard de leurs portes, les conseillers municipaux s'étaient littéralement fondus dans la nature. On n'entendait plus parler d'eux. Il se disait même que nombre d'entre eux avaient discrètement donné des gages de solidarité à l'un ou à l'autre des partis en présence. Seuls les adjoints avaient dû continuer à assumer ouvertement leurs responsabilités. Leur loyauté à l'égard d'Antoine Souvert ne pouvant pas être mise en cause, ils subissaient les attaques auxquelles le maire échappait par sa politique de l'absence et de la furtivité. Jusqu'à quand tiendraient-ils ? Les paris se prenaient en même temps que, des deux bords, on faisait tout pour les amener au point de rupture.

D'un commun accord, on convint qu'il ne servirait à rien d'envahir le banc du public durant la séance du conseil municipal. Outre que nombre des membres des deux associations concurrentes ne désiraient pas s'afficher trop clairement, l'obligation faite à l'assemblée de respecter le silence ne convenait évidemment ni aux uns ni aux autres.

Seuls les responsables les plus engagés iraient s'asseoir en face du maire, dans la salle du conseil, et feraient peser leurs regards sur sa mauvaise conscience durant toute la soirée tout en caressant l'espoir de pouvoir l'interpeller au moment où il lèverait la séance. S'ils n'y parvenaient pas, il était convenu avec leurs comparses que ces derniers bloqueraient la sortie de la mairie et accrocheraient Souvert dès qu'il apparaîtrait.

Curieusement, dès lors qu'il s'agissait de s'en prendre au maire, les deux groupes ennemis se retrouvaient en position de quasi-alliance. D'ailleurs, le temps passant et les choses s'embrouillant copieusement, on ne savait plus très bien où se trouvaient les lignes de démarcation. Seuls subsistaient un sentiment un peu vague d'insatisfaction et une ferme résolution d'en faire porter l'entière responsabilité à Antoine Souvert.

Le conseil s'éternisa jusqu'à onze heures passées. Comme si de rien n'était, on y débattit sans ardeur de tas de points de détail qui n'avaient rien à voir avec la grande affaire du moment. On s'appliqua à faire durer autant qu'on le put tant la conscience était grande de ce qui allait inévitablement se produire. Il fallut bien pourtant qu'on en finisse. Les regards étaient angoissés quand Souvert dut se résoudre à prononcer les mots habituels.

— La séance est levée, dit-il sur un ton sépulcral tout en portant un regard de défi sur ceux qui n'attendaient que ça, au banc du public.

— Monsieur le maire ! clamèrent simultanément les présidents des deux associations.

S'ensuivirent des propos tellement entrecroisés et vociférants que personne ne put en démêler le sens. Souvert en profita pour se lever. Il contourna rapidement la table du conseil. Ses adjoints l'encadraient et les conseillers, plus ou moins attentistes, en leur emboîtant le pas, diluèrent dans leur masse le petit groupe des contestataires. Ils eurent beau crier, vitupérer, rien n'y fit. Souvert remportait haut la main la première manche. Il ne se faisait pour autant aucune illusion. Le bruit que faisait la foule amassée devant la mairie l'avait averti depuis longtemps de ce qui l'attendait. D'un pas décidé, toujours suivi de près par ses adjoints et par les conseillers, il sortit.

Le perron était bloqué par des dizaines de manifestants et l'on se pressait dans la rue malgré l'heure tardive. Il y eut un bref instant de flottement. Les grands chefs, qui avaient voulu assister au conseil, n'avaient pas pu prendre les devants. Ils étaient coincés dans le couloir de la mairie par le bloc compact des conseillers eux-mêmes empêchés de sortir.

— Des noms ! cria une voix dans la foule, au pied du perron. A qui appartiennent les empreintes digitales de la bûche ?

— Ça suffit, Souvert ! hurla un autre contestataire. Assez de mensonges. On veut savoir. On veut en finir avec cette affaire.

— Oublie-nous avec ta chapelle. Tout vient de là !

— Laisse le pays vivre en paix !

— Tu dois faire libérer Samuel Rabaut !

Ça partait dans tous les sens. Debout face à la foule, Souvert laissait venir. Il n'était pas disposé à répondre trop vite. Dans son dos, les responsables qui s'étaient fait piéger jouaient des coudes pour parvenir à sortir alors qu'adjoints et conseillers leur faisaient barrage.

— L'« objet », Souvert ? tonna une voix. On en est où ? Faudra bien que tu dises, à la fin des fins.

Il fit un pas en avant. Le moment était peut-être venu de parler.

— Il a été transmis à qui de droit, dit-il d'une voix forte. Ce n'est pas moi qui décide. Je ne peux que transmettre et c'est ce que j'ai fait. Comme pour les empreintes.

— Qu'est-ce qui nous le prouve ? Depuis le temps...

On allait tourner en rond. Qu'avait-il à répondre à des questions comme celle-là ? Il voulut tenter une explication.

— L'enquête était close. Il faut la rouvrir. C'est au juge de trancher, pas à moi. Vous vous trompez...

Il y eut un grand bruit sur sa gauche, des cris. Madame la présidente de l'ARAV, par ailleurs grande théoricienne de l'« authenticité » des valeurs locales, lassée d'être bloquée dans le couloir de la mairie, venait de renoncer à forcer le passage. Revenant dans la salle du conseil, elle en avait ouvert une des fenêtres, l'avait franchie et, n'écoutant que son courage, n'avait pas hésité à se laisser tomber dans la foule amassée au pied du perron. Il y eut un début de bousculade, encore des cris.

— Ecartez-vous ! cria quelqu'un. Il y a une blessée. Ecartez-vous. Vous ne voyez pas que vous la piétinez ?

Souvert se tourna vers l'un de ses adjoints.

— Les pompiers, vite. Appelle-les. Dis-leur de se presser.

Il se retourna vers l'autre adjoint.

— La gendarmerie. Préviens-les. Qu'ils fassent vite.

Puis il avança résolument vers la foule et entreprit de rejoindre l'endroit où gisait une forme autour de laquelle quelques personnes s'évertuaient à éloigner les curieux. On s'écarta devant lui, mais un des hommes parmi les plus résolus lui barra la route.

— Souvert, te sauve pas. Tu en as encore à nous dire.

D'un geste brutal, il le repoussa.

— Maintenant, ça suffit. Vous avez fait assez de conneries comme ça. Je n'ai pas à obtempérer à tes ordres. J'ai à m'occuper des habitants de ce village.

Il passa. L'autre le rattrapa par la manche de sa veste et l'obligea à lui faire face. Souvert, déchaîné, lui décocha à la volée un grand coup sur le côté de la tête. L'homme vacilla, mais revint presque aussitôt à la charge. Il n'eut pourtant pas le temps d'aller au bout de son geste. La foule s'était interposée et le contenait tout en laissant Souvert continuer son chemin vers la blessée. La sirène de la voiture des pompiers retentit au moment où il s'agenouillait près de la présidente de l'ARAV. Recroquevillée sur le trottoir, elle geignait en se tenant la jambe qu'elle s'était peut-être bien cassée à la suite de son saut héroïque.

— Ne vous inquiétez pas, madame. Les pompiers arrivent. Ils vont s'occuper de vous. Ce ne sera rien.

Quand la camionnette des gendarmes atteignit Saviniolet, il n'y avait presque plus personne devant la mairie. Les conseillers municipaux et la plupart des manifestants s'étaient évaporés. Seuls ses deux adjoints restaient avec le maire ainsi que quelques badauds qui répétaient à qui voulait l'entendre qu'ils étaient outrés par ce qui venait de se passer sans qu'on sache très bien de quel bord ils étaient.

Antoine Souvert s'excusa auprès des deux gendarmes de les avoir fait se déplacer pour si peu, mais il se fit un plaisir de répondre à leurs questions et de signer une déposition en bonne et due forme. Somme toute, il ne s'en sortait pas si mal que ça.

21

S'ensuivit une période d'un calme étrange que l'on sentait parcouru d'innombrables tensions. Ce n'était bien entendu qu'un répit. Après cette manifestation qui avait tourné court, la confusion était à son comble. Qui défendait quoi ? Que reprochait-on au maire ? Chacun campait avec obstination sur sa version des événements et bien rares étaient encore ceux capables d'accorder la moindre attention aux propos de leurs prochains.

On était dans l'œil du cyclone. La tourmente allait inévitablement reprendre. Il fallait au plus vite lâcher du lest si on ne voulait pas que tout cela tourne au naufrage. L'affaire avait évidemment fait grand bruit. Dès le surlendemain, elle s'étalait à la une du journal régional agrémentée de photos prises au cœur même de la mêlée provoquée par la défenestration volontaire de madame la présidente de l'ARAV. Le rédacteur de l'article n'avait pas assisté à la scène, mais il lui avait suffi, en se la faisant raconter, de prospecter quelques détenteurs de téléphone portable qui avaient eu le bon réflexe. L'effet était saisissant. Même la mauvaise qualité des documents participait à une dramatisation tout à fait réussie.

Une fois encore, on s'était arraché l'édition du jour pourtant largement distribuée dans les points de vente. On la commentait sur les trottoirs, dans les magasins ou au bar, mais en prenant bien soin de ne s'intéresser qu'à la performance journalistique. Ce jour-là, le rédacteur de ce reportage pathétique dut entendre ses oreilles siffler. Il était le bouc émissaire tout trouvé. A commenter son travail, on ne risquait pas de déraper vers des propos plus engagés. Comme, à de rares exceptions près, on ne savait plus très bien qui pensait quoi, mieux valait rester prudent si on ne voulait pas se brouiller avec la moitié du pays.

Ce n'était pourtant pas l'envie de prendre parti qui manquait, mais on attendait que se produise l'incident, le petit accrochage, à moins que ce ne fût un nouveau coup de théâtre qui, nécessairement, allait remettre le feu aux poudres. L'attentisme était tel que même le maire put se permettre de laisser sa voiture sur la place et de rejoindre à pied la mairie sans que qui que ce soit ose l'interpeller.

Ce jour-là, il s'autorisa même à aller jusqu'à l'épicerie où l'on vendait le journal. Il le tenait ostensiblement sous le bras en revenant vers la mairie.

— Tu sais ce qu'il y a dedans ? lui demanda un de ses administrés.

— Non, mais je m'en doute.

— Tu ne vas pas être déçu du voyage !

Antoine Souvert remercia en riant et parvint à ne rien perdre de son flegme apparent tant qu'il fut sous le regard de la rue. Il traversa le secrétariat en saluant les gens qui s'y trouvaient à sa façon toujours aussi aimable, et referma la porte de son bureau derrière lui. Il prit le temps d'aller suspendre son manteau à la patère, d'écarter le rideau pour s'assurer que rien ne se passait sur la place, puis il vint s'installer dans son grand fauteuil en skaï noir. Comme chaque matin, la secrétaire avait déposé le courrier sur son buvard. Il y jeta un coup d'œil rapide, n'y vit rien qui puisse être de nature à lui faire différer la lecture de son journal. Il l'ouvrit donc en grand à la page locale, en resta un instant pétrifié, puis émit un petit sifflement d'admiration.

— Vieux, ils ont fait fort ! marmonna-t-il en se laissant aller contre le dossier de son siège.

Ça ne pouvait plus durer. Il fallait qu'on s'en sorte par un moyen ou un autre. Mais il n'était plus maître du jeu. Il avait fait le nécessaire pour que le dossier de l'affaire soit rouvert. Rien pourtant ne bougeait du côté des forces de police, et il se sentait assez mal à l'aise à l'idée de les relancer puisque c'était lui-même qui, au printemps dernier, avait fait en sorte que l'enquête soit close. Hormis celui de Samuel, on ne lui avait pas donné explicitement les noms des personnes dont les empreintes digitales avaient été relevées sur la désormais célèbre bûche. Et il n'avait pas demandé qu'ils lui soient communiqués, bien qu'il sût que les enquêteurs les détenaient. On lui en faisait certainement le reproche.

Cette pleine page du journal n'allait certainement pas lui faciliter les choses. A moins que… Après tout, il y avait peut-être là une occasion à saisir. Cette dramatisation pouvait bien servir sa cause pourvu qu'il l'utilise à bon escient. Il se pencha sur l'article et le parcourut rapidement. On devinait la prudence du journaliste qui avait pondu son texte avec, pour seule matière, les quelques récits des événements qu'on avait dû lui faire par téléphone. Mais il n'y avait rien là-dedans qu'il ne puisse assumer. Il se renversa à nouveau dans son fauteuil et, les mains jointes devant la bouche, pesa quelques instants encore le pour et le contre. Puis il se décida. Il décrocha son téléphone et composa le numéro de la sous-préfecture. Du standard au secrétariat, puis de ce dernier au bureau du sous-préfet, il n'eut pas trop à attendre.

— Monsieur le sous-préfet ? Antoine Souvert, maire de Saviniolet à l'appareil.

— Monsieur Souvert ! Je ne veux pas dire que j'attendais votre appel, mais enfin, il ne me surprend guère ! Que puis-je pour vous ?

En évitant de trop dramatiser, il brossa rapidement un tableau de la situation assez sombre tout de même pour que le représentant de l'Etat y voie quelques raisons de s'en mêler.

— Ce qui me surprend, conclut Souvert, c'est le silence des enquêteurs. Je leur ai transmis le fameux « objet » qui m'a été adressé. Je leur ai demandé de reprendre l'enquête au vu de ces nouveaux éléments, mais je ne vois rien venir.

— Rouvrir une enquête close depuis plusieurs mois n'est pas une procédure simple, monsieur le maire. Vous le savez.

— Euh... Oui, monsieur le sous-préfet, je le sais. Mais les esprits s'échauffent.

— L'erreur a peut-être été de conclure un peu vite, au printemps dernier. Vous ne pensez pas ?

Souvert était sur des charbons ardents. Le sous-préfet se vengeait par avance de ce qu'il allait lui demander. Il lui ferait boire le calice jusqu'à la lie.

— Oui... Peut-être, dut-il admettre. On a conclu un peu vite.

Le sous-préfet avait entendu ce qu'il voulait entendre. Ça pourrait être utile dans des combats à venir. Il pouvait conclure.

— Et vous voudriez que j'intervienne ?

— Eh bien... Si c'était de nature à faire avancer les choses...

— Je vais voir ce que je peux faire. Et je vous tiendrai au courant.

Avant même que ses occupants en soient descendus, le break Peugeot gris foncé qui vint se garer sur la place, juste en face du café, avait attiré l'attention. Une nouvelle poussant l'autre, depuis trois jours, le journal qu'on épluchait chaque matin semblait avoir oublié Saviniolet et son actualité brûlante. On en venait presque à s'ennuyer. Alors, faute de mieux, on observait cette voiture étrangère venue se ranger par le plus grand des hasards juste à côté de celle du maire.

Les deux hommes qui en sortirent auraient été bien surpris s'ils avaient pu juger du regain d'attention que suscitèrent leurs seules silhouettes. Le chauffeur pouvait avoir une quarantaine d'années, son passager une petite dizaine de moins. L'un et l'autre d'allure sportive, en blousons de jean, ils auraient eu fort à faire pour qu'on ne les catalogue pas aussitôt.

— Des flics ! dit quelqu'un au bar du café sur le ton dont on use pour prévenir de l'imminence d'une grande catastrophe.

Il n'y eut personne pour le contredire. Sans qu'ils s'en doutent, autant de paires d'yeux qu'il y avait de consommateurs dans le café détaillèrent chacun de leurs gestes pendant qu'ils prenaient leurs serviettes sur le siège arrière de la voiture, qu'ils la fermaient et qu'ils se dirigeaient sans se presser vers la mairie, échangeant ce que l'on imagina être les derniers détails de la stratégie qu'ils allaient appliquer à leur entretien avec le maire.

Quand il fallut bien se résoudre à aller à la soupe, ils n'étaient toujours pas ressortis. On avait bien vu la secrétaire filer vers sa voiture. On serait bien allé lui demander ce qu'il en était. On n'avait tout de même pas osé, d'autant plus qu'elle n'en savait probablement rien et que, de toute façon, celle-là, pour la faire parler...

On passa le mot aux quelques artisans qui déjeunaient là. On alla vite se mettre les pieds sous la table et, dès que l'on put, on se dépêcha de revenir pour le café. La voiture des présumés enquêteurs n'était plus là, celle du maire non plus et on n'en savait rien de plus. Mais la nouvelle avait couru jusqu'aux écarts les plus lointains. Il y avait foule au bar et autour des tables. Les spéculations, éteintes par le traumatisme de la bousculade, au soir de la réunion du conseil municipal, et par l'article du journal, reprenaient bon train.

— Sûr, ils ont identifié quelqu'un, estimait-on assez couramment.

— S'ils avaient un nom, ce ne serait pas à la mairie qu'ils seraient venus. Ils seraient allés le cueillir directement, le loustic, pensaient d'autres.

Autour de ces deux points de vue opposés, toutes les variantes étaient possibles et s'exprimaient dans un joyeux brouhaha. Mais l'essentiel restait dans le non-dit. Chacun ou presque avait son idée. Le ou les suspects, ils en auraient juré, c'étaient... Mais non, pour rien au monde on n'aurait lâché un nom. On saurait bien assez tôt. Il serait alors temps de jurer qu'on l'avait bien dit !

Le break Peugeot gris ne réapparut qu'en milieu d'après-midi. Encore ne fit-il que traverser rapidement le bourg sans ralentir. Au café, les effectifs s'étaient fortement éclaircis. « C'est qu'on n'a pas que ça à faire », avaient ronchonné en partant ceux qu'appelaient impérativement leurs occupations. Les retraités et les quelques oisifs qui avaient pu tenir bon en furent presque tous pour leurs frais. Ce fut à peine si ceux qui étaient au plus près de la fenêtre et qui s'étaient retournés à temps avaient pu voir deux silhouettes à l'arrière de la voiture.

— Ce coup-ci, c'est bon ! s'exclama l'un d'eux. Ils en ont pincé deux.

Avec ça, on était plus avancé ! Qui ça pouvait bien être ? Et d'ailleurs, suffisait-il de se trouver aux places arrière d'un break supposé appartenir à la police pour faire un suspect ? Comme de juste, le maire était resté invisible. La soirée et la nuit risquaient d'être longues ! On épilogua, on échafauda des tas d'hypothèses. Les téléphones portables furent mis à contribution, mais en vain. On était pourtant bien trop au fait des façons ordinaires de faire pour se résigner à l'idée que rien ne s'était passé.

La loi du silence s'appliquait dans toute sa rigueur. Il fallait se faire une raison. On avait beau palabrer, remuer ciel et terre, on n'en saurait pas plus ce soir-là. On finit par se séparer, sans joie. Bien sûr, inévitablement, dès demain, on aurait le fin mot de l'histoire. Ce genre de secret ne tenait jamais au-delà d'un après-midi et une nuit. Mais rien qu'à l'idée de tant d'heures à tuer dans l'expectative, on traînait la jambe et on regrettait toute la pesanteur de la vie.

Il n'y eut guère que les plus matinaux, le lendemain, pour avoir le privilège d'en apprendre plus. Ils n'étaient encore que trois ou quatre, au bar du café, à déguster leur petit noir, quand surgit à grand bruit le tracteur forestier de François Arangaud. Qu'il déboulât ainsi dans le pays dès potron-minet et qu'il garât ostensiblement son volumineux engin, deux roues sur le trottoir, juste en face du café était en soi un événement. L'homme était plutôt à rechercher, ordinairement, au plus profond des bois. Sans prendre la peine d'arrêter le moteur de sa machine, il fit irruption dans la salle avec une telle énergie qu'il en pulvérisa la somnolence dans laquelle elle baignait encore.

— Mets donc moi vite un petit café, que je suis pressé.

— T'es donc convoqué par les flics, que tu cours si vite vers la vallée ? l'apostropha un des consommateurs, trahissant du même coup l'obsession qui les habitait tous.

Le forestier s'immobilisa et tourna vers le curieux un regard où se mêlaient étonnement, interrogation et pas mal de méfiance.

— Pourquoi tu dis ça ?

— Ne dis pas que tu n'es pas au parfum. Les flics, ça court les rues, maintenant, à Saviniolet.

L'homme des bois baissa le front. Il parut indécis. Et si, des fois, on se fichait de lui ? Il avait pourtant à dire. Ce n'était pas pour rien qu'il avait fait le détour du bourg, sur le chemin de ses chantiers. Est-ce que ça se garde pour soi, une affaire comme celle-là ? De quoi il aurait l'air s'il ne disait rien ?

— Parce que ça vous amuse, vous ? M'ont assez fait perdre de temps.

L'intérêt s'éveilla soudain dans les regards. Ça voulait dire quoi, cette remarque sibylline ?

— Ah bon ? Ils t'ont fait perdre du temps, les flics ?

Par-dessus le bord de sa tasse à café, sourcils froncés, François Arangaud continuait à observer ses voisins de bar avec méfiance. Il avait du mal à croire qu'aucun d'eux ne soit au courant. Il y avait pourtant tant de curiosité avide dans leurs regards qu'il dut se rendre à l'évidence. En faisant le détour, il n'aurait donc pas perdu son temps.

— Parce que, pour toi, c'est juste de la rigolade, d'aller passer un après-midi à la cabane à poulets ?

— Non ? C'était donc toi ?

— Mais qu'est-ce qu'ils te voulaient ?

— Et l'autre avec toi, c'était qui ?

Cette fois, il était à son affaire. Ça ne lui déplaisait pas de se retrouver ainsi au centre de leur monde. Ça le payait de quelques jours de solitude, là-haut, dans les bois, dans la seule compagnie de son tracteur et de sa tronçonneuse. Il laissa s'épuiser le flot des questions, prit le temps de finir son café, puis s'adossa au bar.

— L'autre avec moi, c'était Simon, le petit gars avec qui je travaille, celui qui fait bûcheron. Vous le croirez si vous voulez, mais ils nous ont embarqués tous les deux, comme je vous le dis. Direction, leurs bureaux.

— Et pour quoi donc ? Ils vous reprochaient quelque chose ? Ce serait-il que tes stères, tu les aurais un peu trafiqués ?

— Arrête donc, tu veux ? Mes stères, trafiqués ? Et puis quoi encore ? N'empêche, vieux gars, quand tu manipules du bois de chauffage, par les temps qui courent, tu ferais mieux de mettre des gants.

Il y eut un grand silence. Les empreintes... C'était donc ça.

— Ils ne vous ont tout de même pas accusés de l'avoir trucidé, le Magnancourt ?

— Penses-tu ! Ce n'est tout de même pas de notre faute si on a laissé nos empreintes sur le bois que Simon a abattu et que nous avons transporté ensemble jusqu'à la maison neuve.

— Ben alors ?

— Ben alors, c'est simple. Ils en cherchaient un autre. Mais, celui-là, apparemment, ils l'ont loupé.

— Qui ?

— Ce que j'en sais. Ils se sont bien gardés de nous le dire, tu penses.

— Alors, pourquoi ils vous ont embarqués ?

— Fallait bien qu'ils justifient leur journée. Ils auraient eu l'air malins de rappliquer bredouilles vers leur patron. Un après-midi de perdu rien que pour ça. Et crois-tu qu'ils se seraient excusés ? Remarque, ils nous l'ont tout de suite dit. « On sait bien que ce n'est pas vous », qu'il faisait, le plus vieux des deux. « Mais, rien à faire, vos empreintes, elles sont sur la bûche, il faut qu'on enregistre votre déposition. » J'ai eu beau lui dire que je n'avais pas que ça à faire, que le Simon non plus, qu'on avait du boulot, que leur déposition, on pouvait aller s'installer chez moi pour qu'ils l'écrivent. Rien voulu savoir. Il a fallu qu'on les suive.

— Ils vous ont ramenés, au moins ?

— Encore heureux. Pour ce que ça leur coûte, à ces gars-là, un voyage de plus ou de moins...

C'était fini. Il pouvait repartir, le François. On avait ce qu'on voulait et même plus.

— Oh ! Ton tracteur, dehors, tu ne sens pas ? Ça pue le diesel.

Il comprit. Son instant de gloire était passé. Il n'avait plus qu'à redisparaître dans les profondeurs de ses forêts.

— A ton idée, tenta tout de même l'un d'eux alors qu'il faisait tinter sa monnaie sur le zinc. L'autre, celui qu'ils ont loupé, à ce que tu dis, ça peut être qui ?

Il eut un instant d'hésitation. Son regard se planta brièvement dans les reflets des bouteilles alignées devant lui, de l'autre côté du bar. Ils étaient tous suspendus à ses lèvres. Il l'avait, son idée, bien sûr, mais il se contenta de hausser les épaules.

— Ce que j'en sais, moi. A vous de voir.

L'instant d'après, il était dans la cabine de son engin qui éructa généreusement un gros nuage de fumée noire et malodorante quand il enfonça l'accélérateur.

22

A l'heure de l'apéro, la nouvelle avait fait le tour de tout le pays. Au moment où, rentrant du travail, on s'arrête bien moins pour consommer que pour la convivialité des rencontres et l'échange des nouvelles, le café connaissait une affluence digne des grands jours.

Ce n'était pourtant pas l'aventure de François Arangaud et de Simon, son bûcheron qui nourrissait les conversations. Ils avaient perdu un peu de temps... La belle affaire. On n'allait tout de même pas s'arrêter à une simple déposition sous prétexte qu'ils avaient manipulé quelques stères. C'était leur métier, après tout.

En revanche, le nom de celui que les enquêteurs avaient manqué, selon le peu qu'en avait dit le forestier, nourrissait un suspense qui rendait l'ambiance électrique. Curieusement, les tensions semblaient s'être relâchées. De diffuse, la chasse s'était focalisée sur un seul homme. Or, celui-ci s'était apparemment évanoui dans la nature. Ce ne pouvait donc pas être l'un ou l'autre des présents qui ne se dissimulaient absolument pas. On pouvait donc à moindre crainte lancer des hypothèses et échafauder toutes les théories possibles et imaginables. On ne s'en privait pas. Tout cela se croisait et s'enchevêtrait dans un tel tohu-bohu que les pires soupçons finissaient par se banaliser et ne même plus être vraiment entendus.

Il y eut tout de même un moment de flottement et de silence perplexe lorsque quelqu'un dit avoir remarqué que la voiture de Serge Vinalet n'était plus sur le parking devant la scierie. Et ce fut bien pire lorsqu'un autre se réveilla en se frappant le front.

— Mais bien sûr ! Faut-il que je sois bête. On est tellement habitué, on ne fait plus attention. Sa voiture, au Serge, elle est chez lui, dans sa cour, là où il la laisse toujours. Je suis passé devant ce matin sans même faire attention. C'est maintenant que vous le dites...

Tiens donc ! Il serait revenu, le Serge ? Drôle de réapparition, tout de même, pile au lendemain du débarquement des flics. L'instant d'avant, il en était pour aller jusqu'à se demander si ce n'était pas lui, justement, que les enquêteurs cherchaient à coincer. Ceux-là en étaient pour leurs frais, mais ça ne résolvait rien.

Une fois de plus, le maire n'était pas apparu de toute la matinée. On était là à s'exaspérer de ne rien savoir et personne pour dire... Pas normal. On l'a élu, oui ou non ? Après tout, c'est qu'il a des comptes à rendre. Comme il fallait bien un exutoire à toute cette excitation, on tomba presque d'accord sur l'urgence qu'il y avait, une fois de plus, à obtenir qu'il parle.

— Peut-être qu'il est chez lui. On n'a qu'à lui téléphoner.

— Et tu penses qu'il va te répondre ! Trop futé. Tu auras le répondeur ou alors madame. Et tu demanderas quoi ?

On ne s'en sortirait pas. Il n'y avait rien d'autre à faire que de continuer à attendre. Les rangs s'éclaircirent. La pause de midi vida peu à peu le café.

— Bof, dit un des derniers à traîner autour de son verre vide, j'ai bien ma petite idée, mais...

— Dis toujours.

— Tu n'as pas remarqué ? Depuis tout le temps que ça dure, cette affaire-là, le Gaston Bedaret, on ne l'a pas revu une seule fois...

— Et alors ?

— Des fois...

Il ne voulut pas en dire davantage. La soupe attendait. On se dit à ce soir et on se sépara.

Serge était rentré dans la nuit. Claudine l'attendait, un peu tendue.

— Tu crois que c'est prudent ? s'alarma-t-elle en revenant aux réalités après s'être abandonnée au bonheur de pouvoir enfin se blottir dans les bras de son mari.

— Quoi ? De revenir maintenant ? Qu'est-ce que tu veux qu'il arrive ? Chacun son tour de devoir filer. A cette différence près que, moi, je peux revenir la tête haute.

Elle ne chercha pas à en savoir davantage. Elle savait qu'il avait son plan et qu'il n'en démordrait pas. Il attendit tout de même que les enfants soient réveillés. Il voulait avoir le plaisir de passer quelques instants avec eux avant qu'ils ne partent à l'école. Quand il fallut qu'ils y aillent, il prit brièvement Claudine dans ses bras.

— Emmène-les. A ton retour, je ne serai plus là. Ma voiture, tu la laisses où elle est. Il faut qu'elle soit vue. Ne cherche pas à savoir où je vais. Ne t'inquiète pas. Il ne peut rien m'arriver.

— Je te reverrai quand ?

— Dans la journée... Cet après-midi, ce soir, je ne sais pas. Mais surtout ne t'inquiète pas.

— Tu ne veux rien me dire ?

Il la contempla un bref instant, lui posa un rapide baiser sur la bouche.

— Non. Je ne peux pas, mais tu comprendras vite. Il n'y en a plus pour longtemps.

Les enfants s'impatientaient dans la voiture de la jeune femme. Elle dut y aller. Il attendit qu'elle se soit éloignée, puis partit à pied vers la place du travail.

Antoine Souvert attendait chez lui. Il fronça les sourcils lorsque, depuis la fenêtre du salon d'où il surveillait sa cour, il vit entrer une vieille Renault un peu délabrée. Un gêneur ? Ce n'était vraiment pas le moment. Il était sur le point de se diriger vers le vestibule, prêt à éconduire l'importun, lorsqu'il écarta à nouveau le rideau. Il ne s'était pas trompé. C'était bien Serge qui refermait la portière du passager, pendant que, côté chauffeur, le vieux Gaston Bedaret s'extrayait péniblement de son siège.

— Ça alors, soliloqua-t-il. Ce n'était pas prévu, celle-là. Qu'est-ce qu'il va s'encombrer de ce vieux fou, le Serge ?

Il alla les accueillir.

— Content de te voir, Serge. Mais...

— Ne vous inquiétez pas. Gaston est au courant de tout. Sans lui, j'aurais été bien embarrassé.

Le maire ne semblait pas convaincu.

— Je vous expliquerai, dut insister Serge. Les enquêteurs ne sont pas là ?

— Je pense qu'ils ne vont pas tarder. Je leur ai indiqué un détour pour qu'ils n'aient pas à traverser le bourg.

Serge sourit. La bonne ambiance...

— Alors ? demanda Souvert avec gourmandise en leur indiquant des sièges qui entouraient un joli petit guéridon sur lequel s'épanouissait un gros bouquet de fleurs.

— Alors ! répéta Serge. Eh bien, me voilà revenu.

— Mais attends. Si ce n'est pas indiscret, pourquoi as-tu disparu comme ça, et pourquoi réapparais-tu maintenant ?

Serge ne paraissait pas trop décidé à se lancer. Après tout, à quelques jours de là, le maire montrait bien moins de sollicitude pour ce qui pouvait lui arriver. Il eut un bref regard vers la cour. Rien ne s'y passait.

— Bon, j'aurai à répéter pour les flics, mais tant pis, ce n'est pas grave. Imaginez-vous que, si j'ai disparu, c'est parce que le propriétaire légitime du mètre souple que je vous ai fait parvenir a compris ce qui allait se passer. Et – le croiriez-vous ? – ça le mettait un peu en colère contre moi.

— Et maintenant, tu ne crains plus rien ?

Serge dévisagea Souvert. Se moquait-il de lui, faisait-il la bête où ignorait-il vraiment la vérité ? Il choisit de rester évasif.

— Le risque que nous nous trouvions nez à nez est minime. Mais, risque ou pas, il fallait bien que, le moment venu, je sois là pour préciser quelques points essentiels.

— C'est-à-dire ?

— Là, monsieur le maire, je crains de devoir attendre que nos amis les policiers nous aient rejoints.

Souvert pinça les lèvres mais ne s'appesantit pas. Il était bien placé pour savoir que Serge se méfiait de lui.

— Et toi, Gaston, on peut savoir ce qui t'amène là ?

La consigne avait dû être donnée. Gaston, les mains croisées sur le ventre, bien calé au fond de son fauteuil, se contenta de sourire. Ce fut Serge qui répondit à sa place :

— Depuis le début, le seul qui m'ait aidé, c'est Gaston. De tout le temps où j'ai dû m'absenter, il m'a tenu au fait de tout ce qui se passait dans le pays, jusqu'aux moindres détails. C'est lui qui est venu me chercher, hier, à la gare du TGV. C'est lui qui m'a déposé auprès de ma voiture qui attendait sur le parking de la scierie. Et, sans lui, tout le pays serait déjà informé de ma visite chez vous. De mon côté, je ne lui ai rien caché.

— Ce qui veut dire...

— Ce qui veut dire qu'il sait qui a tué Francis Magnancourt.

— ... Qui tu dis être l'assassin de Francis Magnancourt.

— Si vous préférez. De toute façon, on ne tardera pas à savoir.

Une voiture entrait dans la cour. Ils allèrent au-devant des deux policiers. C'était Serge qui les avait contactés et qui leur avait proposé ce rendez-vous chez Antoine Souvert. Si la démarche les avait surpris, ils n'en avaient rien laissé paraître. Serge était réputé savoir assez de choses pour que la forme qu'il entendait donner à leur entretien passe au second plan. Souvert avait été plus réticent. Toujours la crainte que ça se sache... Mais Serge s'était montré ferme. Il avait cédé.

Les présentations furent vite faites. On se réinstalla. Le maire crut de sa fonction d'introduire le débat. Le plus âgé des deux inspecteurs eut tôt fait de l'interrompre :

— Vous n'étiez pas chez vous, monsieur Vinalet, ces jours-ci ?

— Non, ni chez moi ni à mon travail. Disons que j'avais jugé préférable de prendre du champ !

— On peut savoir pourquoi ?

— Comme je viens de le dire à monsieur le maire, le légitime propriétaire du mètre souple qu'il vous a transmis ne me pardonnait pas de le lui avoir subtilisé !

— C'est donc vous qui avez réalisé et mis en place les fameuses affichettes ?

Serge échangea un regard amusé avec Gaston.

— Moi et quelques autres.

— Vous semblez savoir beaucoup de choses, monsieur Vinalet.

— Maintenant, je peux dire oui.

— Pourquoi « maintenant » ?

— Parce qu'il m'a fallu pas mal de temps, de recherches et de chance pour que mes soupçons deviennent certitudes.

— Vous paraissez bien sûr de vous.

— Je crois que je peux l'être.

— Alors, voyons ça. Vous accusez un homme d'avoir été présent dans l'écurie de monsieur Magnancourt au moment des faits et d'être celui qui a porté le coup fatal. Qu'est-ce qui vous fait dire ça ?

— Monsieur le maire en a bien ri, mais c'est pourtant une enfant de huit ans, la fille de Francis Magnancourt qui m'a révélé l'existence de cet homme. Malgré son âge et le fait que sa mère se retrouve sous le coup d'une inculpation dans cette affaire, je la connais suffisamment, la petite Julie, pour ne pas avoir douté un seul instant de ce qu'elle affirmait. Ce n'est pas pour autant que vous y auriez apporté plus de crédit que monsieur Souvert, si j'étais venu vous trouver avec ça. Ajoutons que, si elle m'a soutenu avoir déjà vu cet homme, elle ne savait pas qui il était. Je passe sur les nombreux détails qui forgeaient ma conviction que Samuel ne pouvait pas être l'assassin de Francis à qui il portait une grande amitié, pas plus qu'il ne pouvait être l'amant d'Elodie. Bref, tout en amassant des indices, des détails dont aucun ne faisait une preuve, j'ai longtemps tourné en rond. Pour moi, la présence et vraisemblablement la culpabilité de cet homme ne faisaient plus de doute, mais j'ignorais toujours qui il était. Jusqu'au jour où j'ai reçu ceci.

Sous l'œil curieux des deux inspecteurs et du maire, il prit son temps pour sortir une enveloppe de sa poche. Il la défroissa du plat de la main et la donna au policier qui lui tendait déjà la main. Gaston jubilait dans son coin. Souvert s'était redressé dans son fauteuil et se tenait très raide, sans prendre garde aux mouvements nerveux de ses doigts. L'homme sortit précautionneusement de l'enveloppe une feuille de papier pliée en quatre. Il l'ouvrit et écarquilla les yeux.

— Eh bien, dites donc ! C'est quoi, ça ?

— Une lettre anonyme, monsieur l'inspecteur, comme vous pouvez le voir. La syntaxe et l'orthographe sont approximatives, mais elle ne nécessite tout de même pas une traduction. Elle porte, comme vous pouvez le voir, une accusation précise. Compte tenu de son anonymat, elle n'aurait fait que s'ajouter à mes présomptions sans constituer une preuve formelle si un détail ne s'y était pas joint.

— Ah oui ? Et quel détail ?

Serge se tourna vers Gaston :

— Tu permets ? Je peux y aller ?

Le vieux se contenta de confirmer du chef.

— Gaston Bedaret, qui m'a aidé discrètement d'un bout à l'autre de cette affaire et sans lequel je ne serais jamais arrivé à ces certitudes, m'avait rapporté, quelques jours avant que cette lettre me parvienne, les propos tenus, un soir de fête sur la place du pays, par un brave homme quelque peu... Comment dirais-je ? Un peu saoul, quoi, qui affirmait exactement la même chose. Je suis allé le trouver. Il a commencé par nier être l'auteur de cette lettre. J'ai dû beaucoup insister. C'est en fin de compte en jouant de la corde de ce pauvre Samuel emprisonné à la place d'un autre que j'ai fini par le faire craquer. Il n'avait pas bu. Il était en chair et en os devant moi. Il m'a confirmé point par point ce que Julie m'avait déjà dit et ce que lui-même avait vu. A cette différence près que lui savait très bien qui était cet homme.

— Pourquoi ne lui avez-vous pas demandé de venir aujourd'hui ?

Serge eut malgré lui un bref coup d'œil un peu gêné vers le maire.

— C'est que... Ce n'était peut-être pas le lieu.

— Il témoignera au moins ? C'est qui cet homme ?

Gaston baissa le nez. Il avait curieusement un besoin urgent de gratter une petite tache de peinture sur l'ongle de son pouce. Serge inspira profondément. Il se redressa sur son siège et planta son regard dans celui du maire.

— C'est Fernand, le cantonnier.

Antoine Souvert ouvrit grand la bouche comme pour protester, mais il se ravisa et parut se tasser sur lui-même. Il baissa les yeux. Cela ne concernait pas le policier qui suivait imperturbablement le fil de son interrogatoire.

— Bon, il faudra qu'on aille prendre sa déposition. Il ne va pas se rétracter, au moins, votre homme ?

— Non, je ne crois pas. Maintenant qu'il m'a parlé, je pense qu'il ira au bout. Mais il y a un autre moyen de confirmer tout ça. Vous avez là quelques éléments solides. S'il en faut plus, il suffirait de montrer à Julie Magnancourt les photos des quatre personnes dont les empreintes ont été relevées sur la bûche. Je suis certain qu'elle reconnaîtra du premier coup d'œil celui qu'elle a vu frapper son père. C'est pour le coup qu'il n'y aura plus le moindre doute.

Les deux enquêteurs bondirent.

— Hou là, comme vous y allez ! Une mineure... Ça m'étonnerait que ça marche, votre combine. Il vous faudra l'accord et peut-être même la présence du juge des enfants. Et par-dessus le marché, la fille d'une mise en examen dans la même affaire... Pas gagné d'avance.

— Il y a peut-être un truc.

— Vous prévoyez tout, vous.

— Depuis le temps que ça me fait courir... J'ai téléphoné à Elodie Magnancourt. Elle-même est d'accord. Elle en a parlé à la gamine qui veut bien. Il suffirait qu'elles puissent venir ici, chez elles, à la maison neuve. Et ce n'est pas vous qui lui montrerez les photos. C'est moi qui m'en chargerai... en votre présence, bien entendu.

Les deux hommes étaient indécis. On était là à la limite de la légalité, mais la tentation était grande, pour eux, d'ajouter un tel élément à leur enquête. Leur patron leur avait bien précisé que, cette fois, après le fiasco du printemps, il ne s'agissait plus de passer à côté du moindre détail. Après tout, rien n'empêcherait le juge d'instruction de recommencer une opération similaire, mais dans le respect des formes, s'il l'estimait nécessaire.

— Attendez, reprit tout de même le plus âgé des deux. Il y a encore une chose qui me chagrine. Vous voudriez qu'on fasse ça chez les Magnancourt ? C'est un peu gênant, tout de même.

— J'y ai pensé, dit Serge avec un sourire d'excuse.

— Allons-y !

— C'est très simple. Il suffit de se retrouver tous chez les voisins des Magnancourt, Marcelle et Justin Rabaut.

— Oh ! Je croyais qu'ils ne s'entendaient pas ? Et puis, ce sont les grands-parents de Samuel.

— Justement. C'est vrai que ça ne va pas fort, entre les Rabaut et les Magnancourt. Au moins, on ne pourra pas vous accuser d'avoir cherché à les avantager. Et puis, il y a autre chose. La petite adore Samuel et elle se fiche pas mal des brouilles des adultes. Elle s'entend très bien avec les vieux. Elle était toujours fourrée à la ferme. Elle sera en confiance chez eux. Je leur en ai parlé. Ce sont des gens brisés. La chapelle, tout le reste, ils ne veulent plus en entendre parler. Ils ont renoncé. Sauf pour une chose : ils veulent que l'on connaisse enfin la vérité. Avec le retour de Samuel, c'est tout ce qui compte pour eux. Ils nous accueilleraient avec plaisir.

— C'est bon. Je pense que vous avez déjà tout organisé ?

— Non. J'attendais votre accord.

— C'est aimable à vous. Eh bien, allez-y et tenez-nous au courant.

23

Pourvu que ce soit pour le bien de Samuel, Marcelle était prête à tout. Justin se montra beaucoup plus réticent. Pour qu'il le laissât aller jusqu'au bout de son discours, il fallut bien que ce soit Serge, en qui il avait une absolue confiance, qui vienne lui formuler cette stupéfiante demande. Tout autre se serait vu indiquer le chemin de la porte sans discussion possible.

Recevoir ainsi des policiers dans la vieille demeure des Rabaut... Serge eut à expliquer longtemps pour que le vieux finisse par admettre qu'il n'y avait aucun déshonneur à ouvrir sa porte à des représentants de l'ordre. Encore dut-il promettre qu'il s'agissait d'enquêteurs en civil et non de gendarmes en uniforme, et que leur voiture ne porterait aucun signe distinctif. Des fois qu'un voisin la voie en passant par là...

« Un coup à faire croire à une mauvaise affaire... Je n'ai rien à me reprocher, moi. »

Et le maire... Ça lui frisait le poil, le vieux, d'avoir à envisager de recevoir Antoine Souvert.

« C'est lui qui l'a enfoncé, mon gars, renâclait-il. Et maintenant, il faudrait qu'il vienne s'installer là, à ma table... »

Non, bien sûr, la présence du maire n'était pas indispensable. Mais Serge y tenait. Justement parce que Souvert s'était trop vite accommodé de la culpabilité présumée de Samuel. Il fallait qu'il soit là, qu'il assiste à ce qui allait se passer. Après, il ne pourrait plus faire celui qui doute.

« Vous comprenez, argumentait Serge, après la vie qu'il m'a menée, je suis méfiant. Et puis, il m'en a fait voir assez pour que l'idée de lui mettre un peu le nez dans son caca ne me déplaise pas. »

Justin en avait bien rigolé. C'était bon signe. Mais Serge ne voulait pas qu'il n'acceptât que pour lui faire plaisir. Il fallait qu'il soit convaincu de l'utilité de ce qu'il lui demandait. Depuis qu'il avait décidé de faire une croix sur tout ça et qu'il avait clamé haut et fort sa résolution, Justin n'était plus le même. En s'enfermant dans une neutralité bougonne, il avait abdiqué l'héritage des Rabaut. Ce vieux bonhomme fatigué et amer n'était plus le descendant de cette fière lignée de paysans tellement accrochés à leur terre qu'ils semblaient continuer, génération après génération, à revendiquer le droit des révolutionnaires qui l'avaient acquise. La formidable résistance au changement qu'ils avaient opposée à plus de deux siècles d'évolution avait craqué.

En renonçant du jour au lendemain à défendre ce qu'il estimait jusque-là être les droits de sa famille sur la chapelle et sur le bout de friche attenant, il était rentré dans le rang. Il n'était plus qu'un petit vieux comme les autres, ceux à qui la commission des affaires sociales de la commune apportait chaque année son colis de Noël et qui disaient gentiment merci. On en profitait pour leur détailler en long, en large et en travers tout ce que la municipalité faisait pour eux. Ils promettaient de se montrer reconnaissants et on se quittait en se disant à l'année prochaine...

Serge, fine mouche, avait beau lui soutenir que ce n'était que justice que ce soit chez lui que se dénoue le drame, réaliste, Justin voyait bien qu'ils allaient tous venir là, autour de sa table, parce que c'était l'endroit le plus neutre qu'ils aient trouvé. Il avait tant de mal à s'y faire, à cette neutralité qui était pour lui comme un renoncement. Et pourquoi pas chez le maire, justement ?

« Pour la petite, argumentait Serge. Vous comprenez, entre Marcelle et vous, dans votre maison, elle se sentira comme chez elle. Alors que chez le maire où elle n'est jamais allée, c'est un coup à lui faire perdre tous ses moyens.

— Ben alors, si c'est pour la Julie, pourquoi vous ne faites pas ça à la maison neuve ? »

Il savait bien que ce n'était pas possible. Serge lui avait longuement exposé les raisons pour lesquelles Elodie ne pourrait pas assister à la séance.

« Vous faites bien du chichi ! s'était-il exclamé. Vous n'avez qu'à rappliquer dans la cuisine, flanquer vos photos sur la table et lui dire “C'est qui, ça ?”. Elle aura tôt fait de vous répondre et on n'en parlera plus. »

Serge en était convenu, mais avait aussitôt argué que ce n'était pas lui qui décidait.

« C'est tout de même toi qui as proposé que ça se passe chez nous.

— Il fallait bien.

— Et puis d'ailleurs, ici, c'est chez Samuel. Ici aussi on peut être de parti pris. »

Serge commençait à fatiguer sérieusement, mais il fallait tenir bon.

« Oui, bien sûr, mais d'un autre côté, on sait bien que vous vous êtes retiré de tout ça. Et puis, on vous demandera de vous tenir à l'écart, de ne pas intervenir. La petite n'ignore pas que vos rapports avec ses parents n'étaient pas très bons. Mais elle sait ne pas en tenir compte. Elle vous aime bien, elle. Elle se sentira aussi bien ici que chez elle. »

Curieusement, ce fut l'argument qui emporta la décision du vieux. Marcelle avait manifesté son plaisir à entendre l'allusion de Serge à l'amitié que Julie leur portait.

« Sûr qu'elle nous aime bien, avait-elle commenté. Même qu'elle nous manque. »

Justin n'avait rien dit. Il n'avait pas cillé, mais il était clair qu'il avait lui aussi apprécié.

« Tu me promets qu'ils ne seront pas en uniforme et qu'il n'y aura pas de gyrophare sur leur voiture ? avait-il tout de même tenu à insister.

— Promis.

— Vieux, si ce n'est pas le cas, je les fous tous dehors. »

Serge avait préféré ne pas relever.

« Et ton Souvert…

— Ce n'est pas “mon” Souvert !

— Je sais. N'empêche, il n'a pas intérêt à trop la ramener. Tu pourras lui dire de ma part. »

Serge avait pu aller annoncer la bonne nouvelle au maire et aux enquêteurs. Ceux-ci avaient fait le nécessaire pour que le contrôle judiciaire, sous la contrainte duquel Elodie se trouvait encore, soit assoupli de telle sorte qu'elle puisse venir passer deux jours à la maison neuve. Il fallut encore se mettre d'accord sur une date.

Quand tout cela fut réglé, il resta à attendre. Et le temps fut long. Pris par toutes ces préoccupations, Serge n'avait pas prêté garde à l'ambiance du pays. Elle n'avait d'ailleurs rien fait pour attirer son attention. Après que sa longue disparition avait tant fait jaser, personne ne s'était avisé de manifester sa surprise en le voyant ainsi réapparaître. On avait fait comme si de rien n'était.

Le plus grand calme régnait. Il alla s'en étonner auprès de Gaston Bedaret. Le vieux eut un sourire narquois.

— Tu es naïf, toi ! Qu'est-ce que tu crois ? Ils attendent.

— Ils attendent quoi ?

— De savoir de quel côté va tourner le vent, pardi.

— Et qu'est-ce qui leur dit que le vent va tourner ?

— Parce que tu te figures qu'ils ne sont pas au courant ? Ils savent bien qu'il va se passer quelque chose. Les flics dans le pays l'autre jour, le numéro du François Arangaud au café le lendemain, ta réapparition, peut-être bien notre réunion chez le maire... Je te fiche mon billet qu'ils savent.

— Comment veux-tu ?

— Va savoir... Ils ne connaissent pas les détails, bien sûr. N'empêche qu'ils se doutent. Ils attendent. Ne va surtout pas t'y fier, à ce calme-là !

— Parce qu'ils vont faire quoi ?

— Toi, comme tu es là, tu fais l'âne pour avoir du son. Tu le sais aussi bien que moi qu'on ne peut rien prévoir. Les défenseurs du Samuel ? Ceux de l'« authenticité » du pays ? Un peu des deux ? Qui c'est qui va prendre l'initiative ? Et pour quoi faire ?

Moi, tout ce que je peux te dire, c'est que ça ne se finira pas comme ça. Ce serait trop simple.

Le vieux n'eut pas à en rajouter. Serge nourrissait les mêmes craintes que lui. S'y ajoutait simplement une certaine inquiétude personnelle. Comment serait pris le rôle qu'il avait joué dans tout cela ? Le lui reprocherait-on ? C'était moins pour lui qu'il se faisait du souci que pour sa femme et surtout pour ses enfants. Savait-on l'interprétation que les gamins donneraient aux propos qu'ils entendraient tenir par leurs parents ? Que les siens puissent avoir à en souffrir était sa véritable angoisse.

Il n'en dit rien à Claudine, mais, de tout le temps qu'il leur fallut attendre avant le jour du rendez-vous, il s'appliqua à se faire le plus discret possible. Le pire était l'incapacité dans laquelle il se trouvait d'imaginer les commentaires qui pouvaient naître de ses moindres faits et gestes.

Il ne put empêcher que, dès le matin de leur arrivée, la nouvelle de la présence d'Elodie et de Julie à la maison neuve courût comme une traînée de poudre à travers tout le pays. Les volets ouverts et la voiture dans la cour étaient des signes trop visibles pour ne pas être immédiatement relevés. On se fit vigilant et lorsque, dans l'après-midi, trois voitures vinrent se garer dans la cour de la vieille maison, on eut tôt fait de les reconnaître. Il y avait celle du maire, celle de Serge, et puis ce break Peugeot gris foncé qui avait défrayé la chronique à quelques jours de là...

Cette fois, c'était la bonne. Quant à tout ce que ce beau monde faisait chez Justin, on préféra retenir quelque temps encore les hypothèses. C'était déjà en soi une sorte de coup de théâtre, mais on saurait bien assez tôt. Le tout, maintenant, c'était de rester sur le qui-vive. La route qui longeait la vallée, juste au-dessus du hameau, connut, cet après-midi-là, une circulation hors du commun. On passait lentement, sans se cacher, et on observait, des fois qu'on pourrait voir...

L'affaire, en somme, fut vite réglée. Après que les rôles eurent été soigneusement distribués, Serge alla chercher Julie. Bien entendu, ce fut elle qui répondit à son coup de sonnette. Elle était déjà prête.

— Attends que j'aille tout de même dire bonjour à ta maman.

Elodie était dans son salon, tendue comme une corde. Elle répondit distraitement au bonjour de Serge.

— Ça va bien se passer, vous croyez ? s'inquiéta-t-elle tout de suite. Je ne sais pas si on fait bien. J'ai tellement peur de sa réaction.

— N'ayez aucune crainte, Elodie. Marcelle et Justin seront là. Ils savent ce qu'ils doivent faire. Les flics se tiendront en retrait, discrètement. C'est moi qui lui montrerai les photos. Vous l'avez prévenue ? Elle sait ce qu'elle va faire ?

— Elle ne parle que de ça depuis que je lui ai dit. Elle bout d'impatience.

— Alors on va vite y aller. Ce n'est pas la peine qu'elle attende plus. Ça ne durera pas longtemps. Je vous la ramènerai moi-même.

— Elle saura bien revenir. Elle connaît le chemin.

— Je viendrai vous raconter.

— C'est gentil.

Julie l'attendait au coin de la grille.

— Viens vite, lui dit-elle.

Elle glissa sa main dans celle de Serge et pressa le pas.

— C'est qui, les photos que tu vas me montrer ?

Il éclata de rire.

— Je ne vais pas te le dire. Sinon, ce n'est pas de jeu. Ce sera à toi de dire si tu connais ou pas.

— Oh ! Tu peux bien me dire...

— Bien sûr que non ! Ce serait tricher. Tu ne voudrais pas tricher, tout de même ?

Elle prit un petit air grave.

— Non, c'est vrai. Tu as raison. Faut pas tricher. Mais dis, après ça, il va revenir, Samuel ? Et ma maman, elle n'aura plus d'ennuis ?

— Je l'espère. Si tout se passe bien. Tu sais, ça ne dépend pas que de nous.

Elle pinça les lèvres en opinant du chef.

— Alors, nous, il faut qu'on fasse bien.

Justin les attendait sur le seuil. Du plus loin qu'elle le vit, Julie lâcha la main de Serge et s'élança. Quand Serge entra, elle était déjà passée des bras du vieux à ceux de Marcelle. Au passage, il ramassa une grande enveloppe en papier kraft qu'il avait posée sur le téléviseur. Assis au bout de la table, Antoine Souvert affectait la plus grande décontraction, mais le léger pianotage de ses doigts trahissait son impatience. Les deux policiers se tenaient discrètement dans l'ombre, au fond de la pièce.

— Alors, on y va ? dit Serge quand il estima que les effusions entre Marcelle et la gamine avaient assez duré.

Julie fut aussitôt à genoux sur la chaise qu'occupait ordinairement Justin, accoudée à la table.

— Vas-y !

Au hasard, il sortit une première photo de l'enveloppe et la plaça devant elle. Elle eut une moue d'ignorance.

— Connais pas.

C'était Simon, le bûcheron de François Arangaud. Serge posa une deuxième photo près de celle de Simon. Julie éclata de rire.

— C'est Samuel ! Tu penses bien que je le reconnais, mon copain Samuel. Allez, montre.

Une troisième photo vint rejoindre les deux premières. Elle se redressa vivement en se pressant convulsivement les poings sur la bouche.

— C'est lui ! s'écria-t-elle.

Elle voulut se détourner, mais n'y parvint pas. Le regard horrifié, les yeux exorbités, elle ne pouvait plus que fixer le portrait que Serge avait mis devant elle et qui semblait la dévisager. Ils eurent tous le geste de se précipiter. Serge, d'un signe, leur demanda de n'en rien faire. La gamine se mordait les poings. Il lui fallut un long moment pour se dominer.

— C'est lui, répéta-t-elle enfin d'une voix légèrement sourde et grave qu'on ne lui connaissait pas. C'est lui qui a tapé mon papa avec sa bûche. J'ai tout vu. J'étais dans le fenil. C'est qui ? Il criait toujours après mon papa. C'est qui ?

Elle leva un regard implorant sur Serge. Il dut être impitoyable.

— Attends. On te dira après.

Imperturbablement, comme si rien ne s'était passé, pour qu'il ne soit pas dit qu'il n'était pas allé au bout de l'épreuve, il disposa la quatrième photo, celle de François Arangaud, à côté des trois autres. Ce fut à peine si elle la regarda.

— Je ne sais pas. Pourquoi tu me montres ça ? C'est lui, je l'ai reconnu, dit-elle en revenant au cliché précédent. Dis-moi qui c'est. Tu m'as promis.

Alors que les autres approchaient doucement, il eut un drôle de hochement de tête, comme s'il trouvait dur de devoir prendre une part de la punition à son compte.

— Mon patron, dit-il. Enfin, mon ex-patron…

24

— Permettez ? demanda le plus âgé des policiers.

Il pianotait déjà sur le clavier minuscule de son téléphone portable.

— C'est bon, dit-il. C'est bien lui. La gamine vient de confirmer.

Il enfourna l'appareil dans la poche de son blouson et se tourna vers Antoine Souvert et Serge qui l'observaient.

— Paul Lavandit, dit Polo... C'est bien ça ?

Ils confirmèrent.

— Il est en garde à vue depuis hier soir à Chalon. Il se planquait chez un de ses frères. On n'a pas eu trop de mal à le retrouver. Par précaution, on lui a mis la main dessus hier soir. Pour l'instant, il nie assez mollement. Cette fois, il aura du mal à aller contre l'évidence.

Julie, encore sous le coup de l'émotion, s'était réfugiée dans les plis de la grande blouse de Marcelle.

— Et Samuel ? demanda-t-elle d'une petite voix encore un peu chevrotante. Quand est-ce qu'on le reverra, Samuel ?

Ils eurent le même geste d'ignorance.

— Ça dépend du juge.

— Ça ne devrait pas trop durer, voulut la rassurer Serge. Allez, viens. On va aller raconter tout ça à ta maman.

La gamine n'en avait manifestement pas fini. Sans quitter l'abri des bras de Marcelle, elle leva un regard curieux sur Serge.

— Dis, tu sais, toi, pourquoi il criait toujours après mon papa, ce monsieur-là qui l'a tué ?

Il prit le temps de s'asseoir, de rassembler les quatre photos restées étalées sur la table et de les glisser dans leur enveloppe.

— Je crois savoir.

Tous les regards convergèrent vers lui.

— Francis Magnancourt aurait dû se taire. Il en a trop parlé, de son projet de « centre de création des métiers du bois ». Mon patron... Polo, si vous préférez... en était fou de rage. Il prétendait que c'était une concurrence intolérable. Vous pensez, un centre de création, d'innovation, si près de sa scierie dans laquelle il n'avait rien changé depuis des lustres et où il ne voulait pas entendre parler du moindre progrès. Ils se sont accrochés à de nombreuses reprises à ce sujet-là.

— Il savait que vous étiez mêlé au projet de Magnancourt ?

— Je ne sais pas. Peut-être. Il ne m'en a jamais rien dit, mais, déjà avant ça, nos rapports n'étaient pas trop bons. Il avait besoin de moi comme j'avais besoin de lui. Alors, on faisait avec. Mais ce n'était pas la bonne ambiance. Le jour de l'inauguration de la chapelle, j'étais à la scierie. J'ignore ce qui s'est passé, juste qu'il était plus furieux encore que d'habitude. Je ne voudrais pas l'affirmer, mais ça ne m'aurait pas étonné qu'il ait picolé un peu trop. Ça lui arrivait encore assez souvent. Il gardait une bouteille de whisky dans son bureau et il l'attrapait à chaque fois que, pour une raison ou une autre, ça n'allait pas comme il voulait. Je l'ai vu partir comme un dératé sur le coup des dix heures. Il est revenu vers midi, au moment où je partais à la soupe. Il avait l'air hors de lui. Il ne m'a même pas vu. Du moins, je ne crois pas. Il s'est jeté dans son bureau. Moi, je suis parti. C'était un samedi. L'après-midi, on ne travaillait pas. Je ne l'ai revu que le lundi. Il était comme d'habitude.

— Vous étiez au courant, à ce moment-là, pour Francis. Vous avez fait le rapprochement ?

— Pensez-vous ! Pourquoi voulez-vous ? Il en a fallu du temps avant que je commence à soupçonner quelque chose. C'est Gaston Bedaret qui m'a mis la puce à l'oreille, avec son histoire de ce qu'avait dit Fernand, le cantonnier, un soir de fête. Avant, est-ce que je me serais douté...

— Et après... C'est pour ça que tu t'es sauvé ? demanda le maire.

Serge eut un petit sourire narquois.

— Le matin où vous avez trouvé des affichettes collées partout et dans toutes les boîtes aux lettres, en arrivant à la scierie, rien qu'à la façon qu'il a eue de me dire bonjour, j'ai su qu'il avait compris. Peut-être qu'il s'était déjà aperçu de la disparition de son mètre souple. Vous pensez que je me suis méfié. Il a tout de même réussi à trouver une bonne raison pour que je le suive au fond d'un stock de bois, là où personne ne pouvait nous voir. Heureusement que je me tenais sur mes gardes. Il a essayé de me faire le même coup qu'à Magnancourt. Je l'ai vu venir. J'ai esquivé et je lui ai répondu de la même façon. Je l'ai laissé groggy sur le terrain et je peux vous dire que je n'ai pas attendu qu'il se réveille ! J'ai pris mes jambes à mon cou et j'ai filé dans les bois.

— Pourquoi vous n'êtes pas revenu vers vos collègues ? Vous portiez plainte. Il était arrêté sur-le-champ.

Cette fois, le sourire fut amer.

— Vous croyez ça, vous ? Vous voyez ses ouvriers le charger ? Je n'avais pas confiance. Ils savaient que mes rapports avec lui n'étaient pas bons. Eux, tout ce qu'ils voyaient, c'était leur gagne-pain. Il faut se mettre à leur place. Si on leur avait dit de choisir, de lui ou de moi, quelles que soient les circonstances, je ne suis pas sûr qu'ils m'auraient défendu.

— Alors, vous avez filé...

— Prudent, j'avais emporté mon téléphone portable. J'ai appelé Gaston Bedaret. C'est lui qui est venu me chercher. Il m'a emmené à la gare du TGV. J'ai été bon pour quelques jours de congé chez un copain, à Lyon.

— Toi, tu n'as pas fait l'erreur d'aller te planquer chez quelqu'un de ta famille, commenta le maire.

— J'aurais pu. Moi, je n'étais pas recherché.

Il baissa les yeux. Julie, toujours pelotonnée contre Marcelle, semblait somnoler.

— Allez, Julie, viens. Cette fois, ta maman doit s'impatienter.

Avant même que le Prieuré, déserté par ses visiteurs, ait retrouvé son calme, la nouvelle de l'arrestation de Polo le scieur avait atteint le pays. Par quelles voies ? Nul, probablement, ne le saurait jamais. Ce sont là les mystères de la communication dans les villages où il est bien rare qu'un secret, aussi bien protégé qu'il puisse paraître, tienne au-delà de vingt-quatre heures.

Cette fois, il ne fallut guère plus d'une nuit pour qu'on sût tout ou presque de l'arrestation chalonnaise de Paul Lavandit et de sa garde à vue. Il avait bien une épouse, des enfants et quelques cousins qui habitaient le pays. On pouvait supposer qu'ils avaient été avertis par son frère chez qui, selon l'inspecteur, il avait trouvé refuge. Information à usage strictement familial, donnée à titre tout à fait confidentiel, mais qui ne s'en retrouvait pas moins sur la place publique quelques heures après !

On le savait disparu de la scierie depuis quelque temps, mais son caractère fantasque et facilement emporté en même temps que les affaires qu'il traitait parfois fort loin de Saviniolet, avaient plaidé pour qu'on ne vît rien d'autre dans cette absence prolongée qu'une frasque de plus à mettre à son actif. Curieusement, bien que Serge ait disparu à peu près en même temps, personne n'avait imaginé que Polo puisse être mêlé de près ou de loin à l'affaire du Prieuré.

De tous les coups de théâtre qui avaient secoué le pays depuis le printemps, ce fut le plus durement ressenti. A l'attentisme matois qui régnait jusque-là, succéda le silence de l'abattement. Peut-être vint-il essentiellement du prétexte à reprendre les hostilités qu'on ne trouva pas. Samuel allait être mis hors de cause. Il n'intéressait plus personne. La chapelle ? Il était bien temps de se préoccuper de ces vieilleries. Il n'était d'ailleurs pas dit que l'envie existât encore de se mobiliser pour une affaire pour laquelle même Justin avait perdu tout intérêt.

Restait qu'un meurtre avait été commis. A un coupable tout trouvé, un pauvre type de si peu d'importance que la communauté aurait pu s'en laver les mains, il fallait admettre de substituer un chef d'entreprise, un quasi-notable, un patron de surcroît fidèle d'entre les fidèles du maire.

Quand, le lendemain, le journal titra en pleine page sur les aveux complets passés par Paul Lavandit dit Polo, on le laissa où il était, étalé sur le comptoir du café, et on commenta à petits mots, presque à voix basse, en contemplant de loin la photo de la scierie qui s'étalait sous la manchette racoleuse.

— Vieux, dit l'un, tu diras ce que tu voudras, mais tu ne m'ôteras pas de l'idée que le maire, il savait. Il l'a protégé, le Polo, voilà tout. Sans ça, il y a beau temps que ce serait réglé, cette affaire-là. Et le Samuel, il n'y serait jamais allé, dans cette prison où il n'avait rien à faire.

— Tout ça, ajouta l'autre, c'est magouille électorale et compagnie. Rien d'autre.

Antoine Souvert ne le savait pas encore, mais, en cet instant précis, ses dernières chances de l'emporter aux prochaines élections cantonales venaient de s'envoler...

Anost, le 11 janvier 2012

DU MÊME AUTEUR *(suite)*

Anne Carrière

Inuksuk, 2006
Le vent des libertés soulevait la terre, 2008, prix du Roman populaire 2008, Poche de Borée 2010

De Borée

La Photo de classe, 2010

Ouest-France

Le Haras de Pompadour, toute une histoire, document, 2007

Editions Solar, collection « Randonneur »

Les Vosges, le Pays niçois et le Mercantour, 1991
La Haute-Provence, les Cévennes, les volcans d'Auvergne, la Margeride et l'Aubrac, 1992
Le Limousin, le Périgord noir, le Quercy, le Rouergue, 1993
Le Jura, le Vercors, les monts du Lyonnais et du Beaujolais, les Ardennes, 1994
La Bourgogne, l'Alsace, le Livradois et le Forez, la Haute-Ardèche, 1995
Le Cotentin, la Bretagne, pays de Brocéliande, le Morvan, 1996
Le Pays d'Auge, les plateaux de Bourgogne, vallées de la Loue et du Lison, 1997
Bourgogne, la Puisaye, 1998

Editions du Chêne

Les Outils de la randonnée, 1995

Tous ces ouvrages sont présentés sur le site :
www.didier-cornaille.fr

Vous souhaitez en savoir plus sur les livres et les auteurs
de la collection Terres de France ?
Retrouvez toutes les informations sur le site
www.collection-terresdefrance.fr

et sur notre page Facebook.

MIXTE
Papier issu de
sources responsables
FSC® C003309

Composition et mise en pages : FACOMPO, LISIEUX

Cet ouvrage a été imprimé en France par

CPI
BUSSIÈRE

à Saint-Amand-Montrond (Cher)
en janvier 2013

N° d'impression : 124784
Dépôt légal : février 2013